KB270343

젊은 소설 2008

분홍거미를 위한 모노 드라마

젊은 소설 2008

분홍거미를 위한 모노 드라마

인 쇄 / 2008. 4. 10.
발 행 / 2008. 4. 15.
저 자 / 고정욱 외
발행인 / 이은숙
발행처 / 도서출판 황금두뇌
등 록 / 1999. 12. 3. 제 9-00063호
주 소 / 서울 강북구 수유동 461-12
전 화 / 02-987-4572
팩 스 / 02-987-4573

정가는 표지에 있습니다.
ISBN 978-89-93162-00-4

젊은 소설 2008

분홍거미를 위한 모노 드라마

젊은 소설 2008을 펴내며

　　10년이면 강산이 변한다고 한다. 그만치 긴 세월이라는 뜻이다.

　　젊은 소설 동인지가 처음 이 땅에 선보인 것이 1997년이었다. 거의 매년 동인지를 엮었으니 세월로는 10년이 넘은 것 같다. 그저 앞만 보고 각자 문학의 길을 걸어왔는데 이런 엄청난 성과를 일구었다.

　　과문한 탓인지 우리는 10년 이상 이어온 동인지를 알지 못한다. 그만치 오늘날 척박한 이 땅의 문화풍토에서 10년의 세월을 뜻을 같이하며 견딘다는 건 희귀하고도 놀라운 일이다. 문학사에도 길이 남을 일이 아닐 수 없다.

　　문학이 우리를 배신하지 않았듯 우리도 문학을 버릴 수 없었다. 이는 이 혼탁한 시대가 우리에게 요구하는 것이기도 하다. 문학이 천형인 이유가 여기에 있다.

　　이제 새로운 젊은 소설을 이 땅에 내보낸다. 이는 마치 어느 영화에서처럼 폭설이 하얗게 덮인 벌판에 대고 잘 있느냐고 목이 터지도록 외치는 것과 같은 일이다. 대답이 없다한들 뭐 대수겠는가. 지구의 최후의 날까지 살아남은 자를 반기는 것은 지독한 외로움일 터.

　　인고의 세월 동안 문학을 포기하지 않고 올곧게 견뎌온 우리 동인들에게 무한한 영광 있으라! 묵묵히 출간의 고통을 견뎌온 황금두뇌 출판사와 강만수 주간에게도…….

2008. 새봄

올해에도 어김없이 겨울잠에서 깨어난

젊은소설 동인 일동

목차

나의 두 다리

고 정 욱

성균관대학교 국문과와 동대학원을 졸업, 문학박사
문화일보 신춘문예에 단편소설 〈선험〉 당선

창작집 : 〈선험〉
장편소설 : 〈원균〉, 〈세종로 일번지〉, 〈내 마음 속의 인민군 장교〉
창작동화 : 〈아주 특별한 우리 형〉, 〈안내견, 탄실이〉, 〈가방 들어주는 아이〉 등

나의 두 다리

아, 아직도 숨이 가쁘군요. 당신에겐 이 가슴 뛰는 소리가 들리지 않으십니까? 죽겠습니다. 이처럼 가슴 뛰어보기는 처음이니까요. 우스개 소리로 술 중에서 가장 독한 술이 입술이라던데 저는 당신과의 첫 입맞춤에, 그 입술에 완전히 취해버린 것 같습니다.

힘들지 않느냐고요? 천만에요. 여자가 무릎 좀 베고 누웠다고 힘들대서야 뭐…… 이대로 몇시간이고 버틸 수 있을 텐데요. 며칠도 좋고, 아니 영원히 있는대도 전 그 시간이 아쉬울 겁니다. 단지 살이 많이 붙어 있지 않은 제 다리가 걱정될 뿐입니다. 남들처럼 푹신한 것이 아닌 뼈와 가죽만 있는 것이니까요.

이 가는 다리 때문에 저는 한 여름 아무리 더워도 반바지를 입지 못합니다. 늘상 긴 바지만 입고 있다가 남들 보지 않는 곳이나 가족들만 있는 곳에서 둥둥 걷고 다리에 돋는 땀을 식혀볼 뿐이지요. 이처럼 제 다리가 가늘기 때문에 통이 좁은 바지를 입을 수는 없는 노릇 아닙니까. 펄럭거리는 핫바지를 입고 다니니 에피소드도 많습니다. 한번은 길을 가는데 서너살 난 꼬마들이 저 아저씨는 다리가 없다고 자기들끼리 떠드는 겁니다. 그중 가장 적극적으로 제게 관심을 보이는 녀석 하나를 가까이 불렀죠.

"아저씨, 다리가 있나 없나 만져봐."

그랬더니 녀석은 잠시 머뭇머뭇하다가 용기를 내더군요. 작은 손이 슬쩍 제 다리를 건드렸습니다.

"있어, 없어?"

"있긴 있는데 왜 가늘어요?"

녀석이 궁금증을 못 이기겠다는 듯 물었습니다.

역시 당신도 왜 제 다리가 가는지 궁금해 하시는군요.

운동신경을 마비시키는 제 질병 소아마비는 제 하반신 거의 전부를 움직일 수 없게 만들어 버렸습니다. 그 결과 제 다리에 있는 근육들은 모두 퇴화해 버렸지요. 발을 까닥거리게 하는 종아리의 비복근, 무릎을 굽혔다 폈다하게 만드는 대퇴의 이두근, 사두근 엉덩이가 씰룩거리게 만드는 대둔근, 중둔근 같은 것들이 몽땅 사라지고 만 겁니다. 손을 대보면 만져지는 건 근육이 붙어 있어야 할 실낱같은 인대들뿐이지요.

그러면 어떻게 되는 거냐고요? 그걸 지금부터 말씀드리죠.

이처럼 다리에 근육이 없다는 사실은 제게 특이한 경험을 줍니다. 그 대표적인 것이 늘상 대하는 발저림입니다. 장시간 신체의 어느 부위에 혈액이 투입되지 못할 때 나타나는 신체적 현상이지요. 맨 처음에는 팍 팍하다가 서서히 찌르르 하거나 바늘로 콕콕 찌르는 것 같은 통증이 나타납니다. 이같은 통증도 좀더 지나면 저리는 부위는 싸늘하게 식으면서 퍼렇게 죽어갑니다.

이 저림 현상이 유독 제 다리에 자주 일어나는 이유는 근육이 퇴화해 없어졌다는 사실과 밀접하게 관계가 있습니다. 비장애인들은 단순히 의자에 걸터앉기만 해서는 이 발저림을 거의 느끼지 못합니다. 하지만 저는 아무런 불편함 없이 평다리 치고 방바닥에 앉아 있어도 십여 분만 지나면 오른쪽 다리가 저려오기 시작합니다. 왜 하필 오른쪽 다리냐구요? 그것도 다 이유가 있지만 뒤에 말씀드리죠. 그냥 오른쪽 다리만 혈액이 순환되지 않기 때문이라고만 일단 알아 두십시오.

처음에는 느끼지 못할 정도로 서서히 발가락 끝부터 차가워집니다. 그리고는 점차 얼얼해지면서 발은 감각을 상실하기 시작하죠. 앉은 그 자세를 변함없이 고집스럽게 유지하면 그 발저림은 급격히 위로 확산됩니다. 종아리, 무릎, 장딴지를 거쳐 급기야는 우측 좌골까지 얼음장처럼 싸늘해지면서 완전히 남의 다리가 되어버립니다. 꼬집어도, 때려도 아프지 않지요. 도저히 이 상태를 참지 못하고 자세를 바꾸게 되면 찌르르 하는 동통(疼痛)과 함께 멈췄던 혈액이 다리 전체로 퍼집니다. 그러면 제 오른쪽 다리는 잠시 잃었던 생명력을 아프게 되찾습니다. 30도 이하로 내려갔던 다리의 체온도 30도가 넘는 정상치에 가깝게 회복되고요.

이처럼 발저림이 제게 자주 반복되는 원인은 물론 제 앉은 자세가 바를 수 없기 때문이기도 합니다. 바른 자세는 가장 자연스러운 것에 가까우므로 무리가 없습니다. 하지만 더 큰 이유는 아마 의자나 방바닥 같은 것에 직접 닿게 되는 제 엉덩이에 근육이 퇴화해 없기 때문일 겁니다. 엉덩이의 살거리가 얇기 때문에 뼈가 막바로 딱딱한 바닥에 접하게 됩니다. 그렇게 되면 정상일 때 근육들 사이에 감춰져 있어야 할 혈관은 엉치뼈와 딱딱한 바닥 사이에 끼어버리게 됩니다. 마당에서 호스로 물을 주는데 누군가가 호스를 중간에서 꽉 밟고 있다고 생각하면 정확할 겁니다. 이처럼 혈관이 눌린 상태로 장시간이 지날 때 바로 발저림 현상이 나타납니다.

제 생각엔 이 발저림이 유기체인 인간의 생명을 유지해주는 경보장치인 것 같습니다. 혈액을 통한 산소라든가 각종 양분의 공급이 오랫동안 중단됨으로 인해 야기될 신체 세포의 파괴를 미연에 방지하려는 것이지요.

하여간 저는 저린 다리와 배겨오는 엉덩이를 견디지 못하기에 자주자주 앉은 자세를 바꿔야 합니다. 그래야 다리가 저려오는 것을 조금이나마 막을 수 있으니까요. 그렇기에 장시간 의자에 앉아 벼텨야 하는 모임에 가면 부스대야 하기에 저는 곤혹스럽습니다. 자칫하면 좀이 쑤셔 잠시도 가만히 못 있는 주의가 산만한 사람이라는 인상을 주게 될지도 모르기 때문입니다.

엉덩이를 비롯한 다리에 근육이 없기 때문에 생기는 나만의 특별한 현상은 또 있습니다. 근육주사를 맞을 때의 곤란함이 그것입니다. 어디 아픈 곳이 있으면 대개의 경우 병원에 가서 진찰을 받고 시커먼 엉덩이를 간호사에게 까 들이밀어 주사 한 대 철썩 맞고 약 타오는 게 순서입니다. 하지만 제 경우 엉덩이에는 주사 바늘 하나 꽂을래야 꽂을 근육이 없으니 문제인 것입니다.

어릴 적 애긴데 무엇 때문인지 엉덩이에 주사를 맞을 일이 한번 있었습니다. 그때 간호원은 제 엉덩이를 보고도 그저 주사 맞을 만하다고 생각한 모양이었습니다. 쿡, 주사바늘이 살을 뚫고 들어올 때 등골을 타고 오르는 격심한 아픔은 나를 불안케 했습니다. 결국 그 예감은 맞아 떨어졌지요. 근육이 없어 얄팍한 엉덩이에 꽂힌 주사바늘은 엉치뼈를 건드려 꽤 오랫동안 그 때문에 시달렸던 기억이 있는 겁니다. 물론 그 뒤로는 엉덩이에 주사 맞을 일이 있어도 다른 곳에 놔달라고 하게 되었습니다.

얼마 전엔 호되게 체해서 병원엘 간 일이 있었습니다. 애초엔 징건하더니 점차 그들먹하게 명치 끝이 쿡쿡 아려오다 완전히 얹혀 버렸습니다. 호흡할 때마다 결리는 통증은 가슴을 주먹으로 쳐도 사라지지 않았습니다. 며칠을 견디다 결국 저는 병원을 찾았습니다. 청진기를 꾹꾹 도장 찍듯 가슴에 대본 작달만한 키의 의사는 체한 게 확실하다면서 주사 한 대 맞으라는 거였습니다. 첫날엔 작은 앰플에 든 주사약을 희석해서 정맥주사로 놓는 것이었습니다. 하지만 워낙 심하게 체한 제게 그 정도의 주사는 효과를 나타내지 못했지요. 다음날 또 찾아간 병원에선 더 강하게 주사를 맞아야겠다며 주사약 그대로를 정맥주사 아닌 근육주사로 놓을 테니 엉덩이를 까라는 것이었습니다. 이때 제가 얼마나 난감했을지는 짐작하시죠?

"엉덩이에 살이 없어 도저히 주사를 맞을 수 없어요."

제 말에 주근깨 얽은 간호사는 눈을 모들떠서 나를 쳐다보며 말했습니다.

"어디 한번 보죠."

수치심에 휩싸이면서 저는 잠시 망설이다 쥐면 한 줌에 들어오는 제 앙상한 엉덩이를 보여주었습니다. 결국 엉덩이에 꽂힐 주사 바늘은 제 어깨 위 삼각근에 꽂혔습니다. 제 몸에서 엉덩이 빼고 가장 많은 근육이 있는 곳은 그곳뿐이었으니까요. 원래 많이 활동하는 근육에는 놓지 않는 무척 아픈 주사라는 간호원의 말대로 제 팔은 근육섬유 안에 뭉쳐 있는 주사약으로 움직이기조차 어려웠습니다. 졸지에 팔을 사용하지 못하게 된 저는 집에서 사오백 미터밖에 떨어지지 않은 병원에서 택시를 잡아타고 집에 오는 촌극을 벌였습니다. 팔을 사용하지 못한다는 건 목발을 사용해 걸어야 하는 제게 치명적인 것이었으니까요. 이가 없으면 잇몸으로 산다고, 엉덩이가 없으니 어깨로 주사를 맞아 제낀 거지요. 허허.

아니, 왜 일어나십니까? 제 다리의 뼈가 배기는가요? 네? 아니 그럴 수는 없습니다. 제가 어떻게 당신의 무릎을 베고 누울 수가 있단 말씀입니다? 하지만 저는 도저히……. 아, 알겠습니다. 눕지 않으면 당신을 별로 좋아하지 않는 걸로 생각하시겠다는 데야. 자 이렇게 분명히 당신의 넓적다리 위에 제 머리를 얹었습니다. 됐습니까?

아, 겨우 진정시킨 가슴이 다시 뛰기 시작하는군요. 정말 꼭 이래야 되는지 잘 모르겠습니다. 그건 그렇고 당신의 다리는 정말 따뜻하군요.

근육이 모두 소멸되어 가을날 삭정이처럼 오가리 든 제 다리는 발목이 한줌도 안 되게 가는 것입니다. 넓적다리라야 쥐면 손 한줌에 손가락 마디 두어 개 보태면 될 정도의 굵기밖에 안되니 그 으등그러진 모양이야 쉽게 짐작할 수 있을 겁니다.

그래도 그중 제대로 굵은 자태를 드러내는 것은 무릎입니다. 당신의 무릎처럼 예쁜 것은 물론 아닙니다.

하여간 뼈란 것은 관절 부위에 오면 굵어지게 되어 있지요. 이는 만화 같은 곳에서 자주 볼 수 있는 개들이 즐겨 물고 다니는 과장된 뼈 그림만 연상해도 쉽게 상상이 될 것입니다. 다리에 있어서 위의 굵은 대퇴골과 아래의 경골과 비골이 만나는 곳의 이름이 바로 무릎입니다. 여기에 동글납작한 슬개골까지 가세를 하니 무릎은 뼈와 가죽뿐인 다른 부분보다 굵어질 수밖에 없습니다. 다시 말하면 제 가는 다리는 무릎에 와서야 화려했던 옛 영광을 추억하면서 굵은 형태를 갖추고 있습니다.

종아리나 넓적다리에 근육이 없으니까 무릎은 더욱 도드라지게 튀어나올 수밖에 없게 되고 그 튀어나온 만큼의 대가를 톡톡히 치릅니다. 기어다닐 때 늘상 방바닥이나, 마룻바닥에 접촉되는 것이 그것이지요. 당연히 제가 집에서 입는 바지는 오래 가질 않습니다. 항상 무릎 부분이 제일 먼저 때를 타고 그 다음엔 불쑥 튀어나오다간 급기야 터져 버리는 순서로 그 수명을 마칩니다. 제 아무리 청바지 질기기가 소 힘줄이고 마디기가 마닐라 삼 같아도 신경 써서 아껴 입지 않으면 일년을 무사히 넘기기가 힘드니까요.

그렇다고 제 무릎이 뭐 바지의 덕으로 고스란히 온전하다거나 그런 얘기는 아닙니다. 남을 괴롭히는 자 필히 자신도 그 괴로움의 일부를 나눠지게 되듯 제 무릎 역시도 많이 각질이 덮고 있습니다. 그런데 이 각질의 형태가 약간 특이해서 재미있습니다.

대개의 굳은살이란 반질반질하고 두터워서 그만치 둔하기 마련입니다. 하지만 무릎의 각질은 그렇지 않으니 신기하지요. 원래 무릎이라는 부위가 오금 쪽으로 접히는 역할을 하는 것이기에 살갗이 안쪽으로 여유가 있게 되어 있습니다. 손가락의 마디만 봐도 이는 쉽게 관찰할 수 있지요. 당신의 무릎을 만져보십시오. 장딴지 뚜껑인 슬개골 위쪽으론 살갗의 여유가 많아 쉽게 꼬집을 수 있지만 오금의 자개미는 팽팽해서 쉽게 살이 잡혀주질 않을 겁니다. 피부는 앞무릎의 이처럼 남아도는 많은 살을 처리하는 수법으로 주름의 형태를 택합니다. 손가락 마디의 피부를 보면 금방 알 수 있을 겁니다. 관절의 대부분은 모두 구부러지는 안쪽으로는 살이 부족한 듯하고 바깥쪽으로 주름이 많은 이유가 여기에 있습니다. 손가락, 팔꿈치 등도 예외는 아니지요. 그래서 제 무릎의 각질은 피부의 주름이 만든 작은 요철에 따라 볼록한 부분에만 자리잡고 있습니다. 즉 무릎의 조건에 맞게 선택적으로 각질화한 것입니다. 로마에 가면 로마 사람이 되랬듯이 무릎에 전 제 굳은살은 신체의 다른 곳에 있는 굳은살이 갖는 두텁고 무딘 모든 속성을 버리고는 새롭게 변신한 겁니다. 무릎의 움직임에 방해됨이 없이 얇고 민활하고 산뜻하게 말입니다. 무릎이 넓적하고 두꺼워 융통성 없는 군살이 떡 붙어있다고 생각해 보십시오. 벋장다리처럼 굽히지도 못하는 정경을 생각하면 제 무릎의 앙증맞은 굳은살이 못 견디게 고마운 겁니다.

　말씀드리기 곤란하지만 앞으로 이 무릎의 굳은 살이 진짜 고마울 때가 있을 거라는 상상을 하면서 저는 음흉하게 웃기도 합니다. 그게 뭐냐고 자꾸 캐묻지는 마십시오. 곤란하니까요. 네? 말하지 않으면 화내시겠다구요? 화내셔도 할 수 없습니다. 이 이야기를 듣고 저를 이상하게 보는 것보다는 그게 나으니까요.

　그래도 들어야 하겠다구요? 이거 참 곤란하군요. 좋습니다. 대신에 제 말을 듣고 저를 혐오하시거나 음탕하다고 여기진 마십시오. 이건 모두 듣고 싶어 한 당신 탓이니까요. 그런데 정말 듣고 싶으신 겁니까? 지금이라도 관두는 게……. 아, 알겠습니다. 뭐 그렇다고 쏘아보실 것까지야……. 에헴, 합니다. 까짓 거. 오, 오랜 시간…… 저, 격렬하게…성행위를 하면 남자들은 무릎이 까진다고들 합니다. 저는 이 점에선 걱정이 없을 거라는 얘기죠. 이미 충분히 훈련된 각질로 무장한 무릎이 있으니까요. 이 얼마나 운좋은 일입니까.

　어! 더 노려보시네요. 얼굴 빨개지니까 보기는 좋은데 그러길래 제가 뭐랬습니까? 안 듣는 게 나을 거라고 하지 않았습니까. 하여간 얘기를 계속하죠.

　이처럼 혹사당하는 제 무릎에서 견뎌내지 못하는 것은 또 하나 있습니다. 다름 아닌 무릎에 난 털입니다. 원래 남자들의 다리털이란 건 굵고 뻣뻣한 것입니다. 이는 머리털이나 겨드랑털, 수염과는 또 다른 속성을 갖고 있습니다. 그리 길지도 않지만 또한 그렇게 곱슬대지도 않는 것이지요. 제 다리에도 모기가 앉아 피를 빨다가 털숲에 날개가 걸려 빠져나가지 못할 정도로 털이 시커멓게 무성합니다. 그런데 이 무성한 털이 배겨나지 못하고 뽑혀 나가서 듬성듬성 푸새밭처럼 황량한 곳이 바로 무릎입니다. 얼추 끊겨나가 그루터기만 남은 것, 반 정도 남은 것, 아예 모근까지 뽑혀 털구멍만 남은 것, 바야흐로 새 털을 내밀기 위해서 모공을 스스로 막고 준비하는 것 등이 그것입니다. 제가 기어다닐 때 모두 격렬하게 방바닥에 마찰되면서 끊겨 나가고 닳아 빠지고 해서 그렇습니다.

　잠깐 계십시오. 또 무릎에 대해 제가 빠뜨리고 하지 않은 얘기가 있는지 생각 좀 하게요. 무릎, 무릎이라. 아, 또 하나가 있군요. 엉덩이 얘기를 안 했네요. 이 얘기를 하려면 약간의 실험이 필요할 것 같습니다. 간단한 거니까 당신의 무릎을 잠시 실험에 빌립시다. 아 뭐 별건 아닙니다. 이렇게 당신의 한쪽 다리를 다른쪽 다리에 겹쳐보시죠. 그러면 다리를 꼬고 앉은 요염한 포즈가 되지요. 다리를 꼬고 앉은 자세는 별로 골격건강에 좋지는 않답니다. 아, 무릎이 참 예쁘시군요. 부끄러워하실 필요는 없습니다.　이미 당신의 입술까지 알아버린 제가 아닙니까. 그리고 이 실험엔 무릎이 예쁘고 안 예쁘고가 상관 있는 건 아니니까요.

　이처럼 무릎을 겹친 뒤 슬개골 아래 여기를 이렇게 쳐보면……. 보셨죠? 이게 바로 슬개반사라는 겁니다. 무릎을 치면 그 아랫도리가 무의식적으로 앞으로 뻗게 되는 이 무조건 반사는 각기병에 걸려 다리가 부은 사람을 제외하곤 정상인이면 누구에게나 일어나야 하는 당연한 것이죠. 하지만 제겐 이 슬개골 반사가 일어나지 않습니다. 반사를 일으킬 자극이 등골로 전달된다 해도 그에 상응하는 움직임을 보여줄 운동신경이 마비되었기 때문이죠.

　제가 당신의 무릎을 베고 누워서 다리가 저리십니까? 그럴 겁니다. 아참, 제가 왜 오른쪽 다리만 저린지를 말씀드린다고 했지요. 그 이유는 간단히 말씀드려서 오른쪽 엉덩이만 바닥에 닿기 때문입니다. 그러면 왜 오른쪽 엉덩이만 바닥에 닿아야 하느냐고 이상하게 생각되시겠죠. 그건 제 척추가 오른쪽으로 굽었기 때문입니다.

쉽게 그 모습이 연상되지 않으실 것 같아 쉬운 예를 들겠습니다. 구두를 신고 걷다가 어느 한쪽의 굽이 부러져 곤란스러웠던 경험이 여자인 당신에게도 한 두 번쯤 있으시죠? 그런 일이 있을 때는 별 수 없이 굽이 떨어져 나간 구두를 신고 본의 아니게 절뚝거리며 걷게 될 것입니다. 맨발로 갈 수는 없는 노릇일 테니까요. 그렇게 될 경우 유심히 관찰해보셨는지 모르겠지만 두 다리는 결과적으로 그 길이에 있어 굽의 높이만큼 차이가 나게 됩니다. 이해되십니까? 그렇게 되면 대퇴골과 고관절로 연결되어 있는 골반뼈까지 오른쪽이나 왼쪽 어느 한 방향으로 기울게 됩니다. 그 다음엔 당연히 골반과 수직을 이루고 있는 척추가 덩달아 짧은 쪽으로 기울게 됩니다. 신체란 게 어느 한 부분에 불균형이 생기면 나머지 부분을 포함한 전체가 영향받도록 꽉 짜여져 있는 구조이기 때문입니다.

우리의 귓속엔 삼반고리관이란 게 있습니다. 좀 징그럽게 생긴 반원형의 고리 세 개가 결합되어 있는 것인데, 각각의 고리가 수평, 전후, 좌우로 갈라져서 그 안엔 림프액이 차 있습니다. 그래서 몸이 앞으로 기울면 고리 안의 림프액이 흐르게 되고 그러면 그 안의 섬모가 그 움직임을 감지해서 몸의 균형을 잡도록 운동신경에 명령을 내려 앞으로 기운 몸을 바로잡게 하지요. 멀미란 게 바로 끊임없는 이 림프액의 흐름 때문에 몸의 균형을 제대로 잡지 못해서 생기는 현상입니다.

제가 이렇게 장황하게 삼반고리관을 설명한 이유는 척추 얘기를 하려 하기 때문입니다. 척추가 오른쪽으로 수직선에서 벗어나게 되면 이 삼반고리관에서 감지하고 몸의 중심을 잡게 하기 위하여 자세를 변형시키게 됩니다. 즉 오른쪽으로 기운 상체를 바로잡아야 하는데 짧은 다리 쪽으로 기운 골반이 제대로 평형을 이루어줄 리 없으니 결과적으로 척추는 오른쪽 다리가 짧으면 오른쪽으로, 왼쪽 다리가 짧으면 왼쪽으로 기울게 됩니다. 제 경우는 오른쪽으로 척추가 굽었지요.

그런데 문제는 척추의 굽음이 지금도 조금씩 진행중이라는 사실입니다. 상체가 성장하고 그 무게가 늘어남에 따라 하중을 견디지 못하기 때문입니다. 이건 제 어릴 때 찍은 사진을 보면 분명히 알 수 있는 사실입니다. 네댓 살 때의 사진을 보면 제 척추는 거의 멀쩡한데 지금의 제 척추는 무척 많이 휘어 있습니다. 그덕에 매년 제 앉은키는 조금씩 줄어들고 있습니다. 오죽하면 중학교 때 저에 대해 잘 모르던 교사가 절보고 똑바로 앉으라고까지 했겠습니까. 비장애 친구들 앉은 것보다 10Cm 이상 제 앉은키가 작으니 그는 제가 엉덩이를 의자 등받이에 바짝 붙이는 자세로 똑바로 앉지 않고 비스듬히 건방지게 앉아 있다고 생각한 거지요.

하여간 이처럼 허리의 굽음이 진행되면서, 길었던 쪽의 다리는 골반이 기욺에 따라 점점 위로 끌어올려지게 되고 급기야는 겉에서 보기엔 짧은 쪽이 되어버립니다. 저는 그렇지 않습니다만 극단적으로 상태가 심각한 장애인을 보게 되면 목발에 의지해 걸을 때 한쪽 다리가 아예 허공에 흐느적거리면서 떠다니기도 합니다. 그러면 남들은 떠다니는 다리가 짧다고 말하게 되지만 그건 어디까지나 땅바닥을 기준으로 본 견해일 뿐, 골반을 기준으로 본다면 그 다리가 길거나 나머지 다리와 같거나 할 수도 있는 겁니다.

이처럼 오른쪽이나 왼쪽으로 기운 채로 굳어버린 골반은 앉게 되더라도 어느 한쪽의 엉덩이만 바닥에 접촉하게 됩니다. 결국 그 엉덩이는 바닥에 닿는 어느 한쪽만으로 상체의 무게를 견뎌야 하고 그 결과 앞서 말한 대로 혈관이 막혀 극심한 발저림 현상이 일어나게 됩니다. 그 때문에 제 왼쪽 엉덩이는 바닥과의 아무런 접촉도 경험하지 못해 피부의 보드랍고 매끄럽기는 여느 여인의 그것 못지 않습니다. 하지만 제 오른쪽 엉덩이는 이와 정반대지요. 거칠거칠하게 각질화가 되어 있을 뿐만 아니라 여름철의 경우 오래 앉아 있게 되면 땀으로 가끔씩 종기까지 나기도 하는 겁니다.

네? 고쳐보려고 노력하지 않았느냐구요? 허허, 제 장애에 대한 재활의 의지가 왜 없었겠습니까. 더 정확히 말씀드리자면 그건 부모님의 의지겠지만요. 저는 그때 워낙 어려서 뭐가 뭔지 몰랐기 때문이죠.

이 얘기는 앉아서 하겠습니다. 아, 당신과 시선을 마주하며 얘기하니까 좋습니다. 당신의 포근한 무릎을 더이상 베지 못하는 것이 아깝지만 말입니다.

제 왼쪽 다리에는 두 군데의 수술 흉터가 있습니다. 대퇴골과 관골이 만나는 고관절과 손바닥을 펴서 차렷 자세를 했을 때 손끝이 닿는 부분쯤 되는 곳이 그것이지요. 저는 이것을 큰 수술자국, 작은 수술자국으로 부르는데 고관절의 것은 아니더라도 아랫쪽의 흉터는 지금이라도 보여

드릴 수 있습니다. 자 여기 봉합자국이 보이지요. 언젠가 이 봉합 땀수를 세어봤더니 작은 것은 약 6Cm의 절개 길이에 양쪽으로 여섯 개의 봉합 침 자국이 나있습니다. 아마 의대에서는 부위에 따라 다르겠지만 수술사 를 1Cm에 대략 한 땀씩 꿰매라고 가르치는 모양입니다. 고관절에 있는 큰 것은 길이가 약 4Cm입니다. 실제 길이는 무릎의 것보다 작지만 제가 크다고 부르는 것은 이유가 있습니다. 우선 절개부위가 직선인 무릎 부 근의 것과는 달리 올챙이 모양처럼 아랫쪽이 중지의 손톱만큼 넓었다가 위로 올라가면서 선의 형태를 띄고 있습니다. 왜 이런 형태가 되었는지 는 알 수 없지만 상당히 까다로웠던 수술이었던 것만은 틀림없습니다. 당연히 이곳은 봉합땀의 수도 많아 4Cm의 길이에 각각 7개의 봉합침 자 국이 있습니다. 이런 점에선 더 큰 수술자국인 거죠.

사람이 덩치가 크면 부딪치는 것이 많듯 이 큰 수술자국도 조금 골치 가 아팠습니다. 애초에 제 수술 목적은 자꾸만 위로 올라가는 왼쪽 골반 과 다리를 교정하는 것이었답니다. 지금의 제 양쪽 다리가 그런 대로 그 수술 덕에 별로 차이가 나지 않는다는 사실에 감사합니다.

지금도 수술 받을 때의 기억은 별로 유쾌하지 않은 것으로 남아 있습 니다. 목욕탕과 같이 사방에 타일 붙은 방, 눈부시게 밝은 무영등의 불 빛, 뭔지 모르지만 자꾸 찔러대는 주사들. 까무룩이 잠들어버릴 때까지 제 코를 자극하는 그 지겨운 병원 특유의 소독약 냄새.

제가 눈을 떴을 땐 어느새 회복실이었습니다. 무심코 일어나 앉으려 상체를 들었을 때 거세게 나를 누르는 힘. 그것은 가슴부터 발끝까지 칭 칭 동여맨 깁스였습니다. 그건 최초로 제 육체에 대해 느낀 커다란 절망

감이었고, 최초의 벽이었음을 지금 생각하게 되는군요.

하여간 얼마나 시간이 지났던지 간호사들의 가운처럼 새하얗던 제 깁스가 시커멓게 때를 탔을 때 기다리고 기다리던 그 날이 왔습니다. 깁스를 푸는 날이었지요.

경험이 있으신지 모르겠지만 깁스는 뭘로 푸는지 아십니까? 희화적이게도 작은 전기톱이었습니다. 성감대를 자극하는 것 같이 야릇한 전기톱의 깁스 쪼개는 묘한 진동이 한참 제 몸을 흔들어 얼얼해진 다음에야 깁스는 양 쪽으로 그 아가리를 벌렸습니다. 그때 제 하얗고 앙상한 발을 뒤덮고 있던 길게 자란 검은 털은 무척 신기한 것이었습니다. 어린아이의 다리에 그렇게 검은 털이 자라다니.

그런데 제 수술 부위에 대한 사단은 그날 저녁 일어났습니다. 그때나 지금이나 저는 처음 보는 것은 꼭 만져보고 주물러봐야 직성이 풀립니다. 반질반질하게 나 있는 수술자국을 자꾸만 건드린 거였지요. 지금 생각하니 그때 그처럼 수술자국을 만진 이유는 그 부분에서 싸그리 사라져버린 감각점들 때문이었죠. 바늘로 찔러도, 뜨겁거나 차가운 것을 대도, 꾹 눌러도 아무런 감각을 느끼지 못하는 것이 마치 구두 위로 발을 긁는 것 같았기 때문이죠. 수술 부위에는 통점, 압점, 온점, 냉점의 감각점들이 없어지는 모양입니다. 완전히 남의살처럼 되어버린 이곳을 깔쭉대다가 급기야는 아물었던 연약한 새살이 터져 버렸습니다. 붉은 피가 주르륵 흐르기 시작했습니다. 간호사가 뛰어오고 지혈을 하고 난리들이 아니었습니다만 나는 속으로 웃음이 나왔습니다. 하나도 아프지 않은데 설치는 꼴들이 우스꽝스럽다고 생각한 거죠. 통증 없이 나오는 피는 저절로 터지는 코피 말고는 그것이 처음이었으니까요.

하여간 그 뒤로도 두어 번 더 상처가 덧난 뒤에야 말끔히 아물어 지금의 이처럼 하얗고 반질반질한 수술자국이 된 것입니다.

이 수술자국은 많은 의미를 제게 부여해주는 소중한 것입니다.

저같은 장애인을 위한 복지시설 가운데 정립회관이라는 곳이 있습니다. 우리나라 최초의 시설인 셈인데 고등학교 때 교육구청별로 가끔씩 그곳에 다녀오는 일이 있습니다. 그때 양궁장에서 우리에게 양궁을 가르치던 이선생이 우리에게 말하는 거였습니다.

"너희들 대부분은 병원에서 수술을 받으면 상태가 더 좋아질텐데 왜들 병원에 안 가지?"

그 얘기는 지금 생각하니 순전히 비장애인의 입장에서 우리를 본 것에 지나지 않은 것이었지요. 물론 얼마나 안타까웠으면 그런 얘기를 하소연하듯 했을까도 생각합니다.

아무 대답도 하지 않은 아이들 틈에서 나는 무언가 대답을 해야겠다는 생각이 들었습니다.

"관심이 없어서 그래요."

이게 제 대답이었습니다. 아이러니컬하게도 저와 같은 장애인들은 의외로 자신의 몸에 대해 관심이 없습니다. 그건 체념과도 또 다른 무엇입니다. 망가진 몸에 대한 혐오일 수도 있고, 애써 생각하기 싫은 부분일 수도 있습니다. 사실은 더 이상 악화되지나 않으면 다행인 장애가 근본 원인입니다.

하여간 저 같은 사람은 자신의 몸에 대해서는 일단 무관심합니다. 이미 버린 몸인데 뭘, 이런 식인지도 모르죠. 저 같은 경우도 어려서 수술 받고 난 뒤 병원에는 감기 걸려 몇 번 간 것 제외하곤 제 몸의 전담분야인 정형외과 부근엔 얼씬도 하지 않았을까요.

이는 어쩌면 정상에의 몸부림일 거라고 생각합니다. 가뜩이나 자신의 장애를 잊고 비장애인들 틈에서 부대끼며 제 몫의 삶을 짊어지고 땀흘리는 그들에게 마음은 그때만이라도 비장애인 겁니다. 그러니 병원을 가려 하겠습니까? 확실하게 몸이 나아진다는 보장도 있다는 소리를 못 들었고 무엇보다도 살면서 잊고 있던 잊으려 애쓴 장애를 아프게 깨달아야 한다는 사실이 두려운 겁니다. 이 점에선 저를 비롯한 장애인들이 고통을 감내하는 데는 가히 달인의 경지에 도달했죠. 아예 고통을 잊어버리거나 무관심해버릴 수 있으니까요.

하지만 제 수술 흉터에 대한 제 진정한 의미 부여는 그게 아닙니다. 말하자면 이건 제 장애에 대한, 제 숙명에 대한 인간으로서의 최소한의 저항이었다는 겁니다. 비록 그 결과야 있는지 없는지조차도 알 수 없는 미미한 것이었지만 할 수 있는 데까지는 해본다는 인간 의지의 흔적이 바로 이 만져도 감각 없는 작은 상처, 수술자국 두 개라고 생각하는 겁니다.

그래도 인간의지의 위대함은 결핍을 결핍으로 여기지 않고 어떻게든 원하는 바를 이루는 것이겠지요. 이런 다리를 가진 저의 가장 큰 결핍은 원하는 곳을 스스로의 힘으로 가지 못한다는 점입니다. 그래서 비장애인들은 자신과 다름을 감지하는 것이고 그것이 곧 차별이라는 형태로 나타납니다. 이런 다리를 가진 저에게는 휠체어라는 대체 수단이 있습니다.

또 다른 형태의 다리인 셈이지요.

이 휠체어가 있기에 저는 원하는 곳 어디든 갈 수 있습니다. 어떨 때는 비장애인보다 더 빠르게 움직일 수 있답니다. 이동이라는 목적만을 놓고 보면 더 효율적인 것이기도 합니다. 사실 다리의 장애로 인한 이동의 불편함은 현대 문명사회에서 거의 다 사라졌다 해도 과언이 아닙니다. 휠체어가 있고 자동차가 있고, 각종 운송기구가 있으니까요. 저같은 지체장애인은 거의 이동의 문제를 느끼지 않고 살 수 있을 정도가 되었습니다. 그럴 때면 장애가 더이상 장애가 아닌 것입니다.

안경을 쓴 사람은 장애인인가요, 아닌가요? 글쎄 잘 모르시겠다고요? 맞습니다. 잘 모르는 게 정답입니다. 안경을 벗으면 시력이 감퇴해 아무것도 보지 못하니 그건 정말 장애가 맞습니다.

그렇지만 안경이라는 간단한 보조기를 사용하면 그 불편함이 모두 사라집니다. 그러니 장애라 여기지 않는 것입니다.

제 장애 역시 마찬가지입니다. 휠체어를 타면 어디든 갈 수 있습니다. 장애를 느끼지 않습니다. 그런데 휠체어로 갈 수 없는 턱을 만나거나 계단을 접하면 그때 비로소 나의 장애가 문제가 되는 것입니다. 나를 장애인으로 만드는 건 내 장애 자체가 그런불가능을 만드는 아니라 이 세상인 것이지요.

친한 시인 한 사람이 그런 나를 보고 시를 한 편 지었습니다.

내 다리는 두 개인가 네 개인가 두 다리로 걸으려다 걷지 못하고
팔과 다리 네 개로 기어 다니다 네 다리로 기어 다니는 팔과 다리도
부족하여 바퀴 달린 휠체어 두 바퀴를 덧붙이니 팔 다리가 여섯 개라

내 다리는 두 개인가 네 개인가 여섯 개인가 그 것도 부족하면
네 개를 더 붙여서 휠체어를 밀게 하니 합이 열 개인가

두 다리로 걷는 두 다리로 뛰어 다니는 인간들을 보면
왜 저들은 다리가 두 개 밖에 없는 것인가

내 다리는 앉아 있을 때는 두 개 방 안에서 움직일 때는 넷
밖으로 나다닐 때는 여섯 개 아니 열 개씩이나 되는 것을

두 개 밖에 없는 두 다리로 걷고 뛰는 저들은 스페어 타이어가
없다 없는 저들은 타이어가 펑크라도 난다면 어찌 할 것인지
걱정이 된다 측은함에 이리 봐도 저리 봐도 걱정이 앞서는구나

강만수 〈내 다리는 두 개인가 네 개인가〉

다리가 부족하면 두개, 네 개, 여덟 개라도 계속 덧대어 얼마든지 살
아갈 수 있음. 그것이 인생입니다.

　　휠체어를 열심히 밀어주며 그 친구는 시 한 편 건졌으니 제 다리가 아주 쓸모 없는 건 아닌가 봅니다. 당신도 뭔가 나의 이 흉한 다리에서 얻는 것이 있으면 좋겠습니다.

　　한 곳에 너무 오래 있었네요. 이제 가십시다. 조심하세요. 앞에 턱이 있습니다. 제 휠체어는 저리로 갈 수 없답니다. 좀 멀지만 저리 돌아가시지요. 네 그렇게요.

이매 딸

김 성 금

강원도 춘천 출생
방송대 국문학과 졸업
1993년 문화일보에 단편 『그물에 걸린 포충망』 당선으로 등단

단편집 『민달팽이』, 『꽃 진 자리 꽃 찾기』
장편소설 『티눈』
화요문학 동인

제28회 한국소설문학상 수상

이매 탈

여기 안동 하늘은 서울 하늘과는 다르게 잉크 빛이다. 나는 경자를 부축하고 걸으면서 계속 하늘을 올려다보았다. 거리마다 꽃으로 장식되어 동화의 나라에 온 것처럼 아름답다. 분수 곁에는 알록달록한 꽃으로 장식된 탑이 자태를 뽐내고 서 있다. 국제탈춤페스티발이 열리는 축제장 입구에 경찰과 사람들이 웅성거린다. 겨자 색 폭스바겐이 인도를 뛰어넘어 공원의 예쁘게 장식해놓은 조경 석 위에 비스듬히 걸터앉아 있다. 가슴이 두근거린다. 경자는 흰색 모자를 검지로 빙빙 돌리며 태연한 척 걷는다.

"참 신기하니더. 어떻게 올라갔을까예?"

"하하, 재주도 좋니더."

"이래놓고 차주는 어데 갔노?"

모두들 축제분위기에 휩쓸려서일까? 사람들은 앞뒤가 똑같아 비상하는 듯, 추락하는 듯 비스듬히 기울어 있는 폭스바겐을 설치미술인 것처럼 신기한 눈으로 바라보고 있다.

사내가 폭스바겐을 손가락질하며 우습다고 외치는 바람에 사람들이 우리 쪽으로 시선을 돌린다. 사내는 노란 조끼를 입고 있어서 사람들 눈에 잘 띈다. 경자와 나는 사내의 양쪽에서 팔짱을 끼고 빨리 걷는다.

낙엽이 발치에 툭 떨어진다. 무심코 눈을 내리뜨는데 갈색 낙엽이 포르릉 날아오른다. 아, 낙엽이 새가 되는 마술 같은 순간에 경자의 표정도 새가 되어 날아오른다.

재미있는 표정의 장승들이 늘어서 있다. 젖가슴을 달고 있는 장승, 혀를 쑥 내밀고 있는 장승, 커다란 성기를 바짝 세우고 있는 장승. 사내는 손가락질을 하며 킬킬거린다. 새끼줄을 꼬아 길게 늘어놓은 곳에 사람들이 모여 있다. 소원을 적은 한지를 끼워 놓아 마치 아기 낳은 집 대문에 걸린 금줄을 보는 것 같다. 경자가 기적처럼 살아나기를 소원하며 한지에 적어서 줄 사이에 끼웠다. 고개를 숙이니까 가슴뼈가 부러진 것처럼 아프다.

멕시코, 폴란드 등 외국의 공예품을 전시해 놓았다. 전통의상을 입은 판매원 덕분에 해외여행이라도 온 것 같다며 경자는 기분이 한층 고조된다.

방석을 들고 원형무대의 앞쪽에 자리를 잡고 앉았다. 뜨거운 햇살이 머리와 등을 공격한다. 옷깃을 세우고 나눠준 종이 모자를 쓴다.

폴란드의 무희들이 무대로 나온다. 흰 셔츠 위에 초록빛 반짝이 조끼를 입은 청년들과 빨강치마, 청색치마, 황색치마 위에 앞치마를 하고 꽃무늬 머릿수건을 쓴 아가씨들이 손에 손을 잡고 춤을 춘다. 그들의 의상 색깔만으로도 여기는 알프스가 된다.

"예쁘다."

사내가 경자의 빨강색 원피스를 만지작거리면서 웃는다. 그녀는 어깨를 으쓱거린다.

오늘 오전 경자와 나는 백화점 문을 열자마자 여성복 코너로 달려갔다. 젊은 여성들이 입는 원피스 중에서 제일 작은 사이즈를 골라야한다. 경자는 160센티미터의 키에 38킬로그램이다. 노인네처럼 등이 구부러지고 뱃가죽은 등에 붙을 정도로 말랐다. 수분이 빠져 시들시들한 경자는 균형감각을 잃고 자주 비틀거린다.

"마약패치만 붙이면 연탄가스를 맡은 것처럼 몸이 붕 뜬 기분이에요. 자꾸만 뒤로 자빠질 것 같아요."

경자의 지갑은 현금으로 두툼했다. 그녀의 통장으로 다달이 천만 원가량의 돈이 들어온다. 경자는 백화점에 들어가자마자 내 옷부터 고르기 시작한다. 괜찮다고 해도 기어코 갈색 치마 정장을 골라주었다. 마음에 들었지만, 너무 비싼 금액이라 내가 뒷걸음치니까 경자는 손을 꼭 잡았다.

"내가 꼭 해주고 싶어요. 영숙씨. 사양하지 말아요."

경자는 리본 달린 흰색 망사 모자와 빨강색 원피스를 샀다. 44사이즈를 입었는데도 헐렁하다. 옷은 예쁜데 경자의 얼굴과 어울리지 않아 겉 돌았다. 어린 공주가 저주의 마법에 걸려 노파의 얼굴로 변한 것처럼 보였다. 경자는 화장품 코너로 갔다. 주름살이 퍼진다는 기능성 화장품을 덥석 집어 들었다. 한 병에 20만 원이 넘었다. 미용사원이 얼굴에 색조화장을 해 주었다. 우리 피부 톤보다 뽀얗게 발라주어서 젊어 보였다. 쉰 살이 갓 넘은 우리는 거울을 들여다보며 감탄했다.

사내가 빨강색 원피스자락을 매만지며 예쁘다고 하는 말에 경자의 표정이 밝아진다. 무희들은 추운 고장에서 온 까닭일까, 그들은 전부 부츠를 신고 있다. 목동들이 쓰는 모자에는 빨간 술이 달려있다. 오버레크는 굉장히 빠른 춤이다. 나도 모르게 손뼉을 치며 박자를 맞추었다. 고바디 아크를 출 때는 젊은 처녀로 돌아가서 달콤한 선율에 마음을 실었다. 앞 치마가 참 신선하게 느껴진다. 빨강, 옥색, 연노랑, 분홍, 하늘색의 두건도 아름답다. 색깔이 원색이어서 햇빛 속의 그들은 요정처럼 앙증맞다. 클로포비아 댄스는 왈츠인데 청년들은 공작 깃털이 달린 모자를 쓰고 아가씨들은 꽃 장식된 머리에 꽃무늬 치마를 입었다. 공연이 끝나고도 한참동안 자리를 뜨지 못했다. 망막에 황홀한 춤의 잔상이 계속 남아있다. 경자가 텅 빈 무대에 눈을 준 채 빙그레 웃으며 말한다.

"옛날 생각이 나네요. 멕시코에 갔을 때, 정말 정열적인 춤을 봤어요. 파트너끼리 모자로 가리고 뽀뽀하는 장면이 어찌나 많은지. 춤이 끝난 뒤, 남자의 턱은 새빨간 루즈 빛깔로 물들었더군요. 그 때는 유치하다고 생각했는데, 젊은이들이 참 예쁘네요."

공연이 끝나자, 모두들 썰물처럼 빠져나갔다. 삼삼오오 짝을 지어 공연 얘기를 하며 즐거운 담소를 나누는데, 우리만 천천히 공연장을 빠져나오면서 조금은 초라하게 느껴졌다. 예전처럼 몸이 빠르게 움직이지 못하고 굼뜨다. 생각의 회전은 휙휙 빠르게 지나가는데, 몸은 마음을 따라가지 못한다. 가슴뼈가 너무 고통스럽게 아프다. 경자의 마취패치라도 붙이고 싶은 심정이다.

"영숙씨, 이제부터 뭘 해야 하죠? 가슴이 벅차고 행복해요. 일단 밥부터 먹어요."

경자가 다친 것 같지 않아 그나마 다행이다. 경자는 늘 밥맛이 없다. 밥을 먹일 때가 제일 난감했다. 그런데 분위기가 바뀌니 입맛이 도는 모양이다.

"매운 음식이 먹고 싶어요. 우리랑 함께 가요."

경자가 사내의 팔을 잡아끌자 못이기는 척 따라온다. 그는 뭐가 그리 좋은지 사방을 둘러보며 히죽히죽 웃는다.

"어쩌면 이 사람, 하느님이 내게 보내준 천사일지도 몰라요."

경자는 내게 눈을 찡긋해 보인다. 나도 사내의 얼굴이 친근하게 느껴진다. 몇 시간 전에 길가에서 사내를 만났다.

도로 옆으로 노란 조끼를 입은 사내가 걸어가고 있었다. 차창을 열고 경자가 소리쳤다.

"탈춤 공연장 가려면 멀었나요?"

사내는 멀뚱히 경자를 쳐다보았다.

"혹시 거기에 가시는 길인가요?"

“네.”

“함께 타고 가서 알려주실래요?”

“네.”

사내는 대답과는 달리 힐끗 쳐다보고는 빠르게 걸었다. 그제야 경자는 사내가 정신지체자라는 걸 깨닫고 고개를 갸웃한다. 사내는 앞을 향해 넘어질듯 더 빠르게 걷기 시작했다. 두려운 표정이 역력했다.

“천천히 저 남자를 따라가요.”

“왜? 마음에 들어요?”

공연을 하려면 아직 시간이 많이 남았다. 길에는 행인들이 하나도 없다. 남자는 가끔씩 뒤돌아보며 뛰고 있다. 사내를 앞질러서 갔다. 경자가 차창을 내리고 돌아보며 사내를 향해 손을 흔들었다. 사내가 불안한 표정으로 히죽이 웃었다. 나는 견우와 직녀를 연결시켜줘야겠다는 갸륵한 생각에 브레이크를 콱 밟는다. 가볍게 쥐고 있던 핸들을 놓치고 말았다.

“악!”

갑자기 차가 붕 떠오르는 느낌이 들었다. 앞이 캄캄하다. 이렇게 죽을 수도 있구나. 머릿속으로 많은 생각들이 휙휙 지나간다.

얼마나 지났을까? 고개를 천천히 들어보니, 차문을 열고 사내가 경자를 끌어내린다. 지나가는 사람이 아무도 없다. 나도 사내의 부축을 받으며 내려섰다. 운전대에 부딪친 가슴이 뻐개질 것처럼 아팠다.

“괜찮아요?”

나는 경자의 몸부터 살폈다. 어디 한 군데 부러졌지 싶다. 경자는 태연스레 사내의 손을 잡은 채 웃고 서 있다.

"아픈 곳이 하나도 없어요. 기적이죠? 하기야 마약패치를 세 개나 붙였으니 어디가 부러진다고 해도 아플 턱이 없죠. 히히. 영숙씨는 괜찮아요?"

"글쎄요. 운전대에 가슴을 부딪쳤는데……."

사내가 차를 가리키며 소리 내어 웃는다.

"하하, 우습다. 차가 날아갔다."

차는 인도로 뛰어들었고 꽃으로 예쁘게 꾸며놓은 조경 석 위에 비스듬히 걸터앉았다. 주변을 둘러본 경자가 내 손을 붙잡았다.

"우리 그냥 도망가요. 아까운 시간을 조사받는데 쓰고 싶지 않아요."

경자는 시간이 지나면 빨강원피스가 누더기로 변하기라도 할 것처럼 내빼기 시작했다. 내 이름으로 등록된 경자의 차는 비상할 듯한 자세로 서 있다. 겨자색 폭스바겐은 앞뒤가 똑같아서 아래로 추락할듯 위태해 보인다. 사내는 따라오며 자꾸만 뒤돌아보았다. 경찰차가 지나가자, 가슴이 두방망이질 쳤다. 브레이크를 밟는다는 것이 무엇에 팔려서 엑셀레이터를 힘차게 밟았나 모르겠다.

몇 시간 전 사내와 만났을 뿐인데, 공범의식이 있어서일까, 전생에 무슨 인연이 있었던 걸까? 오랫동안 함께 지내온 사람처럼 편안하다.

매운 것을 먹고 싶다는 경자의 말에 비빔밥을 먹기 위해 간이음식점에 들어갔다. 경자는 고추장을 많이 넣어서 새빨갛게 비비기 시작했다. 얼굴이 검은 외국인 여자 둘이 우리 옆자리에 앉았다. 우리 음식을 가리키며 같은 걸로 달라고 한다. 그런데 한 사람은 맵게, 다른 한 사람은 고추장을 빼라고 한다. 그들이 영어로 하니까, 음식점 주인이 당황한다. 경자가 자상하게 통역을 해 주자, 외국인과 주인이 동시에 고마워한다.

"예전에 혼자서 배낭여행을 많이 다녔어요."

경자의 볼이 발그레하게 상기된다. 흑인여자는 계속 우리 쪽을 쳐다보며 웃는다. 그들을 향해 웃어주면서 이렇게도 교감이 되는구나 싶다. 밥을 다 비빈 경자는 난감한 듯 들여다보기만 한다. 그럴 줄 알았다. 자장면이 먹고 싶다, 피자가 먹고 싶다고 해서 배달시키면 냄새도 맡기 싫다며 코를 싸쥐고는 했었다. 꼭 임신한 사람처럼 음식타박을 했다.

"내가 집에 간다고 하고 중간에 사라졌는데 남동생은 연락도 없네요. 찾지 않으니 좋으면서도 방치된 것 같아 섭섭해요. 아직 이렇게 살아있는데 말이에요. 싸가지 없는 놈!"

그녀는 아마도 젊었을 때 꽤나 예쁘고 깔끔했을 것 같다. 까칠하고 변덕스런 성격은 병 때문일 것이다.

***

비빔밥을 먹고 나서 종이컵에 커피를 한 잔 타 들고 음식점 밖으로 나왔다.

"참 이상하죠? 내가 깜빡깜빡 기절하듯이 잠이 들잖아요. 그때마다 내가 가봤던 여행지들이 하나씩 보여요. 아마도 내 영혼이 내가 그리워하는 곳들을 한 바퀴 돈 다음에 떠나려나 봐요."

나는 그녀의 날들이 며칠 남지 않았다는 걸 예감한다. 어머니는 돌아가시기 전 날, 북 쪽에 있는 고향에 다녀왔다고 했다. 어린 시절 놀던 동산이 그대로 있더란다. 영혼은 시공을 초월해서, 가고 싶은 곳에 훨훨 다녀오곤 한다. 그리고서 저 세상으로 먼 여행길을 떠나는가보다. 나도 꿈속에서는 가끔씩 여고생이 되어 학교에 간다. 내 인생이 후회가 되어 다시 되돌리고 싶은 걸까? 이 세상을 떠날 때 나는 무얼 보고 싶을까?

경자는 오래 기억에 남기려는 듯 종이컵에 담긴 커피를 홀짝홀짝 마시며 음미한다. 나는 먹지 말라고 잔소리하지 않는다. 우리 세 사람은 자연스레 팔짱을 끼고 햇살 속으로 걸어 나간다.

"지금도 볼리비아 우유니의 소금사막에 서 있는 것 같아요. 이 쨍쨍한 햇살. 소금이 눈밭처럼 펼쳐져있던 그 경이로움이란!"

햇살에 눈이 부신 듯 가느스름하게 눈을 뜬 경자의 영혼은 이미 소금사막의 숨 막히는 광경 앞에 서 있다. 사내더러 경자 손을 꼭 붙들고 있으라고 당부하고 화장실로 향했다.

화장실의 도화지만한 창문으로 하늘이 보인다. 시월의 가을 하늘은 저 멀리 높고, 솜이불처럼 뽀얀 구름이 몇 장 바람 따라 흘러간다. 차를 어떻게 했을까? 혹시 어딘가로 견인해 갔을까 걱정이 된다. 겨자색 폭스바겐은 참 앙증맞다. 경자가 언제 변덕이 나서 차를 돌려달라고 할지 모르겠으나 어쨌든 내 이름으로 등록된 차가 있다는 게 참 뿌듯했었다. 차를 산 이후로 경자와 여러 번 여행을 다녀왔다. 이번에도 의사에게는 집에 다녀오겠다고 하고 요양원을 나섰다. 경자의 팔 양 쪽에 25그램짜리 마약패치를 붙였다. 그래도 마음이 놓이지 않아 젖가슴 위에 하나 더 붙였다. 유성 펜으로 날짜를 썼다. 패치는 3일 간 유효하다. 마약패치 한 통을 따로 챙겨 넣었다. 폭스바겐은 현금 사천만 원을 일시불로 주고 샀다.

어떻게 하면 좋지? 차는 괜찮은 건가? 경자가 있는데서 차마 차를 애지중지하는 모습을 보일 수가 없었다. 지금이라도 당장 달려가서 차를 살펴보고 싶다. 나는 핸드백을 열어 경자의 마약패치를 한 장 꺼냈다.

작년 가을의 아픈 기억들이 스쳐지나간다. 선배의 말을 들으니, 노안이 찾아오면 책 한 장 읽기가 힘들다고 했다. 머리가 아프고 눈도 어른거려 책과는 멀어진단다. 그 말에 자극을 받아서 열심히 읽었다. 그랬는데 내게도 그날이 소리 없이 찾아들었다. 갱년기, 남들도 이 나이가 되면 다 겪는 증상이라는 걸 머리로는 이해했지만, 울컥울컥하는 감정을 조절하기가 쉽지 않았다. 몸은 여기저기 쑤시고, 모든 게 시큰둥하고 살고 싶은 마음이 없었다.

우울한 마음을 안고 병원 앞을 지나가는데, 간병인 모집 현수막이 눈에 띄었다. 늘 한 발 앞서가며 조언해주는 선배의 말을 귀담아듣지 않고, 코앞에 닥쳐야만 아차! 그 때 선배가 그런 말을 했지 하며 되새김질을 하곤 했었다.

'늙으면 혼자 사는 습관을 들여야 해. 시간이 흐를수록 다들 떠나거든. 자식은 결혼하여 새 둥지를 꾸리느라 떠나지. 여자가 7년 정도는 오래 사니까, 배우자도 먼저 떠나거든. 그러니 그 때는 어떻게 살 거야? 지금부터 혼자 살 궁리를 해둬야지.'

그래도 이번에는 빨리 깨달은 게 다행이었다. 간병인이 되기 위해 여러 가지 공부를 준비했다. 바로 취직이 되었고, 나를 필요로 할 때마다 여행 가방을 쌌다. 죽음을 앞둔 환자를 맡은 건 이번이 처음이고, 요양원까지 따라온 것도 이번이 처음이다. 요양원은 이 세상을 축소해 놓은 듯

하다. 남아도는 보험금을 물 쓰듯 하는 사람들. 퇴폐적인 연애에 빠진 사람. 문화생활을 즐기며 도도하게 사는 사람 등등.

얼마 전 경자가 교회에 가고 싶다고 해서 요양원 안의 예배당에 들어섰다.

"꿈꾸는 것의 성취를 이루어 영혼의 감미로움을 누리고 싶습니까? 먼저 악에서 떠나는 일을 즐거워하십시오. 지혜로운 사람의 친구가 되십시오. 나를 통해 지혜를 배울 수 있도록 나부터 지혜로운 사람이 됩시다."

실버타운의 노인들만 몇 명 앉아있는데, 꿈길 같은 설교에 웃음이 나왔다. 삶이 막바지에 접어들면 신앙을 붙들 것 같은데 사람들은 이상하게도 세상으로, 본능으로 치닫는단다.

그녀의 마지막 남은 시간들을 행복하게 해주려고 길을 나선 참이다. 내가 이걸 붙이면 어떻게 되는 걸까? 아픔을 더 이상 참을 수 없다. 나는 마약패치를 쇄골 뼈 아래 쪽에 하나 붙인다.

요양원의 환자들은 조급해했다. 이제 살면 얼마나 살겠냐며 남들 하는 건 다 하고 싶단다. 새벽부터 텃밭을 가꾸는 사람은 그래도 긍정적인 축이다. 비싼 옷을 차려입고 뮤지컬이나 연극을 보러 가는 사람도 있다. 인생을 즐기고 싶다며 남자 여럿을 한꺼번에 사귀는 여자도 있다. 파트너를 바꿔가며 여행을 다녀오는 사람도 있다. 가족들은 이미 그들에게서 손을 놓아버렸다. 다달이 들어오는 보험금에서 요양원 비용은 백만 원 정도 들어간다. 보험금의 나머지는 집에 부쳐준다. 그러기 때문에 집에 가면 식구들은 빨리 요양원으로 돌아갔으면 하고 은근히 바라는 눈치란다. 요양원에 입원하고 있어야만 보험회사에서 돈이 나오기 때문이다. 죽지 않으면서 몇 년씩 끌면 가족들은 보험금으로 아파트를 산다. 그러니 환자들은 자신의 존재가 억울해서 견딜 수가 없다. 성적인 충동이나 먹는 것, 소비하는 것에 벌떼처럼 달려들게 된다. 비싸고 좋은 물건이 날개 돋친 듯 팔린다. 한 때는 돈 백만 원하는 가발을 맞추느라 아우성인 적도 있었다. 정수리가 점점 비어가는 나를 위해서도 경자는 가발을 맞춰주었다. 남녀환자 둘이서 이박삼일 여행을 떠났다가 손가락에 반지를 끼고 돌아오기도 한다.

"저 사람들 너무 한 거 아닐까요?"

내 말에 경자는 정색을 한다.

"그게 어때서요? 세상에 복수하고 싶은 거겠지요. 돈 때문에 내가 하고 싶은 것 참으며 살았는데, 결국 병이 들었고, 또 그것 때문에 돈이 들어오는데 막상 쓰지는 못하는 심정. 이런 아이러니가 어디 있겠어요? 그런데 저 사람들 성 기능은 마비되지 않은 모양이죠?"

그녀는 귓속말을 하며 은근하게 웃었다.

빨강 원피스를 입고 벤치에 앉아있는 경자의 옆모습이 보인다. 노란 조끼를 입은 사내는 내 부탁대로 경자의 손을 아직도 붙잡고 있다. 성질을 내지 않고 가만히 붙잡혀 있는 경자가 신기하기만 하다. 연탄가스를 맡은 듯 어지러워서 벽을 짚으며 걸었다.

"화장실에 너무 오래 있었어요. 무슨 일 있어요?"

경자의 말에 나는 고개를 저으며 입술을 양옆으로 당긴다. 경자는 나를 보자 긴장이 풀리는지 눈을 감고 사내 어깨에 머리를 기댄다. 경자는 잠깐씩 기절하듯 잠이 들곤 한다. 글쎄, 내가 잘한 일인지 모르겠다. 경자는 분홍색 두건을 쓰고 있다. 항암주사를 맞고 나서 고통으로 몸부림 치는 와중에도 저 두건은 꼭 쓰고 잔다. 잠이 들었다가도 습관처럼 두건을 이마 쪽으로 끌어내려 바로잡는다. 커다란 리본이 달린 흰색 망사 모자를 손에 꼭 쥔 채 잠들어 있다.

"매일 웃으면서 살래요. 가면을 하나 쓰고 사는 거지요. 내 속의 아픈 그림자는 감추고 말이에요. 아무도 나의 일그러진 모습은 보고 싶어 하지 않아요. 이렇게 웃는 모습만 사람들에게 보여주고 갈래요."

조막만한 얼굴이 말갛다. 이제는 안쓰럽다는 표현을 하기에도 한참 지나버린 상태다. 경자가 하고 싶다는 걸 해 주고 싶을 따름이다.

"이렇게 나오길 정말 잘했어요."

잠깐 자고 난 경자의 얼굴은 충전이 된 듯 편안해 보인다.

"어린 시절에는 고무줄놀이, 머리핀 따먹기를 했었지요. 길에다 석필로 금을 긋고, 사방치기 놀이도 했었어요. 영숙씨도 그런 놀이 해 봤지요?"

내가 고개를 끄덕이자 경자의 얼굴에 조금 생기가 돈다. 같은 시대에 살아서 같은 놀이를 했다는 것만으로도 반가운가보다.

"여고 수학여행 때, 캠프파이어를 하면서 밤새도록 고고를 추었었죠. 마이크를 들이대면 팝송이나 포크송을 외워서 잘도 불렀어요. 그런데 지금은 외우는 노래가 하나도 없네요. 여름이면 수영장에서 놀았고, 겨울이면 스케이트장에서 살다시피 했지요. 겨울밤이면 빨간색 밍크 담요를 퍼놓고 둘러앉았죠. 담요 아래 다리를 집어넣고 이야기를 하던 친구들은 다 어디로 갔을까요?"

경자는 친구들이 마법과 함께 일시에 사라진 듯 어리둥절한 표정을 짓는다. 죽음의 두려움으로부터, 아픔의 고통으로부터 멀어지게 하고 싶다. 충분하지는 않지만, 며칠간 통증을 가라앉혀 줄 마약 패치가 있다. 뭉근하게 아픔이 깔려 있지만, 몽은주사처럼 통증을 유예시켜준다고 하더니, 그 말이 맞는다. 뻐개질 것 같던 가슴의 통증이 사라졌다.

"미니스커트에 배꼽까지 다 드러내놓고 다니는 거 꼴불견이었는데, 저 아이들이 얼마나 예쁘고 부러운지 몰라요. 여고 때, 할머니가 그러더군요. 살이 오른 너희들이 예쁠 때라고. 그때는 살찐 게 뭐가 예쁘냐고 대들었는데, 할머니 말씀이 실감나네요. 말기 암 환자들을 보니까, 얼굴이 다 똑같아요. 이마는 튀어나오고, 눈두덩은 퀭하니 들어가고, 하관은 모두 빠르고요. 영숙씨는 지금 보기 좋아요. 살 뺄 생각 하지 말아요."

***

그녀의 눈은 아직도 볼리비아의 소금사막을 헤매고 있다. 햇살을 팅겨내는 공원의 시멘트 바닥을 내려다본다. 경자를 만났던 시간들을 필름처럼 되돌려 보았다.

그녀는 위암 말기 환자다. 석 달밖에 남지 않았다는 선고를 받았고 이제 항암치료도 중단하고 요양원에서 죽을 날만 기다리고 있다. 그녀의 가족은 남동생과 조카밖에 없는데, 잘 찾아오지 않는다. 경자는 학교 다닐 때 성적이 상위권이었는데, 남동생을 공부시키느라 대학에 가지 못했단다. 동생이 결혼할 때까지 뒤치다꺼리하다보니 정작 자기는 혼기를 놓쳤다. 그런데 남동생은 결혼한 지 몇 년 안 되어 이혼했다. 아이엠에프 때 동생은 일자리를 잃었고 경자는 남동생과 조카, 두 사람의 생활까지 책임지고 있다.

대학병원 암 병동에 있을 때다. 경자는 툭하면 병실 분위기를 썰렁하게 하는 장본인이었다. 모두들 암환자라 신경이 예민했다. 경자는 옆 침대에서 부부가 소곤대는 소리도 견디지 못하고 면박을 주었다. 간호사를 불러 병실을 바꿔달라고 고래고래 소리 지르고 나서는 침대에 기진해서 쓰러졌다. 같은 방 간병인들도 혀를 내둘렀고 눈치를 보며 슬슬 피해 다녔다. 소문이 나서 아무도 간병을 맡으려고 하지 않았다.

커피 한 잔을 뽑아들고 복도 끝으로 가는데, 비상계단에서 꺼이꺼이 숨이 넘어가게 우는 경자를 보게 되었다. 처절하게 우는 경자를 보니, '나는 고양이로소이다'를 읽다가 대성통곡을 했던 내 모습이 떠올랐다. 경자를 달랬고, 경자는 내게 힘없이 안겨왔다. 그녀는 내게 간병을 부탁했다. 이야기를 나누다보니 우리는 동갑이었다. 우정이라고 해야 할까, 연민이라고 해야 할까. 조금씩 정이 들었다. 3개월밖에 못산다는 진단을 받은 경자가 요양원에 입원하면서 내게 차를 사주었다. 자기 이름으로 사봐야 타지도 못하고, 나중에 동생이 가져갈 걸 생각하면 얄밉다는 것이다. 처음에는 많은 사람들이 찾아왔다. 면회 오던 친구들이 차츰차츰 발을 끊더니, 이제 동생도 뜸하게 들렀다. 노처녀로 늙어 오십이 되었단다. 돈이 자신을 지켜줄 거라고 악착같이 벌었단다. 게다가 보험도 여럿 들어서 한 달에 천만 원 가까운 돈이 들어온다. 하지만 요양원에서 쓸 일이 없다. 경자는 동생을 자식처럼 끔찍이 생각했다. 살이라도 베어줄 것처럼 잘하다가도 금세 토라져서 동생을 저주했다. 이 세상을 좀 더 많이 보고 싶었는데 동생에게 발목을 잡혔다는 것이다. 경자는 해외여행을 많이 다녔단다. 나는 우리나라 밖으로 한 번도 나가본 적이 없다. 나도 이국적인 풍광을 많이 보고 싶다. 그녀가 제일 억울한 건 연애 한 번 못했다는 것, 아직까지 처녀막이 건재하다는 사실이란다.

경자가 소금 사막에 매료되었듯이, 나는 이 세상을 떠날 때 어디를 한 바퀴 돌게 될까? 추억을 많이 만들지 못한 것이 후회된다.

서 쪽으로 한 무리의 사람들이 깔깔거리며 웃고 있다. 경자의 팔을 끼고 있던 사내가 다른 쪽 팔로 내 팔을 잡아끈다. 어린 아이가 장난감을 사달라고 떼를 쓰는 듯한 표정이다.

깔깔거리는 사람들은 원을 그리며 무슨 춤인가를 추는 모양인데, 외국인들이 반이나 섞여 있다. 마이크를 든 사람이 설명을 곁들이며 춤을 춘다.

"왼 쪽 팔을 옆구리에 엘 자로 붙이고 손목에 힘을 풀고 흔드는 거여. 바짓단 한 쪽을 무릎까지 둘둘 말아 걸어 부치고 한나 두울 세엣 네엣 뒤뚱뒤뚱 넘어질 듯 말 듯 절룩거리며 걷는 거지. 이게 바로 이매 춤이야. 얼굴에는 바보 같은 웃음을 머금고……."

하회탈춤 보유자라는 사내는 마이크를 들고 신바람이 났다. 관광객들은 둥글게 원을 그리며 서서 사내의 구령에 맞춰 춤을 춘다. 내 옆의 노파도 주름진 입가에 미소가 감돈다. 제 자리에 서서 연신 어깨만 들썩인다.

"마누라 우리도 들어가서 춤을 출까?"

"아니에요."

노인의 말에 노파는 쑥스러운 듯 얼굴을 붉힌다. 하지만 노파의 어깨는 멈추지 않고 어깨춤을 춘다.

쉰이라는 나이에 적응이 잘 되지 않는다. 아주머니도 아니고, 노파도 아닌 '변태가 덜 된 듯한' 나의 모습에 나는 늘 다른 사람들이 나를 어떻게 볼까 신경이 쓰여서 소심하게 행동했다.

'섭섭하고 듣기 싫은 말은 물에 새기고, 행복했던 말, 고마웠던 말은 돌에 새기라.'

이런 명언을 들으면 실천하려고 노력하지만, 말 한 마디에 상처를 받아서 어쩔 줄을 모를 때가 많다.

작년의 답답했던 일상이 떠오른다. 남편이 출근하고 나면 갑자기 갑갑한 느낌이 들면서 목으로 얼굴로 열이 팍 올랐다. 내 곁에 아무도 없다는 고독감 때문에 우리에 갇힌 맹수처럼 안절부절못했다. 나는 해바라기처럼 해를 따라 돌면서 책을 읽었다. 동쪽 방에서 오전 내내 책을 읽었다. 점심식사를 하기 위해서는 안방에 텔레비전을 틀었다. 텔레비전에서 나오는 사람 소리를 친구삼아 밥을 먹었다. 그리고 해가 서쪽으로 기울기 시작하면 거실로 의자를 옮겼다. 오후 내내 '나는 고양이로소이다'를 붙들고 몸을 웅크린 채 책 속으로 파고들었다. 정말 내가 고양이가 된 것 같았다. 다음 날 아침 눈을 뜨고 나면 또다시 무료한 시간들이 권태롭게 늘어져있었다.

'한가해 보이는 사람들도 마음속을 두드려 보면 어딘가 슬픈 소리가 난다.'

나는 그 문장을 읽다가 대성통곡을 했다. 아무도 알아주지 않는 내 마음을 이렇게 꼭 집어서 표현해주다니. 맏며느리로 대가족의 살림을 맡아서 살 때는 참 씩씩했었는데, 빈 둥지만 남은 나는 사춘기 소녀처럼 감상적이 되었다. 간병인을 시작한 것이 내게는 얼마나 다행인지 모르겠다.

옆에서 어깨춤을 추고 있던 노파는 기어코 노인에게 이끌려 못이기는 척 동그라미 안으로 들어갔다. 노파의 얼굴에 함박웃음이 피어난다. 소녀처럼 볼이 붉게 물든다.

사회자는 춤에 대해 설명을 한다.

"이매는 유일하게 전설이 있는 탈입니다. 고려 중엽쯤 마을에 전염병이 돌았답니다. 서낭신이 허 도령의 꿈에 나타나 탈을 깎으라는 계시를 내렸습니다. 허 도령은 백일 기한으로 탈을 깎고 있었지요. 허 도령을 몹시 사모하던 처녀가 금기를 깨고 100일째 되는 날 탈을 깎는 허 도령을 훔쳐보았답니다. 허 도령은 마지막으로 깎던 이매 탈의 턱을 완성하지 못한 채 피를 토하고 그 자리에서 쓰러져 죽었답니다. 김씨 처녀도 죄책감에 목숨을 끊고 말았지요. 김씨 처녀의 넋을 기려 몇 해에 한 번씩 별신굿을 하며 탈춤을 추기 시작했다고 합니다."

그런 가슴 아픈 전설과는 달리 미완성의 이매 탈은 시대를 뛰어넘어 많은 사람들에게 평화로운 웃음을 선사하며 사랑을 받고 있다.

"여기는 우리를 아는 사람이 아무도 없어요. 창피할 것 없어요. 용기를 냅시다. 파이팅!"

경자는 나와 사내의 손을 잡고 한 발을 내딛는다. 이제 남들이 나를 어떻게 볼까 따위의 염려에서 떠나련다. 우리는 그들의 원 안으로 들어간다. 배낭여행을 온 외국인 학생들이 공간을 벌려 원 안에 우리 세 사람을 끼워준다. 한 쪽 팔을 옆구리에 붙이고 팔목에 힘을 뺀 뒤 힘없이 흔든다. 한 쪽 다리를 절룩이며 넘어질 듯 넘어질 듯 원을 돈다. 경자의 입에서 거침없는 웃음소리가 터져 나온다. 마음이 한없이 자유로워진다. 아자! 잘한다! 나는 나 스스로에게 희망적인 주문을 건다.

모르는 사람들과 동화되어 얼굴을 쳐다보며 웃는다. 손에 손을 잡는다. 사내는 경자의 팔을 잡아 흔들며 재밌다, 재밌다를 연발한다. 옆에 앉아 비빔밥을 시켰던 여자가 검은 손을 내민다. 그녀의 치아가 햇빛 속에서 더욱 하얗게 빛난다. 망망대해에 섬으로 각각 떨어져 있던 마음과 마음 사이에 웃음은 다리를 놓는다. 강강수월래를 하듯 빙빙 도는 수많은 이매들을 보며 나는 눈물이 솟는다. 빡빡하기만 했던 내 눈에 눈물이 돌아온다.

사회자가 소고를 두드린다. 딱딱딱딱!

"자아자자! 이매 춤을 배워 봤습니다. 공연이 있을 때 뒤풀이 자리에서 지금 배운 춤을 추는 겁니다. 그래야 진짜 신명이 무엇인지 알게 됩니다. 부끄러움과 체면을 뛰어넘어 바보처럼 춤을 춰보면 마음이 한없이 평화롭고 자유스러워진다는 걸 체험할 수 있을 겁니다. 수고 많으셨습니다."

　모두들 아쉬운 표정으로 박수를 치며 그 자리에서 물러났다. 낯설다. 함께 춤을 추며 동그라미 안에서 웃던 사람들이 뿔뿔이 흩어지니 곧 남이다. 마음과 마음 사이에 놓여있던 다리들이 일제히 무너진다.

　하늘을 올려다본다. 몇 장 떠있던 뽀얀 구름이 파란 하늘만 남겨놓고 날아가버렸다.

　"저기압은 고기압 앞에서 물러간대요. 영숙씨, 우울함이나 두려움은 소망을 갖는 밝은 생각 앞에서 물러갈 수밖에 없을 거에요. 나는 지금 이 순간 부러운 게 없어요."

　경자는 나보다 강하다. 내가 위로를 해야 하는데, 번번이 그녀에게 위로를 받는다. 탈을 파는 가게에서 경자는 탈을 세 개 고른다.

　"고대인들은 탈을 쓰면 타인이 되고, 자신 속의 타자를 불러내는 것이라고 생각했대요."

　탈 안에 얼굴을 숨기고 잠시라도 답답한 현실에서 벗어나고 싶다. 경자는 이매 탈을 세 개 샀다. 나에게 하나, 사내에게도 하나를 권한다. 이매탈은 주황색 바탕 얼굴에 실눈이 아래로 길게 처지고, 이마와 볼의 주름살 조각의 선이 바보같이 웃는 표정을 나타낸다. 사내가 이매탈의 얼굴을 쓰다듬으며 웃는다.

＊＊＊

　파계승 마당은 대사 없이 몸짓만 하기 때문에 은근한 재미가 있다. 각시가 나와서 춤을 추는데, 중이 등장하여 바라본다. 각시가 치마를 들고 소변을 보고 나서 계속 춤을 춘다. 중이 그 자리의 흙을 움켜쥐고 냄새를 맡으며 흥분한 모습을 보이자 사내가 이매 탈을 만지작거리며 소리 내어 웃는다. 각시가 놀라더니, 이내 중과 함께 어우러져 춤을 춘다. 양반의 하인 초랭이가 등장하자, 중이 각시를 업고 달아난다. 양반과 선비 그리고 선비의 하인 이매가 등장하여 달아나는 중과 각시를 바라본다. 양반과 선비는 세상을 개탄하고, 초랭이와 이매는 서로 껴안고 웃으며 좋아한다. 경자가 내 옷소매를 가만히 잡는다.

"참 이상하죠. 남자에 대한 욕망이 꿈틀거리는 느낌이 들어요. 오랜만에 만나는 느낌이에요. 사랑의 세포가 아직도 내 몸 어느 갈피에 남아 있나 봐요. 이런 게 살아있는 느낌이 아닐까요?"

남편의 얼굴이 떠오른다. 신혼 때는 밥을 먹다가 눈만 마주쳐도 밥상을 밀어놓고 손을 잡아끌던 남편이었다. 어느 때부턴가 잠자리가 소원해졌다. 온몸의 물기가 사라지고 인공 눈물이 필요해졌다. 아무런 느낌도 느껴지지 않는 잠자리. 산부인과에서 처방해 준 윤활제를 바른 뒤에야 수월하게 그 날들을 넘겼다. 내 이야기를 듣던 경자는 인공여자라며 깔깔 웃었다.

나는 배낭여행을 떠나는 사람처럼 일주일에 한 번씩 가방을 쌌다. 간병인을 찾으면 일주일 단위로 아예 병원에 들어가 기거했다. 수술한 환자들의 대소변을 받아내고 부축해서 일으켜 세우고 나를 의지하게 해서 운동을 시켰다. 그렇게 긴박하게 돌아가는 삶이 의외로 나를 일으켜 세웠다.

백정마당이 펼쳐지고 있다. 백정이 구경꾼들을 향해 둥그런 물건을 들고 다니며 흔든다.

"젊은 여자를 데리고 살려면 이것이 필요해. 우랑 사소, 우랑이 뭔도 모르니껴? 소불알 말이시더!"

경자가 사내의 어깨를 주먹으로 두드리며 웃는다. 미얄할미 역을 맡은 남자는 짧은 저고리 아래로 밋밋한 가슴팍을 다 드러내놓고 있다. 검붉은 얼굴 바탕에 녹색 반점을 찍어 기미가 낀 것 같다. 이마가 푹 꺼져서 삶이 고달파 보인다. 말이 통하지 않지만, 외국인들도 웃어야 될 부분에서 웃는다.

이매탈의 눈 사이에 어리는 은은한 미소를 보고 있으면 마음의 여유가 느껴진다. 이매는 흰 저고리를 풀어헤치고 바지의 한 쪽을 둥둥 걷어올렸다. 맨발에 짚신을 신고, 허리춤에는 홍색 귀주머니를 차고 있다. 바보처럼 보이지만, 인생을 달관한 평화로운 미소를 짓고 있다.

"우습다, 우스워!"

구경꾼은 소리 없이 웃는 그의 웃음을 보고 따라 웃는다. 이매는 구경꾼에게 다가와서 "에이, 바보!"하면서 수작을 한다. 그리고 구경꾼 중에서 외국인들을 끌어내어 함께 추자고 몸을 들썩거린다. 얼떨결에 무대로 끌려나온 외국인들은 얼굴이 벌게진다. 엉거주춤하게 다리를 절룩이며 어쩔 줄 모른다. 구경꾼들은 그것이 우스워 박장대소한다.

공연이 끝나자 사회자가 관객들을 향해 손짓을 한다.

"여러분! 나오세요. 뒤풀이 시간을 갖겠습니다. 모두들 나와서 즐겨주세요."

사람들은 웃기만 할 뿐 선뜻 나서지 않는다. 외국인들이 몇 명 나선다. 신명풀이를 제대로 하려면 무대로 나가 춤을 추는 데까지 나아가야 한다는데, 마음만 들썩일 뿐 발이 떨어지지 않는다. 경자는 누가 부르기라도 하는 것처럼 무대로 뛰어 나간다. 조금 전에 산 이매탈을 쓰고는 다리를 절룩이며 미얄할미에게 슬금슬금 접근한다. 경자의 리본 달린 흰 모자가 장단에 맞춰 흔들린다.미얄할미는 허리를 구부리고 엉덩이를 과장되게 흔든다. 경자는 미얄할미에게 다가가 팔짱을 끼고 한 쪽 팔을 힘없이 흔든다. 관객들이 깔깔거린다. 대형스크린에 비추인 경자의 모습이 정말 우스꽝스럽다. 넘어질 듯 넘어질 듯 다리를 절룩이며 신명나게 춤을 추는 경자의 모습에 나도 눈물이 쏙 빠지도록 웃는다. 무너져가는 경자의 몸 어디서 저런 신명이 솟아 나온 걸까? 하얀 모자가 떨어져나가고, 춤을 추는지 비틀거리는지 탈을 쓴 그녀의 표정을 볼 수 없다. 경자의 분홍색 두건이 바람에 팔랑거릴 때마다 나는 가슴이 욱신거린다.

"저런 끼를 꾹꾹 눌러놓고 살았으니 그런 몹쓸 병에 걸렸지."

나도 모르게 노인처럼 혀를 찬다. 경자의 손가락이 연신 가슴을 쓸어내린다. 경자의 고통스런 몸짓이 느껴진다. 나는 황급히 무대로 뛰어 나간다. 분위기를 망치지 않으려고 나도 이매 탈을 쓰고 경자에게 다가간다.

"아까 많이 다쳤나요? 나도 마취패치를 붙였어요. 병원으로 돌아갈래요?"

경자는 고개를 절래절래 흔든다. 대신 우리 좌석에 앉아있는 사내를 손짓한다. 사내도 이매탈을 쓰고는 뛰어 나온다.

"나는 왜 이렇게 바보 같을까? 내가 너무 경솔했나봐요."

내가 중얼거리자 경자가 대꾸한다.

"바보가 아니라 착한 거지. 변덕스런 내 비위를 다 맞추고 힘거울 때마다 내 손발이 되어 줬잖아요. 영숙씨만 곁에 있으면 마음이 평안해져요."

이매 탈을 쓴 경자가 이매 탈을 쓴 나를 위로한다.

"어어, 갑자기 탈이 피부에 딱 달라붙어요. 깊이 파인 주름살이 볼을 옥죄어 마치 내 피부를 주름잡아 놓은 것 같아요. 내가 아닌 이매의 영혼이 내게로 들어오려나 봐요. 하하하, 이제 억지로 웃는 게 아니라 정말 마음이 평화로워요."

경자는 몸을 뒤틀더니 이매 탈을 쓴 사내의 품에 안긴다.

"하하 우습다. 우스워. 즐거웠어요. 이매 탈님?"

경자가 사내의 품에 안긴 채 내게 손가락질을 한다. 이매를 안은 이매가 함께 뒤로 넘어간다. 사람들은 무대 가운데 우리 셋만 남겨두고 빙 둘러서서 계속 탈춤을 춘다. 나는 경자에게서 탈을 벗기려고 허둥거린다. 이매 탈이 벗겨지지 않는다. '가면을 쓰고 웃는 모습만 보여주고 갈래요.' 경자의 목소리가 들리는 듯하다. 나도 이매 탈을 벗지 못한다. 안으로 눈물이 줄줄 흐르지만, 이매 탈은 주름을 잡으며 웃고 있겠지?

"안 돼! 예뻐요! 안 돼!"

사내는 소리 지르며 경자를 꼬옥 부둥켜안는다. '어쩌면 이 사람, 하느님이 보내준 천사인지도 몰라요.' 경자의 말이 마음속에서 메아리친다. 경자의 두건이 정수리 쪽까지 올라가 있어, 머리카락이 하나도 없는 민머리를 드러내고 있다. 자다가도 두건이 벗겨지면 질겁하여 내려썼는데……. 나는 경자가 평소에 하던 것처럼 분홍색 두건을 이마 쪽으로 끌어내린다. 바닥에 떨어져 있는 흰색 망사 모자를 씌운다. 대형 스크린에 빨간 이매, 노란 이매, 갈색 이매가 클로즈업된다. 세 이매는 평화로운 미소를 선사하고 있다. 관중석에서는 박수갈채가 끊이지 않는다. 가슴이 먹먹해진다.

빨강색 원피스를 입은 이매가 웃는다. 박수갈채를 받으며 겨자 색 폭스바겐을 타고 파란 잉크 빛 하늘로 날아오른다. 경자는 고통스런 몸을 벗어버리고 훨훨 날아갔을 거다. 경자의 손길인양 시원한 바람이 목덜미를 어루만지며 지나간다. 그제야 운전대에 부딪친 가슴이 욱신거린다. 아니 그 가슴뼈 아래 더 깊숙한 곳에서 잉크 빛보다 더 시퍼런 슬픔이 소리를 내기 시작한다.

"이매 탈을 하나씩 쓰고 사는 거지요. 마음속의 슬픈 소리는 들리지 않도록……."

나의 울먹이는 소리에 사내가 코맹맹이 소리로 짧게 대답한다.

"네."

끝

Bocca della verita
(진실의 입)

김용진

1969년 서울 출생

2006년 《문학과 창작》 신인상 〈아버지의 산〉으로 등단

Bocca della verita
(진실의 입)

　그러니까 내가 한사장을 다시 만난 것은 3년만의 일이었어요. 한사장은 중국에서 여러 개의 의류매장을 운영하는 나름 재력가에요. 한사장은 중국어가 유창한 조선족 직원이 필요했고 나는 월급을 많이 주는 일자리가 필요했죠. 나는 회사 전체의 입출고를 담당하는 업무와 함께 사업상 손님을 만나야하는 자리에서 통역을 맡기도 했습니다. 하지만 가끔 매장에 나가서 계산 업무를 도와 줄 때가 더 좋았어요. 사람들 구경을 맘 놓고 할 수 있었거든요. 다른 한국인 사장들과는 달리 직원들에게 친절하게 대해주는 한사장을 만난 것은 정말 행운이었죠. 하지만 어느 순간부터 한 사장이 베푸는 친절이 조금씩 부담스러워지더군요. 친절이든 배려든 당사자가 원하는 것 그 이상이라면 불편해지기 마련입니다. 처음엔 그저 성실하게 일하는 직원에 대한 호감 정도로만 생각했는데 그는 내게 그 이상의 감정을 갖게 된 것 같았어요. 그는 한국이나 홍콩에 다녀올 때마다 내 선물을 잊지 않고 챙겨왔어요. 내 형편으론 꿈도 꿀 수 없는 고가의 화장품을 사다 주기도 했고 말로는 짝퉁이라고 하는데 제법 그럴듯해 보이는 핸드백을 사다 준적도 있었죠. 그렇다고 해서 한사장과 내가 특별한 사이였다는 것은 아닙니다. 한사장이란 사람이 딱히 눈에 들어오는 스타일도 아니지만 그 당시 내겐 먹고 사는데 필요한 것 아니면 모든 것이 사치였으니까요. 한사장은 분명 좋은 사람이었어요. 좋은 사람이라는 기준이 뭐냐고요? 글쎄요. 내게 잘 해 주는 사람? 아니, 내가 원하는 대로 다 해 주는 사람이라고 말하는 것이 좀 더 솔직한 표현이겠죠. 어쨌거나 나는 그에게 조심스럽게 말했습니다. 내게 잘 해주지 말라고 말입니다. 그렇다고 해서 그의 태도가 눈에 띄게 달라진 건 아니었어요. 그는 여전히 모든 사람에게 친절한 사람이었고 내겐 눈에 보이지 않는 편의를 봐주기 위해 애쓰는 것 같았어요. 남편을 찾아가겠다고 사직서를 냈을 때도 한사장은 자신의 거래처를 통해 남들보다 쉽게 한국에 갈 수 있도록 도와줬었죠. 남편이 있냐고요? 네, 그 땐 있었죠. 하지만 남편 얘기는 조금 나중에 하겠습니다. 그 사람 얘기를 하려면 화가 날 것 같거든요.

어쨌든 한 사장을 서울에서 다시 만난 건 정말 우연한 일이었어요. 세상에 우연이 어디 있냐고요? 아나톨 프랑스라는 작가가 그랬다고 하더군요. '세상의 모든 우연은 하나님이 서명하고 싶지 않을 때 쓰는 가명'

이라고 말입니다. 그런 의미에서 본다면 한 사장을 다시 만난 건 하늘의 뜻인지도 모르겠습니다.

그 날 나는 논현동에 있는 소개소를 찾아가는 길이었어요. 한국의 경기가 좋지 않아서 강남 지역이 아니면 입주 도우미를 구하는 경우가 드물었거든요. 논현역에 내려서 직업소개소로 전화를 걸었는데 상담실장이 급한 일 때문에 밖에 나와 있다는 거예요. 두 시간 정도 후에 오라고 하는데 잠시 막막하더군요. 딱히 갈 곳도 없던 터라 지하철역 의자에 앉아 선거를 며칠 앞둔 대선후보들의 토론 프로그램이 재방송되는 것을 보고 있었죠.

- 자신이 그 회사의 실제 소유주라는 사실을 증명하는 자료들이 이렇게 쏟아져 나와 있는데도 본인과는 전혀 상관없다고 말씀하시는 것, 너무 심한 거짓말 아닙니까? 거짓말을 상습적으로 해 대고 자신의 거짓말에 스스로 도취돼서 진실인 양 믿어버리는 것, 일종의 정신병입니다. 도덕적으로나 정신적으로 결함이 있는 사람이 어떻게 대통령 후보가 될 수 있다고 생각하시는 건지, 후보직 사퇴를 진지하게 검토하실 생각은 없습니까?

약간 당황한 듯한 사회자의 얼굴이 화면을 가득 채웠습니다.

- 네, 박후보님 답변하시기 바랍니다.

- 글쎄요, 거짓말에 대해선 저보다 윤후보님께서 한 수 위가 아닙니까? 지난 경선 과정 때부터 윤후보님과 그 측근들이 저지른 거짓을 둘러보신다면 저에게 그런 질문을 하실 자격은 없을 겁니다.

- 박후보님, 아직 답변할 시간이 남았습니다.

카메라는 방금 대답을 마친 후보가 더 이상 거론할 여지도 없다는 듯 손사래를 치는 모습을 담고 있었습니다. 그 때였습니다.

"그 밥에 그 나물이지. 정치하는 놈 치고 거짓말 안 하는 놈 있으면 나와 보라 그래. 거짓말을 밥 먹듯 해도 좋으니까 국민들 잘 먹고 잘 살게 만 해 주면 그게 장땡이지. 아, 안 그래요?"

누군가 큰 목소리로 떠들어댔고 나는 소리 나는 쪽으로 무심코 고개를 돌렸습니다.

"아니, 이게 누구야? 순애씨 아냐?"

"……."

그가 내 이름을 부르며 다가오는데도 나는 마치 다른 사람을 부르는 것인 양 멀건 눈빛으로 그를 보고만 있었습니다. 그가 내 손을 덥석 잡으며 다시금 내 이름을 불렀을 때에야 비로소 그가 누군지 알아봤습니다. 생각지도 못한 곳에서 오래 전 인연을 만난다는 건 정말 반가운 일이더군요. 물론 과거 그가 내게 베푼 호의까지 올올이 떠올린 것은 아닙니다. 사람들은 누구나 자신이 받은 것은 금방 잊어버리는 법이거든요. 물론 상처는 경우가 다르겠지만 말입니다.

"반갑습니다, 한사장님."

"여긴 웬일이에요?"

"그런 한사장님은요? 북경에 계셔야 하는 것 아닙니까?"

"아, 나야 뭐 왔다 갔다 하는 사람이잖아요. 그래, 어떻게 지냈어요?"

"지난 번 힘 써 주신 덕분에 한동안 잘 지냈습니다."

"그럼 한국에 계속 있었던 거예요?"

"고향에 한 차례 다녀오긴 했어요."

"우리 여기서 이럴 게 아니라 어디라도 좀 들어갑시다."

시간이 그리 많지 않다고 하는데도 그는 한사코 가까운 곳 아무데라도 들어가자고 잡아끌었습니다. 지하철 역 계단을 올라가자마자 호프집이 보였고 그는 먼저 안으로 들어가면서 내게 재촉하는 손짓을 하더군요. 못 이기는 척 따라 들어가긴 했지만 기분이 나쁘진 않았어요.

가게 안은 술집 특유의 냄새가 배어있었습니다. 찌든 먼지 냄새와 담배 냄새, 술 냄새, 사람들 냄새……그것들을 없애기 위한 싸구려 방향제 냄새까지. 하지만 오래지 않아 내 후각은 그 냄새에 무뎌졌습니다. 문을 연지 얼마 안 되었는지 바닥엔 물걸레가 지나간 흔적들이 보이고 주인 남자로 보이는 사내 하나가 입구에 있는 숯불 가마에 막 불을 지피고 있었습니다. 한사장은 그를 향해 생맥주 두 잔과 닭을 한 마리 시켰어요.

한사장과 나는 이런 저런 사는 얘기들로 서로의 안부를 물으며 대화를 이어나갔어요.

"나, 솔직히 순애씨한테 서운했어요. 막말로 내가 연애를 하자고 했던 것도 아니고 그냥 좋은 친구로 지내고 싶었던 것뿐이었는데 그게 그렇게 불편했어요? 한국으로 내빼버리고……."

"한사장님 잘못이 아니에요. 그 땐 제 상황이 좀 그랬습니다."

"그러니까 그 상황이란 게 뭔데 그래요? 남편이 배신이라도 때렸나?"

나는 잘못을 들킨 사람처럼 갑자기 당황이 되더군요,

“배신이요? 그런 셈이죠.”

배신이라는 단어를 곱씹는 순간 가슴 한구석 쌓아 둔 분노가 스멀스멀 되살아나는 것 같았습니다. 아무래도 여기서 남편 얘기를 하고 가야 할 것 같군요.

남편은 나보다 먼저 한국에 나왔어요. 몸이 아픈 딸아이의 치료비를 대느라 빚이 눈덩이처럼 불어날 때였어요. 더 이상 중국에선 버틸 수 없다는 생각이 들었는지 그는 여행사에 다니는 친구에게 부탁해서 여권을 만들고 한국행을 결심했어요. 취업 비자로 입국한 것이 아니었기 때문에 3개월이 지나자 그는 불법체류자 신세가 되었습니다. 떠나기 전 남편은 내게 돈을 많이 벌어서 보내주겠다고 약속을 했지만 그는 약속을 지키지 못했어요. 한국이란 사회가 먹고 살기 녹록한 곳은 아니잖아요. 연고도 없는 교포가 자릴 잡고 생활하려면 생각 외로 많은 돈이 필요하다고 하더군요. 더욱이 남편은 떳떳한 신분이 아니라는 이유로 남들보다 적은 일당을 받아도 하소연 할 곳도 없었을 테죠. 그런 것 다 이해합니다. 남자한테 조강지처가 뭐예요? 가장 어려운 시절을 함께 견딜 수 있는 유일한 여자 아녜요? 내가 특별히 의리 있는 사람이라서가 아니라 결혼해서 새끼들 낳고 힘든 시절 겪다 보면 부부간에 측은지심이란 것이 생긴답니다. 서로를 불쌍하게 여기다 보면 용서 못할 것도 없고 이해 못할 것도 없죠. 그런데 몇 달 지나지 않아 그나마 조금씩이라도 보내오던 송금이 끊어졌어요. 처음엔 그저 일을 잡지 못해서 그런가 보다 했죠. 얼마간 기다리던 끝에 전화를 걸어봤지만 통화가 되지 않더군요. 대포 폰이라고 하던가요? 그런 걸 사용했던 터라 바뀐 번호를 알아낼 방법이 없었어요. 연락이 끊긴 동안 그 사람에게 무슨 일이 있었는지 나는 아무 것도 알 수 없었어요. 또한 그 사람을 위해 그 무엇도 할 수 없었죠. 그저 남편이 무사한가 걱정하는 것 말곤 할 수 있는 게 없더라고요. 사람이 언제 가장 우울한지 아세요? 자신의 무력함을 확인하는 순간일 겁니다.

1년쯤 지나서 그가 친구를 통해서 편지를 보냈더군요. 자신이 불법체류자로 있는 한 시댁이나 친정의 그 어떤 사람도 한국에 들어 올 수 없다는 거예요. 남편의 사촌 형이 정상적인 절차를 밟았는데도 남편이 불법체류자로 있기 때문에 비자가 나오지 않았다는 겁니다. 자기 때문에 여러 사람에게 불편을 끼칠 수 없다면서 위장 이혼을 하자고 했어요. 남편의 친구는 이혼에 필요한 서류들을 아예 준비해 왔더군요. 나는 오래 고민하지 않고 덥석 이혼에 동의를 해줬어요. 그 때 나는 약간 흥분 상태였어요. 남편이 살아있다는 사실 하나만으로도 모든 문제가 해결된 듯한 착각을 했던 것 같아요. 그리고 그 때까지도 남편과의 형식적인 이혼이 현실이 될 줄은 꿈에도 몰랐습니다.

그 후 남편과 연락이 완전히 끊겼어요. 아니, 남편은 완벽하게 숨어버렸죠. 내가 지금도 그를 용서하지 못하는 이유는 거짓말로 속이고 이혼을 했다는 사실이 아니에요. 남편과 연락이 끊긴 시간 동안 별별 상상을 다하며 속을 끓이게 했다는 것입니다. 그 누구도 다른 사람의 인생을 정체시키거나 저당 잡을 권리는 없잖아요. 차라리 처음부터 모든 것을 털어 놓았더라면 그토록 커다란 배신감을 갖진 않았을 겁니다. 내가 이혼해 주지 않을까봐 그랬을 거라고요? 그랬을 수도 있겠죠. 하지만 나야말로 진짜 이유를 알았다면 주저 없이 그 사람을 내 인생에서 지웠을 겁니다. 남편과 사이에서 낳은 딸아이가 있긴 했지만 그래도 나는 그렇게 했을 겁니다. 어차피 딸아이는 지금 내 곁에 없을 운명이었으니까요. 딸아이는 태어났을 때부터 몸이 성치 않은 아이였어요. 병명이 뭐냐고요? 위스코트 알……뭐라고 하던데? 갑자기 기억이 나질 않네요. 아무튼 유전자의 돌연변이 때문에 혈소판이 감소하는 병이라고 하더군요. 딸애를 처음 진찰한 의사가 그랬어요. 심각한 감염이나 출혈로 성장기를 못 넘기고 사망하게 될 거라고요. 조혈모세포이식만이 유일한 해결책이라고 했는데 형편상 그건 엄두도 내지 못할 일이었습니다.

수혈로 연명하는 딸애가 오래도록 나와 함께 있어 줄 거란 희망을 아예 버리고 살아서 그랬을까요? 딸애를 잃었는데도 나는 눈물조차 흘리지 않았어요. 마치 연습이라도 했던 사람처럼 침착했단 말입니다. 딸애에겐 살아있는 나날들이 오히려 지옥이었을 테죠. 사람들은 죽은 놈만 불쌍하다고 말하더군요. 하지만 살아있는 것이 그리 좋다고만 할 수는 없지 않을까요? 어쨌거나 지금 생각해보면 딸애가 먼저 떠난 것 또한 잘된 일입니다. 만약 딸애가 지금껏 살아있다면 어떻게든 내 발목을 잡았을 테니까요.

"남편은 그래 어디서 뭘 하고 산데요?"

"서울에 있더라구요. 생각보다 잘 지내고 있었어요. "

"서울이요? 서울에서 뭘 하고 있습디까?"

"새로운 인연을 만나서 가정을 꾸렸더군요. "

"뭐요? 어떻게 그런 일이 생길 수 있어요?"

"어떤 일이든 다 생길 수 있는 게 우리네 인생 아니겠어요?"

나는 새로 주문한 생맥주를 한 모금 마셨습니다. 입술에 닿는 거품의 느낌이 부드러웠어요. 거품이란 게 그렇더군요. 혀끝의 감각 뿐 아니라 사람의 눈까지도 만족시키는 효과가 있더란 말입니다. 물론 오래 지속되지 않는다는 가장 큰 단점이 있긴 하지만요.

남편은 내게만 거짓말을 한 것은 아니었어요. 남편과의 이혼을 도왔던 친구가 어느 날 나를 찾아와선 남편에 대한 얘기를 털어 놓더군요. 아무래도 아니다 싶은 생각이 들었는지 아니면 남 일에 제대로 고춧가루를 뿌려야지 싶었는지 그건 모르겠어요. 남편과의 어정쩡한 관계에 종지부를 찍어야겠다는 생각에 그가 적어 준 주소만 들고 한국에 왔어요. 가끔 삶은 쉽게 풀릴 때도 있더군요. 물론 아주 가끔이지만 말에요. 그가 만일 변두리 주택가에 살았다면 그를 찾느라 며칠 고생했을 텐데 다행히도 대림역 바로 앞에 있는 술집이더군요. 교포들이 많이 사는 동네라고 하더니 그 곳에 들어서는 순간 귀에 설지 않은 말들이 오가더군요. 나를 처음 맞이한 사람은 남편은 아니었어요. 남편은 잠시 자릴 비운 상황이었던 것 같아요. 나보다 열 살 쯤 위로 보이는 여자가 다가와 내게 혼자냐며 묻더군요. 나는 그렇다고 대답했어요. 여자는 칸막이 뒤 쪽으로 자리를 안내해 주면서 비닐로 코팅을 한 메뉴를 테이블에 놓고 갔어요. 나는 잠시 그것을 뚫어지게 바라보고 있었어요. 뭐 특별히 결연한 각오를 하며 찾아 온 것도 아닌데 여자와 마주 선 순간 긴장이 되더라고요. 혹시라도 목소리가 떨릴까봐 어금니를 앙다물고 있는데 그녀가 다시 왔어요.

"뭘 드릴까요?"

"문경배요."

나는 그녀에게 남편의 이름 석 자를 또박또박 말했습니다.

"네?"

순간 그녀는 경계하는 듯한 낯빛을 보이더군요. 나는 잠시 숨을 고르고 이어서 말했어요.

"문경배를 만나러 왔습니다."

여자는 애써 너그러운 눈빛을 보이는가 싶더니 입가에 엷은 미소를 띠며 묻더군요. 하지만 나는 그녀가 거짓으로 웃고 있단 걸 알았어요. 눈은 그대로 놔둔 체 입 꼬리만 움직이는 건 진짜 웃음이 아니거든요.

"누구십니까? 혹시 동생 분이세요?"

그리곤 내 대답을 들을 필요도 없다는 듯이 내 앞자리에 풀썩 주저앉더니 다짜고짜 얘기를 늘어놓는 것이었어요. 여자의 갑작스런 태도에 당황스럽더군요. 하지만 이어지는 여자의 얘기에 비하면 그건 아무것도 아니었습니다.

"반갑습니다. 내 그 쪽 얘기 많이 들었어요. 경배씨가 동생 걱정을 어찌나 하는지 오빠 없는 사람 어디 서러워 살겠나? 그래 생각했습니다. 집안엔 별 고 없으시죠? 한 번 인사를 간다, 간다 하면서 사는 게 이래 바쁜 일이라 경황이 없습니다. 용서하쇼."

"여동생이 있다고 했단 말입니까?"

"그럼요. 동생 남편이 다니는 회사에서 힘써줘서 한국에도 들어올 수 있었다고 말했어요. 그런데 막상 여기 와보니까 돈벌이가 쉽지 않았다고 하더만요. 경배씬 술 마시면 집 얘기, 고향 얘기, 동생 얘기, 그리고 아픈 조카 딸 얘기 정말 많이 하고 그럽니다."

그 대목에서 나는 좀 기가 막혔어요. 다른 것은 다 이해한다고 해도 자기의 유전자를 받아서 태어난 아이를 부인한다는 것은 좀 심하다는 생각이 들더군요. 그 나이에 마누라도 없고 자식도 없는 게 더 이상한 일 아닐까요? '마누라, 새끼 다 버리고 너를 선택했다' 그런 게 더 현실적이고 감동적이지 않냐 하는 거죠. 내가 볼 땐 어설픈 거짓말일 뿐인데 사랑하는 사람들끼린 서로 속아주고 그러는가 봐요. 하긴, 여자가 좀 일방적이더군요. 머릿속에 자기 생각으로만 꽉 차 있어서 저만 좋으면 무조건 올-인하는 스타일. 그런 부류의 사람들을 대하는 게 나로선 쉽지 않은데 남편과는 궁합이 잘 들어맞았던 모양입니다. 좋은 점도 있겠죠. 대개 그런 성향의 사람들은 결정이나 포기가 빠르거든요. '내 생각은 이래, 너는 아냐? 아님 말구.' 뭐, 이런 식이던데……아니라고요? 아님 말고요, 후후훗!

"우리 사는 게 다 그렇습니다. 나야 한국 들어온 지 오래라서 지금은 이렇게 자리 잡고 살지만 다른 사람들은 모두 입장이 좋지 않습니다. 처음 경배씨 봤을 때 꼴이 영 아니었습니다. 여기 오는 사람들 다 말합니다. 문경배 내가 사람 만들었다고 말입니다."

그녀는 수줍은 듯 웃었어요. 마흔이 훨씬 넘은 여자도 자기의 남자 얘기를 할 땐 풋내 나는 미소를 지을 수 있다는 것을 나는 그 때 처음 알았습니다. 나는 더 이상 그녀에게 어떤 말도 묻지 못했어요. 그녀가 굳건히 믿고 있는 문경배라는 사람, 그러니까 내 남편이란 사람의 실체에 대해서 다 알려주는 즉시 그녀의 인생에 어떤 변화가 올지, 염려가 되더군요. 같은 여자로서 그녀의 사랑에 대한 로망을 깨트리고 싶지 않았는지도 모르겠습니다.

남편은 그녀에게 정말 재밌는 연출을 했더군요.

"경배씨처럼 공부만 한 사람이 여기 와서 험한 일 할라니까 쉽지 않았을 겁니다. 그래도 어떡합니까? 고향에 남은 식구들 생각해서라도 열심히 살아야죠."

남편은 여자에게 하얼빈 대학교를 졸업했다고 했다는 군요. 하얼빈대학이라뇨? 남편은 하얼빈 근처에 가보지도 못한 사람인데요. 정말 너무 웃긴 일이었습니다. "쿡" 웃음이 터지려는 것을 억지로 참고 있는데 갑자기 그 사건이 생각났어요.

지난여름, 딸애 장례를 치르고 한국에 다시 들어 왔을 때였습니다. 인천공항에 한바탕 난리가 났었던 사건을 아실 거예요. 얼마나 많은 취재진들이 기다리고 있는지 한국 최고의 연예인이라도 들어오는 줄 알았습니다. 하지만 그 많은 사람들이 기다리고 있었던 건 평범하기 짝이 없는 젊은 여자더군요. 그녀를 필두로 대한민국 전체가 학력 위조의 열풍이 불기도 했었잖아요. 말로는 경력이나 실력을 운운하면서 무엇보다 학벌을 따지는 한국 사회의 이중성이 분명하게 드러났던 사건이었죠. 그녀의 거짓말은 생각보다 복잡한 배경을 만들어 냈더군요. 정치, 종교, 미술 다 방면에 그녀와 엮여 곤혹을 치른 사람이 여럿이라고 들었습니다. 그녀의 청순한 얼굴과 남편의 얼굴이 오버랩 되면서 마치 한 사람처럼 느껴지더군요. 닮은 구석이라곤 없는 얼굴이지만 그들의 인생은 닮은꼴이었어요. 어둡고 습한 바닥에 무언가를 은밀히 숨겨 둔 위험한 사람들이니까요.

사람이 왜 위험한 존재일까요? 그건 지구상에 존재하는 모든 생명체 중에서 사람만이 유일하게 거짓말을 할 수 있기 때문이에요. 사람들은 누구나 거짓말을 하죠. 뇌의 변연계에 특별한 이상이 있는 사람이 아니더라도 말입니다. 약점이 많은 사람이라면 아마도 더 많은 거짓을 만들어 내겠죠. 거짓말은 자신의 단점을 얼마든지 숨길 수 있으니까요. 거짓말은 지나간 과거의 상흔을 없앨 수 있을 뿐 아니라 원본과는 생판 다르게 각색을 할 수도 있어요. 무엇보다 거짓말의 가장 큰 매력은 자신이 처한 현실을 부인할 수 있다는 점입니다. 정신과 의사들은 세상을 발칵 뒤집어 놓은 깜찍한(?) 그녀에게 공상적 허언증에 가깝다는 소견을 밝혔다고 하더군요. 쉽게 말해서 상습적인 거짓말쟁이라는 뜻이겠죠. 그런 증세를 보이는 사람들은 여러 가지 인격 장애를 동반한다고 해요. 하긴 거짓말이라는 것 자체가 인격적인 것과는 거리가 멀긴 하죠. 사람의 뇌가 그렇다더군요. 반복해서 거짓 정보를 입력해 주면 어느 새 그걸 사실로 믿게 된다는 거예요. 그래서 처음엔 거짓임을 분명히 인지했던 사람조차 반복되는 거짓말에 빠져드는 모양입니다. 세상에서 가장 완벽한 거짓말쟁이는 자신의 거짓말에 스스로 속아 넘어가는 사람이라고 하더군요. 투르게네프가 그랬어요. 누구나 자신을 속이지 않고 살 수 있는 사람은 세상에 없다고 말에요. 다시 말해 인간이란 때때로 자기기만에 기대어 살 수 밖에 없는 존재라는 얘기일 겁니다.

살다보면 거짓인줄 뻔히 알면서도 딱히 대안이 없다는 이유로 그 거짓말에 동의해주는 경우도 있을 거예요. 마치 내가 남편의 거짓을 위한 거짓에 맥없이 동의해 준 것처럼 말입니다.

"아, 몹쓸 사람 같으니라고. 그런 사람 같진 않았는데 모를 게 사람 속이에요. 그죠?"

"그런 사람이 따로 있는 게 아니라 상황이 사람을 변하게 하는 것 같아요."

"상황은 무슨. 살다보면 마누라 바꾸고 싶지 않은 사람이 어딨어요? 마누라 못 바꾸니까 차 바꾸고 집 바꾸고 그러는 거지. 다 그러면서 사는 거예요. 바꿔봤자 별 거 없어요. 다 거기서 거기지. 조강지처 버리면 천벌 받는단 말이 있어요."

"천벌은요. 되려 잘 풀린 것 같더만요. 돈도 많고 명도 짧은 여자 만났으니 말입니다. 물론 가는 덴 순서가 없지만 말예요."

"순애씨 한국사람 다 됐네. 하긴 돈 많고 명 짧은 여자가 최고지. 하하핫!"

한사장은 호탕하게 웃으며 건배를 했습니다.

"자, 마셔요. 먹고 죽자고요."

"죽긴 왜 죽습니까? 돈 많이 벌어서 고향 가야지요."

"아니, 왜 또 그러셔. 술 마실 때 쓰는 여기 농담인데 몰라요?"

"그런 겁니까? 술 마실 일이 통 있어야죠. 원래 술 좋아하는 사람도 아니고. 누구랑 마십니까? 여기 아직 벗도 없는걸요."

"그래요? 잘 됐네. 내가 술친구 해드리면 되겠네."

　한사장은 다시금 건배를 했고 우린 몇 잔의 생맥주를 더 마셨습니다. 맥주란 술이 불편한 것도 있더군요. 배도 많이 부르고 화장실도 자주 들락거리게 만드는 술이니까요. 사람들은 우리 고향에서 나오는 고량주가 깨끗하다고 하던데 정작 나는 그 맛을 알지 못합니다. 중국에 있을 땐 술을 입에 대지도 못했으니까요. 술이 위로가 될 수도 있다는 것을 진즉에 알았다면 좋았을 걸 그랬어요. 지금 생각해 보면 나는 참 바보처럼 살았던 것 같습니다. 결혼해서 사는 동안 식구들 뒤치다꺼리 하고 딸애 병 수발들다보니 세월이 어떻게 가는 줄도 모르겠더군요. 다른 사람들도 다 그렇게 산다고요? 그렇겠죠. 사람들이 일상에서 겪는 희로애락의 형태만 다를 뿐 삶의 원형은 모두가 비슷하게 닮았을 겁니다.

　나는 직업소개소 실장과의 약속도 잊은 채 앉아 있었어요. 술자리라는 게 그렇더군요. 마땅히 할 얘기가 없었던 것 같은데 술이 들어갈수록 할 얘기들이 술술 쏟아져 나오는 거였어요. 2차를 가자며 부추기는 한사장에게 나는 더 이상 술은 못 마시겠다고 사양을 했습니다. 술을 못하는 이유도 있었지만 어쩐지 내 자신을 추슬러야 할 것 같다는 생각이 들었어요. 왜, 그럴 때 있잖아요. 생각지도 못한 사람에게 필요이상의 많은 말을 하고 났을 때 갑자기 몰려드는 허탈한 마음이라든가 더 이상은 털어놓지 않겠다는 생뚱맞은 견고함 같은 것 말입니다. 웃기죠?

　한사코 싫다는 내 손을 잡아끌고 근처 술집으로 자리를 옮긴 한 사장은 취기가 더 오르는 것 같더군요. 흐트러지는 그의 모습에 왠지 겁이 나기도 했어요.

　"순애씨-이, 미안해요."

"미안하다뇨? 한사장님이 미안할 게 뭐 있습니까? 일 없습니다."

"또, 또 그 소리. 일이 없긴 왜 없어요? 매일, 매일이 새로운 일투성이라니까."

"그게 아니라 상관없단 얘깁니다."

"알아요, 알아. 그냥 농담하는 거예요. 이상하죠? 나는 예전부터 순애씨랑 얘기할 때 왜 그렇게 농담이 하고 싶은지. 그렇다고 오해는 말아요. 쉽게 봐서 그러는 건 아니니까."

그 와중에도 한사장은 내게 오해받기가 두려운지 정색을 하며 손을 내젓더군요. 그를 보고 있으려니 웃음이 났습니다.

"어, 순애씨 웃을 때도 있네? 야~~웃으니까 너무 이쁘다, 우리 순애씨."

한사장은 목소리가 커졌고 당황한 나는 그의 옷소매를 잡아 당겼습니다.

"왜 그러십니까? 다 쳐다보잖습니까?"

"쳐다보면 어때서요? 아, 쳐다보라고 하세요. 이뻐서 이쁘다고 하는데 뭐가 잘못됐어요?"

술이 오른 한사장은 떼를 부리는 아이 같았어요. 어쩐지 나는 그의 얼굴이 슬프게 보였습니다. 오십 줄에 들어 선 남자들의 얼굴에는 연약함이 깃드는 모양입니다. 3년 전까지만 해도 한 사장은 나이보다 젊어보였고 늘 호탕한 웃음을 달고 다니는 사람이었습니다. 그런데 다시 만난 한사장의 얼굴에는 전에 없이 여자의 보호본능을 자극하는 뭔가가 생겼더군요.

인류 최고의 발명품이 술이라고 했던가요? 완전히 동의하는 건 아니지만 어느 정도 공감하는 부분이 있긴 있네요. 사람과 사람 사이의 거리감을 짧은 시간 안에 허물어준다는 면에서 말입니다. 인간관계에서 술처럼 단시간에 엄청난 변화를 유도하는 것이 또 있을까요? 술의 위력 때문에 한 순간 운명이 뒤틀리는 사람들도 있을 겁니다. 한사장과 나처럼 말입니다. 술집 계단에서 잠시 비틀거리는 한사장을 내가 자연스럽게 부축해 준 것도 술의 힘인지도 모르겠습니다.

한사장은 갑자기 내 가슴팍에 얼굴을 기대더군요. 당황한 나는 그를 밀어내려 했지만 쉽지 않았어요.

"미안해요. 잠깐만. 잠깐만 이렇게 있을게요."

"왜이러십니까? 정신 놓으면 큰일입니다."

"알았어요. 잠깐이면 되니까 잠깐만 이대로 있어 줘요."

나는 어정쩡한 자세로 서 있을 수밖에 없었어요. 다행히 우리를 유심히 바라보는 사람이 없더군요. 한국 사회가 애정표현에 자유로운 곳이기도 하지만 좀 다르게 얘기하자면 남이 무얼 하든 관심이 없다는 뜻이겠죠. 잠시 후 한사장은 고개를 번쩍 들더니 마치 대단한 발견이라도 한 듯 자신감 넘치는 목소리로 말하더군요.

"순애씨, 우리 노래 부르러 갑시다."

"노래요? 싫습니다."

"그러지 말고 딱 1시간만 부르고 가요."

한사장은 손가락을 들어 보이며 내게 사정을 했고 나는 그를 밀어 내며 계단을 마저 내려왔습니다. 뒤따라 온 한사장은 내 가방 끈을 붙잡으며 애원을 했습니다.

"그럼 30분만 부르고 갑시다. 술도 좀 깰 겸, 네?"

"자꾸 사정하지 마십시오. 곤란합니다."

"순애씨, 사정은 원래 남자가 하는 거요. 으흐흐. 그러지 말고 잠깐만 놀다 갑시다."

"한사장님 혼자 부르시면 되겠습니다."

"알았어요, 순애씨한테 노래하란 소리 안 할 테니까 옆에만 있어 줘요."

"그 소리가 아니고 혼자 들어가란 얘깁니다. 아셨습니까?"

"에이, 순애씨 너무하네. 그래도 한 솥 밥 먹던 식군데 이렇게 매정하게 굴면 되겠어요? 오늘 순애씨 만나서 너무 반갑고 좋아서 내가 좀 오바를 한 지도 모르겠지만 순애씨한테 더 이상 실수하지 않아요. 그러니까 염려 말고 같이 갑시다."

그래요, 식구라는 말이 귀에 들어와 박힌 건지도 모르겠습니다. 피 한 방울 안 섞인 남한테 식구라는 말을 서슴지 않고 쓸 수 있다는 건 쉬운 일이 아닐 거란 생각이 들었어요. 식구라는 말은 가족이라는 말과 또 다른 정겨움이 있는 것 같기도 했습니다. 뭔가 더 끈끈하게 질퍽여도 받아줄 것 같은 느낌이라고 할까요? 한사장과 나는 고생하지 않고 노래방을 찾을 수 있었습니다. 중국에도 노래방이 많지만 한국은 정말 많았어요. 누가 그러더군요. 한국에 제일 많은 것은 교회고 그 다음이 노래방이라고요.

노래방 주인은 나와 한사장 외에 다른 일행이 없다는 사실을 확인한 후 구석진 방으로 안내해 줬어요. 노래방 창문은 색색의 시트지를 붙여서 밖에선 좀처럼 안을 들여다 볼 수 없게 해 놨더군요. 한사장은 나를

방 안으로 밀어 넣곤 카운터로 가서 계산을 하는 듯 했습니다. 이내 돌아
온 그는 건너편 소파에 털썩 앉더군요. 그 모습이 마치 종이 인형 같았다
고 해야 할까요? 아무튼 무너져 내리는 듯한 모습에 나는 자꾸만 마음이
쓰였습니다. 잠시 후 종업원이 검정색 비닐봉지를 들고 들어왔어요. 그
는 커다란 종이컵을 두 개 꺼내서 거기에 캔 맥주를 하나 가득 따라주고
빈 캔을 다시 비닐봉지에 넣었어요. 그리곤 새우깡 한 줌이 담긴 작은 바
구니를 달랑 내려놓곤 나가더군요.

"뭡니까? 또 술을 마십니까?"

"그냥 목이나 축이자고요."

"벌써 많이 드셨잖습니까?"

"괜찮아요. 지난번에 중국에서 나올 때 술 깨는데 좋은 약 사가지고
온 것 있어요. 그거 먹었으니까 30분 정도만 있으면 말짱해질 겁니다. 걱
정 말아요. 자~드십시다."

한사장은 또 건배를 했고 나는 들었던 잔을 그냥 도로 내려놓았습니
다. 맥주를 벌컥거리며 마신 한사장은 노래방 벽면에 붙은 신곡 안내를
훑어보더니 리모콘으로 번호를 누르더군요. 술김이라 제대로 번호가 눌
러지지 않는 모양이었습니다. 한사장은 리모콘을 소파에 던져버리고 몸
을 반쯤 일으켜서 노래방 기계에 있는 번호를 직접 누르더군요. 노래가
연주되자 조명이 켜졌습니다. 이상하죠? 붉은 색 조명을 받으면 누구나
다 사랑스럽게 보이나 봐요. 마이크를 거머쥐고 눈을 감은 채 노래를 부
르는 한사장의 얼굴을 보고 있으려니 자꾸 웃음이 나는 거예요. 내가 원
래 웃음이 많지 않은 사람인데 어찌된 일인지 계속해서 웃고 있더란 말

입니다. 여자는 호감을 가진 남자 앞에서 자꾸 웃는다면서요? 여자의 웃는 얼굴을 보기 위해 남자들은 더 웃기려고 애를 쓴다고 하더군요.

혹시 '호밀밭의 파수꾼' 이라는 소설을 읽어보셨나요? 주인공인 홀든 콜필드가 이런 말을 하죠.

'여자들이 예쁜 짓을 할 때마다 아무리 볼품없고 멍청하더라도 어느 정도는 반하게 되고 마는 것이다. 그럴 때면 남자들은 자신이 어디에 있는지도 잘 모르게 되고 마는 것이다. 세상에. 여자들이란. 그들은 정말 사람을 미치게 만든다.' 라고 말이에요.

세상에. 그 말이 정답이었어요. 그 얘기대로라면 내가 한사장을 미치게 한 거였어요. 글쎄, 어느 순간 내가 자리에서 일어나 그의 노래에 흥을 돋우고 있었던 거예요. 나와 눈이 마주치자 한사장은 내게로 몸을 던지듯 다가왔어요. 너무 순식간에 벌어진 일이라 아무런 저항도 하지 못한 채 그의 입술을 받아들이게 된 겁니다.

그래요, 그게 전부입니다. 믿을 수 없겠지만 한사장은 그 때 이후로 움직이지 않았어요. 납덩이처럼 무거운 그의 몸을 지탱하느라 허리가 휠 것만 같았다고요. 더 이상 그의 무게를 견딜 수 없게 된 나는 그만 소파에 주저앉고 말았습니다.

"한사장님!"

나는 몇 차례 그의 어깨를 흔들어 봤어요. 내 몸에 포개진 그의 몸을 일으키기 위해 안간힘을 쓰다가 결국 그를 옆으로 밀어서 쓰러뜨렸습니다. 바닥에 널브러진 그를 보면서도 어찌해야 할지를 몰라 그냥 멍하니 바라보고만 있었습니다. 종이컵에 든 맥주를 한 모금 마시니까 정신이

드는 것 같더군요. 갑자기 나는 한사장이 죽었을지도 모른다는 생각이 들었어요. 그리곤 용수철처럼 튕겨져 나와 카운터로 허겁지겁 달려갔습니다.

카운터에 앉은 주인은 누군가와 계속 통화를 하느라 내겐 눈길도 주지 않더군요.

"이 실장님, 아직도 언니들 안 보내면 어떻게 해요? 여기 아까부터 진상 떨고 있구먼. 아, 보도방 하루 이틀 하는 초짜도 아니면서 왜 그래? 뭐야? 냄비 장사하는 것들이 니들밖에 없냐? 끊어! 씨발놈아!"

전화기를 거칠게 내려놓은 주인은 그제야 나를 봤다는 듯 새삼 친절한 태도를 보이더군요.

"아이고, 이거 죄송합니다. 뭐가 필요하세요?"

"사람이……사람이 죽은 것 같아요."

"뭐요? 아, 씨발! 오늘 아주 날을 잡았구나. 나가면 죽을 데 천진데 왜 여기 와서 뒤지고 지랄이야? 아~! 씨발, 좆같네."

주인은 음료수를 냉장고에 넣고 있던 아까 그 종업원에게 소리를 질렀어요.

"야! 119에 전화해."

정말 이게 다라니까요. 잠시 후 119 구급대가 출동을 했고 쓰러진 한사장을 살펴보더니 이내 심폐소생술을 하는 것 같더라고요. 하지만 아무래도 경찰에게 연락을 해야 할 것 같다면서 어딘가로 연락을 취하더군요. 그리고 20분쯤 있으니까 경찰이 왔어요. 유흥업소가 한참 영업 중인 시간에 20분 만에 출동한 거면 정말 빨리 출동한 거라면서요? 하지만 그 시간은 내게 죽음처럼 긴 시간이었어요.

경찰 한 명이 내게 물었어요.

"죽은 사람이랑 무슨 관계예요? 애인이에요?"

"아닙니다."

"그럼 무슨 관계예요?"

"네, 그게 저……."

"무슨 관계냐니까요?"

"그게 그러니까 예전에 일하던 회사 사장님입니다."

"사장님이요? 근데 왜 죽었어요?"

"그걸 내가 어찌 압니까?"

"아줌마랑 같이 있다가 죽었는데 아줌마가 모른다고 하면 어떡해요? 신분증 좀 주세요."

"나는 안 죽였습니다."

"누가 아줌마한테 죽였대요? 신분증이나 꺼내 봐요."

"없습니다."

"이 아줌마, 안되겠네. 참고인 자격으로 서까지 임의동행 해 주서야겠습니다."

경찰은 내 의사는 안중에도 없다는 듯 앞장서서 걸어 나갔어요. 그 뒤를 노래방 주인이 따라붙으며 계속 떠들더군요.

"저건 언제 치워요?"

"아, 좀 기다려 봐요."

"송장을 놔두고 어떻게 영업을 하란 얘기야?"

주인은 언성을 높였고 경찰은 마치 복화술을 하는 사람처럼 웅얼거렸죠.

"가게 문 영원히 닫고 싶지 않음 조용히 하쇼. 도우미 불러서 영업하는 거 눈감아 줄 테니깐."

"공짜로 봐주는 것도 아니면서 생색은. 받을 만큼 다 받아 처먹고 나서 이러기야?"

"공무집행 방해까지 추가할까? 그냥 좀 구구로 가만히 있으셔. 알아서 다 해 줄 테니까."

알아서 다 해 준다는 말에 노래방 주인이 주춤하는 것 같더군요. '알아서 다 해 줄게' 라는 말에는 어쩐지 상대에 대한 배려보다는 상대를 제압하려는 느낌이 강하다는 생각이 들었습니다.

여기까지가 그 날 사건에 대해 내가 알고 있는 것의 전부입니다. 그럼 한사장은 왜 죽었냐고요? 저도 나중에 얘기를 듣고 나서야 알았어요. 그가 먹었다는 술 깨는 약이 아마도 발기부전증 치료제였던 모양이에요. 그 약으로 인한 부작용이 심각하다면서요? 한사장처럼 심장질환이 있는 사람들에겐 치명적이라고 하더군요. 질산염 성분이 들어간 약물을 복용하는 사람은 즉사할 수도 있다던데 한사장은 그 약의 위험성을 몰랐을까요? 그가 다른 약과 착각을 한 건지, 아니면 알고도 먹은 건지 그거야 죽은 한사장만 알겠죠. 어쩌면 부작용의 위험을 무릅쓰고 먹는 남자들이 생각보다 많을지도 몰라요. 무조건 강한 것만이 남자다운 것이라고 생각하는 마초 성향의 남자들이 한국엔 많은 것 같더군요. 문득 그런 남자들이 안 됐다는 생각이 들었어요. 타고 난 연약함을 어떻게 해서든 숨기면서 살아야 할 테니까요. 그런데 말에요. 약한 것이 부끄러운 건가요? 세상에 약하지 않은 인간이 어디 있어요. 인간은 모두 나약함 그 자체인데 말이죠.

참! 경찰서에서 조사받다가 잠깐 뉴스를 봤는데 거짓말쟁이라고 공격을 받던 후보가 대통령에 당선됐다면서요? 거짓말 좀 하면 뭐가 어때요? 그저 잘 먹고 잘 살게만 해준다면 그까짓 거짓말쯤 누군들 문제 삼겠어요. 한국 사회에서 중요한 건 늘 결과잖아요.

"하~~!"

죄송해요. 사람을 코앞에 두고 하품을 하다니 경찰서에서 하도 오래 조사를 받았더니 너무 피곤해서 그래요. 형사들은 왜 그렇게 같은 말을 여러 번 묻고 또 묻는지 모르겠어요. 내가 거짓말이라도 하는 줄 아는가 보죠? 그렇게 못미더우면 거짓말 탐지기를 들이대던가 아니면, 로마에 있는 '진실의 입-bocca della verita' 앞에서 심문을 하면 되잖아요. 거짓을 말하면 손이 잘려도 좋다는 서약을 받고 심문을 하는 거죠. 하긴 아무리 진실을 말한다 한들 손을 자르라는 명령이 미리 내려진 상태라면 무슨 의미가 있겠어요.

있잖아요, 처음부터 이 세상엔 진실이란 없는지도 모르겠어요. 상대가 원하는 대답이 진실인 거예요. 가끔 사람들은 진실을 말해도 믿어주지 않는 경우가 있거든요. 자신들이 추측한 것과는 다르다는 이유 때문에 인정하려 들지 않죠. 거짓에 열광하고 진실 앞에선 침묵하는 존재가 사람인지도 모르겠습니다.

저기요, 너무 오래 앉아있었더니 다리도 퉁퉁 붓고 허리도 아프고 그러네요. 좀 쉬고 싶은데 이제 그만 하시면 안 될까요? 그래요, 고맙습니다. 불도 좀 꺼주시면 좋겠어요…….

[epilogue]

VTR이 멈추자 김변호사는 실내등 스위치를 켜고 자리에 앉는다. 건너편엔 등이 구부정한 노인이 앉아 있다. 노인은 눈이 부신 듯 이맛살을 찌푸린다. 김변호사는 뒤적거리는 서류에서 눈도 떼지 않은 채 말을 잇는다.

- 경찰 조사 끝난 후 받은 정신감정 녹화 테입이에요. 예전보다 상태는 더 악화됐다고 봐야죠. 그 때도 대단했어요. 9.11테러로 남편과 딸을 잃었다고 했거든요. 펜타곤 소속이네, 어쩌네 하면서 고급 정보를 미끼로 돈을 가로채기도 했어요. 그 땐 사기 사건이었지만 지금은 상황이 달라요. 사람이 죽은 현장에 있었다고요.

- 그러니까 자네를 찾아온 것 아니겠나. 그래도 한 때 자네와 부부 연을 맺었던 아일세. 도와주게.

- 저한테 너무 많은 걸 바라시네요. 저도 그 사람 거짓말 때문에 막대한 피해를 본 당사자에요. 사기로 고소한 사람들이랑 합의 보느라 제가 갖고 있는 것 다 날렸다고요. 벌써 잊으셨어요?

- 잊다니, 그럴 리가 있나. 자네 딸 생각해서라도 좀 봐 줘. 상은에미 이렇게 내버려둔다면 자네 속이 편하겠나?

- 노래방 도우미 하다 딸려 들어간 엄마를 상은이가 뭐라고 할 것 같

아요? 상은이에게 언제까지 거짓말을 하실 생각이세요?

  - 내 똥구멍 구리다고 잘라낼 순 없지 않나. 제발 좀 도와주게.

  - 뮌하우젠 증후군이란 병을 납득시키는 건 생각하시는 것보다 훨씬
힘든 일이에요.

  - 어쨌든 병이잖나. 정신적으로 문제가 있는 사람들은 법으로 보호받
게 되어 있는 것 아닌가?

  - 정말 병이라고 생각하시는 거예요? 두뇌 회전이 빠른 사람이라 가장
완벽하게 도망칠 수 있는 방법을 찾아낸 것뿐이라고요.

  - 그래, 그렇다고치세. 그럼 자넨 항상 진실해야 옳다고 믿는 겐가? 그
리고 지금 이 순간까지 진실만을 위해서 일했다고 할 수 있냐 말일세. 이
나이 먹어보니 알겠더군. 진실과 거짓의 경계가 모호하다는 것을 말이
네. 절대적으로 옳은 것도 없고 절대적으로 틀린 것도 없다고 해야겠지.

  김변호사는 신경질적으로 자리에서 일어나 창가로 걸어간다. 어떤 거
짓말을 해서라도 노인과의 맞닥뜨림을 피했어야 하는 것이 옳았다고 생
각하는 김변호사는 욱신거리는 이마를 유리창에 기댄다.

  그 순간 거짓말 같은 청량감이 김변호사의 관자놀이로 파고든다. 그
리고 그 서늘함은 마치 모든 것이 해결된 것 같은 착각의 영역으로 그를
이끌어 갈 것이다. 해결해야 할 문제더미들 위에 두 발을 짚고 서 있는데
도 말이다.

분홍거미를 위한 모노드라마

김혜정

1962년 전남 여수 출생, 중앙대학교 예술대학원 졸업
1996년 문화일보에 단편 「비디오가게 남자」로 등단

2005년 한국문화예술위원회의 문예진흥기금 받음
『달의 문(門)』으로 제 15회 서라벌 문학상 신인상 수상

장편소설 『달의 문(門)』,
소설집 『복어가 배를 부풀리는 까닭은』, 『바람의 집』,
『수상한 이웃』이 있다.

분홍거미를 위한 모노드라마

분홍거미를 위한 모노드라마

　붉은 불빛 아래 녹색 거미줄, 그 위에 분홍거미 한 마리. 이렇게 멋진 무대는 처음이야. 이런 무대에서라면 진짜 연기를 할 수 있을 것 같아. 그런데 저기, 저 사람은 누구지? 아주 깊고 어둔 곳에 갇혀 있다가 이제 막 밖으로 나온 사람 같아. 곧 어딘가로 떠날 사람처럼 보이기도 하고. 담배라도 한 대 피우고 싶은 표정이네.

　당신? 그래, 당신이군. 안 그래도 당신을 꼭 한번 만나고 싶었는데……. 당신한테 할 말이 있었거든. 며칠 전에 경찰이 다녀갔다는 거. 아니, 내가 경찰에게 연락을 했던가? 그들은 무척이나 나를 반기더군. 이제야 미궁에 빠졌던 사건을 해결할 수 있게 되었네요, 하면서. 아, 나한테 고맙다고 했어. 이제 안심해도 된다며 위로도 하던 걸. 넥타이가 어쩌고 하기도 했는데, 그건 생각이 잘 안 나네. 내가 요즘 이렇다니까. 참, 그들은 나를 의사에게 데려갔어. 아픈 데도 없는데 말이지. 의사가 나더러 해리장애라고 하던데? 의사가 나를 보며 눈을 찡긋한 걸 보면 그게 그리 나쁜 것 같지는 않았어. 다만 나를 바라보는 다른 사람들의 눈빛이 좀 배뚜름했을 뿐이야. 해리, 하고 발음하는 느낌이 참 좋아. 해리, 해리장애가 뭔지 당신은 알아?

참, 내가 지금 뭘 하고 있는 거지? 너무 긴장되니까 수다스러워지네. 이제 곧 막이 오를 시간인데……. 무대와 관객을 사로잡는 카리스마 넘치는 배우, 그게 나라는 걸 알면 당신도 놀라겠지?

당신과 나는 문이 마주보이는 집에서 이 년 가까이 살아왔다. 왕래는 거의 없었다. 어쩌다 마주치면 눈인사를 나누는 정도였을 뿐. 당신은 아주 먼 바닷가 어느 소읍의 우체국 직원이라고 하면 누구라도 믿을 것 같은 인상이었다. 동시에 당신은 그런 우체국 근처에도 가보지 않았을 거라는 생각이 들기도 했다. 나른한 표정에 깃들인 불길한 징조랄까. 그 기이한 느낌이 이따금 나를 사로잡았다. 역시 당신은 도시에서 태어나 줄곧 도시에서 살았으며 여행이라곤 거의 모르고 살아왔다. 그럴 만한 여유가 없었던 것이다. 당신의 부인은 수수한 외모에 부지런하고 알뜰한 여자 같았다. 하지만 그런 여자일수록 한번 돌아서면 무서우리만치 냉담한 법이다. 나는 동네 미용실이나 헬스클럽에서 남의 말 하기 좋아하는 여자들을 통해 당신에 대해 알게 되었다. 택시기사였던 당신이 삼 년 전

음주 단속에 걸린 적이 있다는 것, 그때 당신의 운전면허와 개인택시면허가 취소됐다는 것도. 당신은 택시면허까지 취소하는 것은 부당하다며 무슨 기관들을 찾아다니며 탄원이며 진정을 했다. 하지만 아무도 술을 마시고 차를 몬 택시기사의 손을 잡아주지 않았다. 손재주가 있는 당신은 구두공장의 하청업체를 인수받았지만 곧 부도가 났다. 빚더미에 올라앉은 당신은 단 하나의 전리품인 트럭을 면허도 없이 몰고 다니며 과일이며 야채를 팔았다. 운전은 둘째가라면 서러워할 당신도 사업수완은 젬병이었다. 어눌한 말투에 나른한 표정을 가진 장사꾼이란 그림부터가 신통치 않았다. 다 죽여버릴 거야. 시도 때도 없이 술에 취한 당신의 음성이 밖으로 흘러나오기 시작한 것도 그 무렵이었다. 다 죽여버리고 말 거야. 하지만 당신의 목소리는 어둠의 그림자에도 겁을 먹는 밤 짐승의 울음소리에 불과했다. 사람을 죽이기는커녕 이미 죽은 개의 뒤통수 한 방 갈기지 못할 사람의 음성. 어쨌거나 그 고함에 아이들이 선잠을 깼고 그로 인해 은밀한 일을 그르치고 말았다며 투덜거리는 여자들이 있었다. 그 꼬라지에 넥타이가 다 뭐야. 번쩍번쩍한 분홍색은 또 뭐고?

어느 날인가 당신이 트럭을 몰고 집으로 돌아왔을 때 당신 집의 문은 굳게 잠겨 있었다. 당신의 부인 명의로 되어 있던 집이 경매로 넘어가고 당신의 부인은 아이와 함께 떠나버렸다. 당신은 초췌한 모습으로 문 앞에 쭈그리고 앉아 있었다. 당신의 트럭과 가구들도 집 앞에 버려진 채였다. 귀가 떨어져나간 서랍장이며 책장, 날개가 부러진 선풍기와 전기선이 튀어나온 다리미처럼 당신도 발길에 채이지 않는 게 다행이었다.

당신은 집에 들어갈 수 없다는 걸 알면서도 며칠 동안 집 앞을 어슬렁거렸다. 낮이면 트럭을 몰고 어디론가 나갔다가 지친 짐승의 몰골이 되어 돌아오곤 했다. 한 번은 급한 볼일이 있어 새벽에 주차장으로 나갔다. 남편의 차 앞에 당신의 트럭이 이중 주차되어 있었다. 찌뿌듯한 몸으로 차를 밀어보았지만 꿈쩍도 하지 않았다. 운전석을 들여다보니 사이드브레이크가 채워져 있었다. 휴대폰 번호가 적힌 메모도 없었다. 나는 그때 눈앞에 없는 당신에게 욕을 퍼부었다. 그 후로도 며칠 동안 트럭은 그대로 서 있었다. 트럭 안에서 잠을 자고 있는 당신을 본 것은 일주일쯤 지난 후의 어느 아침이었다. 당신의 목에 걸린 후줄근한 분홍색 넥타이로 인해 당신의 모습은 사뭇 희극적으로 보였다. 나는 그 짐승에게 연민을 느꼈다. 그 당시 나는 이혼할 위기에 처해 있었으므로 당신처럼 될지 모른다는 두려움을 갖고 있었다. 삶의 궁지에 내몰린 자들만의 유대감, 그런 걸 당신에게 느꼈는지도 모르겠다.

이제 당신에게 분홍거미 이야기를 들려줄 차례이다. 분홍거미, 그건 내가 어렸을 때부터 알아온 가장 무서운 곤충이었다.

어디서부터 이야기를 시작해야 할까. 그래, 거기부터가 좋겠다. 우리 동네에 살았던 무당 이야기.

그 무당은 밤이면 잠을 자지 않고 온 동네를 돌아다닌다는 소문이 있었다. 그가 저주를 내리면 사람들이 죽거나 병든다는 소문, 소문만으로 그는 금기의 대상이었다. 특히 아이들에게는 우는 아이를 잡아간다는 곶감이나 망태 할아버지보다 더 무서운 존재였다. 물론, 나는 그 무당을 본 적이 없다. 어쩌면 아무도 그를 보지 못했는지 몰랐다. 대신 동네 뒷산의 움막에 사는 노파가 무당일 거라고들 했다. 누가 먼저 그런 말을 했는지는 모르지만 아이들은 누구나 그렇게 믿고 있었다.

겨울방학을 맞아 마땅한 놀이가 없었던 아이들은 종종 산에 올라가 움막 주변을 기웃거렸다. 좀처럼 모습을 드러내지 않는 노파를 본 것은 밤새 눈이 온 다음 날이었다. 토끼털로 만든 귀마개를 한 노파가 거적문을 열고 나왔다. 위뚝비뚝 걷는 걸음걸이며 노파의 차림새가 어쩐지 좀 우스꽝스러웠다. 하지만 가까이서 본 노파는 얼굴이 까맣고 눈동자가 빨개서 왠지 으스스한 느낌이 들었다. 아이들은 노파의 뒤를 밟았다. 노파는 눈 위에 찍힌 토끼 발자국과 똥으로 길목을 찾아내 올가미를 놓았다가 토끼를 잡았다. 아이들은 노파의 눈동자가 빨갛고 입술이 뒤집어진 것은 토끼고기를 많이 먹어서일 거라고 했다.

"뭐하는 놈들이야?"

노파의 커다란 목청에 아이들은 화들짝 놀랐다. 하지만 노파는 금세 아이들을 향해 까만 잇몸을 드러내며 웃었다.

"나랑 놀아주면 토끼고기 맛을 뵈주지."

아이들은 솔깃해서 노파를 따라 움막 안으로 들어갔다.

옹색한 움막 안에서는 땀 냄새와 곰팡이 냄새, 고기 썩는 냄새가 뒤섞여 코를 찔렀다. 때에 절어 새까만 물건들이며 여기저기 널려 있는 짐승의 털을 보자 나는 잠시도 앉아 있기가 싫었다. 눈치 빠른 아이들은 공기나 구슬치기, 딱지치기 같은 것을 하거나 아예 노파와 화투판을 벌였다. 때맞추어 한 아이가 돌멩이로 노파의 등을 긁어주기라도 하면 대번에 노파의 입이 귀에 걸렸다.

드디어 노파가 토끼의 목을 따고 털을 그슬렸다. 토끼고기가 얼마나 맛있는지 먹어보지 않은 사람은 모를 것이다. 입에 쩍쩍 달라붙는, 육질이 연할 뿐 아니라 담백하고 고소한 맛이라니.

그 맛을 잊지 못한 나는 세월이 지나 나에게 맨 처음 토끼고기를 사준 사람과 결혼했다. 물론 그는 토끼털이 귀했을 때 토끼털 외투를 사줄 만큼 돈도 있었다. 또한 그는 스포츠를 하는 것 말고, 보는 것을 좋아하는 사람이었다. 우아한 빙반 위의 세련된 몸짓과 트리플 악셀 점프의 가슴 졸이는 흥분을 즐겼다. 또한 단단한 어깻죽지의 호리호리한 족속들이 물속에서 산소의 압박을 가로지르는 헤엄에 곧잘 빠져들었다. 그가 싫어하는 것은 모든 종류의 격투였다. 얼굴이 쾌지모도가 될 때까지 싸우자는 건가? 대체 왜 저 따위 피칠갑을 해야 하지? 어쩌다 텔레비전 화면에 격투가 비치기라도 하면 그는 못 볼 것이라도 보았다는 듯이 혀를 찼다. 격투가 가슴팍과 두개골, 주먹 뼈의 두께에 달려 있는 게 아니라는 걸 그는 몰랐다. 먹이를 노리는 짐승처럼 서로를 바라보며 돌아올 펀치와 킥의 각도를 계산하느라 재빠르게 돌아가는 눈동자의 스릴을, 동시에 급박하게 회전하는 뇌의 열락을 모르는 거였다.

격투를 싫어하는, 부드럽고 섬세한 그는 여자를 배려할 줄 알았다. 나와 거리를 걸을 때면 언제나 차도 쪽에 섰다. 음식을 먹을 때 서너 번은 꼭 내 입에 넣어주는 것도 잊지 않았다. 꼬박꼬박 집에 데려다주는 친절 또한 몸에 배어 있었다. 나는 그런 그에게 기꺼이 어깨를 기대었다. 부드럽고 섬세하다는 것이 지독한 편집증의 이면이라는 것을 그때는 미처 알지 못했다.

그는 상대가 누구이든 내가 남자와 가까이 지내는 걸 보면 얼굴색부터 변했다. 다정하게 말을 주고받는 것조차 용납하지 않았다. 나는 격투를 보는 것만도 끔찍하게 여기는 그가 주먹을 휘두르는 데 그토록 능란할 줄은 몰랐다. 다음 날이면 어김없이 꽃을 내밀며 사과하는 그를 나는 쉬이 용서했다. 결혼을 하면 달라지겠지 했는데 그게 아니었다. 부부동반 모임에 갔다가 누군가 내 옷맵시를 칭찬했다는 이유로, 쇼핑몰에서 애송이 남자점원과 농담을 주고받았다며, 친구를 만나 조금 늦은 날은 누군가 다른 남자와 동석했을 거라는 추측만으로도 그는 나에게 발길질을 해댔다. 마침내 그는 자기가 길들인 나의 섹스 습관에 대해 회의했다.

"처음부터 보통 솜씨가 아니었어."

"그건……."

"너랑 하면 포르노 찍는 것 같았다니까. 어느 놈한테 갈고 닦은 실력이지?"

심지어 그는 내가 호스트바에 드나들며 남자를 유혹했다고, 그 남자와 카지노에서 돈을 몽땅 날렸다며 억지를 썼다. 의심 받는다는 것이 그토록 냉혹한 외로움이라는 걸 전에는 몰랐다.

"너, 미친 거 아냐? 미치지 않고서야 어떻게 그런 짓을 해?"

"내가 뭘 어쨌다고 그래?"

"증거가 있는데도 시치밀 뗄 거야?"

"난 모르는 일이야."

"툭 하면 모르는 일이네, 생각이 안 나네, 자기 이로울 대로 갖다 붙이면 다야? 이제 그 따위 거짓말은 지긋지긋해. 지겨워서 돌아버릴 지경이라고."

그는 카지노에서 나를 보았다는 사람을 만났다며 끊임없이 추궁했다. 나에게 다른 남자가 있다고 믿는 그에게 나는 굳이 아니라고 대꾸할 필요조차 느끼지 못했다. 그 즈음에는 이미 나 또한 그의 손길이 몸에 닿는 것마저 끔찍했으니까. 한때 그가 들어오면 절로 입술이 벌어지고 몸이 열렸다는 것을 믿을 수 없었다. 그는 저항하는 나를 때려눕힌 후 기어이 섹스를 하곤 했다. 내가 거부하면 할수록 그는 저돌적이었다. 급기야 칼을 휘둘렀고 그 칼에 자기가 찔리고 말았다. 정당방위로 인한 과실치사, 그것이 나의 죄명이었다. 정작으로 죽고 싶은 사람은 나였는데 나는 그가 원망스러웠다.

사실, 내가 원망해야 할 사람은 그가 아니라 노파였는지도 몰랐다.

그날도 노파는 토끼의 목을 딴 후 배를 갈랐다. 아이들은 모두 숨을 죽인 채 노파가 토끼의 내장을 들어내기만 기다렸다. 불이 활활 타오르는 아궁이에 걸린 솥을 바라보며 지레 군침을 삼켰다. 노파가 토끼를 통째로 풍덩 빠뜨리는 순간, 아이들은 환호성을 질렀다.

그날따라 노파는 아이들의 기대를 깨고 뚝뚝 피가 흐르는 토끼의 배에 입을 대었다. 아이들은 흠칫 놀라 주춤주춤 뒤로 물러났다. 한 아이가 더듬더듬 말했다.

"저, 저 눈깔 좀 봐."

노파는 눈을 하얗게 뒤집어 뜬 채 그악스럽게 피를 빨아먹었다. 피로 얼룩진 입 주변을 한 팔로 쓰윽 닦고는 털도 그슬리지 않은 토끼를 끓는 물에 던졌다.

그 모양을 본 아이들은 더 이상 토끼고기의 맛을 느끼지 못했다. 아이들이 노파의 집에 발길을 뚝 끊은 것도 그 무렵이었다.

계절이 바뀌고 여름이 올 때까지 아이들은 노파의 집에 가지 않았다. 그러는 사이 차츰 아이들의 기억 속에서 노파도 사라졌다. 만약 그 일이 없었더라면 나 또한 영원히 노파를 잊었을지도 몰랐다.

그래, 그 노파는 다시 보지 않았더라면 좋을 뻔했다. 그때 당신을 보지 않았다면 좋을 뻔했던 것처럼. 당신은 왜 하필 그날 내 눈에 띄었던 걸까.

그날 나는 외출했다가 돌아오는 길에 당신을 보았다. 당신은 가족이 떠나버린 집 앞에서 문을 쾅쾅 두드리며 울부짖었다. 문을 열라며 희수였나, 혜수였나 당신 딸의 이름을 불렀다. 나는 당신을 힐끔거리며 쫓기듯 내 집의 문을 딴 후 황급히 현관 안으로 몸을 들이밀었다. 당신의 목소리는 내 발뒤꿈치에 따라붙었다. 산 지 얼마 안 된 구두 때문에 생긴 물집의 통증과 함께 가슴이 아릿했다.

그 때문에 아수라장이 되어 있는 거실을 보고도 나는 한동안 멍하니 서 있었다. 공교롭게도 모든 게 문 밖에서 울부짖는 당신과 맞물렸다. 그게 아니라는 걸 깨달은 순간 무언가 뒤통수를 잡아채는 느낌, 등줄기가 서늘했다. 여기저기 널려 있는 내 속옷들과 소매가 잘린 남편의 와이셔츠, 깨진 맥주잔과 잎이 잘린 산세베리아, 엎어진 화분들을 보며 나는 내가 외출하기 전의 상황을 떠올렸다. 언젠가부터 나는 때때로 어떤 일들에 대해 까맣게 잊어버렸다. 그것이 충격적이거나 납득할 수 없는 상황일 때는 더더욱. 그런 일이 반복되면서 기분이 개운치 않았다. 하지만 일시적인 거니까 걱정할 건 못 된다고 스스로를 다독였다. 그럴 때 거울을 보는 것이 하나의 습관처럼 되어 갔다.

거울을 들여다보고 있노라면 기이하게도 평소에는 들리지 않는 소리
가 들리고 보지 못하는 것을 볼 수 있었다. 때로 거울은 내가 미처 깨닫
지 못하는 걸 알려주었다. 감추어진 나의 내면을 보여주기도 했다. 특히
아침에 보는 거울은 흐트러진 머리칼이며 옷매무새를 바로잡아주었다.
전날 밤 나눈 섹스의 잔류감으로 다시 격정에 휘말리는 것도 거울을 보
면서였다. 그것을 주체하지 못하고 잠이 덜 깬 남편에게 와락 달려들기
도 했다. 그럴 때 절정의 쾌감은 또 얼마나 황홀한 것인지. 마치 포효하
는 파도 속을 자맥질해서 간신히 수면으로 튀어 오른 고래가 된 것 같은
느낌이었다. 나만이 아는 비밀이라는 것이 늘 그렇듯 거울 속에 그려지
는 것들은 상당히 매혹적이었다. 그래서 더욱 거울은 나에게 특별한 의
미로 존재했다.

그날 아침에도 나는 거울을 들여다보는 것을 잊지 않았다.

그녀가 차려놓은 식탁을 보며 남편이 근사한데, 하고 말했다. 그녀는
남편 앞으로 쪼르르 달려가 콧소리를 내며 선생니임, 정말이죠? 근데요,
맛은 더 짱이에요, 하며 남편의 팔에 아이처럼 매달렸다. 배꼽을 드러낸
채 싱그러운 미소를 짓는 그녀는 아침 이슬을 머금은 원추리꽃 같았다.
그녀의 미소에 화답하는 남편의 눈빛은 스판 소재의 민소매 티셔츠 위로
도드라진 그녀의 유두에서 멈췄다가 매끄러운 곡선을 타고 미끄러졌다.

순간, 나는 천장 위에 매달린 조명등이 퍽퍽 터지는 소리를 들었다.

"당신, 왜 이래?"

남편이 내 손목을 잡아채기 전에 내 손을 벗어난 컵이 파편으로 뒹굴

었다. 반짝, 파편들이 나를 향해 웃음을 지었다. 아니, 집안의 사물들이 일시에 일어나 저도 던져달라고 안달하며 아우성쳤다. 내 손은 무언가에 사로잡힌 듯 눈에 띄는 것들을 닥치는 대로 집어던졌다. 남편이 겁에 질려 그녀를 향해 나가라고 소리를 쳤다. 그녀는 오히려 통통 튀는 몸짓으로 남편에게 다가가 남편의 볼에 소리 나게 입을 맞추었다.

“여보, 제발 정신 좀 차려. 이게 뭐하는 거야?”

남편이 나를 와락 껴안았다.

“차라리 날 죽여라.”

남편이 말하자 그녀가 다시 나타나 남편의 허리에 팔을 감으며 찰싹 몸을 밀착시켰다. 터질 듯한 핫팬티 속에서 그녀의 엉덩이가 탱탱하게 부풀어 올랐다.

나는 간신히 정신을 추스르고 거울을 보았다. 거울에 비친, 형편없이 망가진 내 모습을 보면서 거울을 깨뜨리고 싶은 충동을 느꼈다.

이쯤에서 그녀, 내 두 번째 남편의 스토커에 대해 말하지 않을 수가 없겠다. 그녀가 남편의 제자라는 사실. 그녀와 남편의 관계에 대해.

남편이 대학에 시간강사로 출강했던 시절 제자였다는 그녀는 나에게 살갑게 굴었다. 나 또한 그녀의 발랄한 외모와 솔직한 성격에 호감을 가진 것이 사실이었다. 비 오는 날이나 바람이 몹시 부는 날 그녀가 불쑥 전화를 걸어오면 함께 차를 마시고 쇼핑도 했다. 그녀는 선물을 고르는데 남다른 안목이 있는 데다 남편의 기호와 취향을 누구보다 잘 알고 있었다. 남편이 베이지 톤의 셔츠와 소지품을 선호한다는 것과 위스키를 즐기는 것, 목이 있는 구두를 고집하는 것도. 초콜릿 케이크과 바닐라 우유, 아이리스의 은은한 향을 좋아하고 레종 담배를 피우는 것까지. 그때는 미술을 전공해서 감각이 뛰어나구나, 하며 감탄했을 뿐 다른 생각은 하지 못했다.

신혼 초, 밤마다 잠자리에 들 무렵이면 그녀에게서 전화가 걸려왔다. 나는 그녀의 넋두리를 들어주는 자상한 사모님 역을 충실히 수행하느라 잠을 설쳐야 했다. 그때는 몰랐지만 남편은 나 모르게, 그녀에게 전화하지 말라고 엄중히 경고한 모양이었다.

"당신 남편, 지금 저랑 있는데 어쩌죠?"

남편이 출장을 간 날 밤 걸려온 전화는 남편에 대한 믿음을 송두리째 흔들어놓았다.

"내 말을 믿어줘."

출장에서 돌아온 남편은 자신의 결백을 주장했다. 나는 남편의 휴대폰 통화내역을 조회해서 그날 밤 걸려온 전화 속의 주인공이 그녀라는 걸 알게 되었다. 목소리를 변조한 그녀는 그 후로도 몇 번이나 전화를 걸었다. 그녀가 어렸을 때부터 정신질환을 앓아왔다는, 대학 재학 시절에도 정신과 치료를 받느라 휴학을 했다는, 남편의 말을 듣고서야 나는 그녀를 이해하고 연민했다.

하지만 연민이 증오로 뒤바뀌는 데는 오래 걸리지 않았다. 나는 곧 모든 사실을 알게 되었다. 그녀의 입을 통해서.

"따지고 보면 제가 먼저 사랑한 거잖아요. 사모님이 가로챈 거라구요. 전 아직도 선생님을 사랑해요. 물론, 선생님도 그렇구요. 그러니까 사모님이 물러나 주세요, 네?"

"무슨 말예요?"

"아직도 모르시겠어요?"

나는 몹시 혼란스러웠다.

"난 그저 내 강의를 열심히 듣는 학생으로 생각했어. 아주 가끔 그 애 오빠가 되어 주어야겠다고 생각했지. 그뿐이야."

고등학교 때 사고로 오빠를 잃은 그녀는 강의실에 들어서는 남편을 보고 오빠인 줄 착각했다는 거였다. 그 후로 그녀는 늘 남편 주변에서 맴돌았다.

남편의 태도가 너무 당당해서 나는 남편의 말을 믿지 않을 수 없었다.

"종강 기념 술자리에서 그 애가 술을 많이 마셨어. 나도 많이 취했지. 어쩌다 여관에 가게 됐는지 기억이 나질 않아. 그날 하필……."

그녀는 남편의 아이를 임신했고 그와 함께 산부인과에 가서 아이를 지웠다.

"그건 취중에 한 실수였을 뿐이야. 그 애는 상습적으로 그렇게 돈을 뜯어냈다더군. 나랑 똑같이 당한 동료도 있어."

그로 인해 남편은 그 다음 해 교수임용에 탈락했고, 그 뒤로 아예 대학 쪽은 돌아보지도 않았다. 그로써 남편은 모든 것이 해결된 줄만 알았다. 소규모 기획회사 광고부에서 일하고 있는, 남편의 결혼 소식을 들은 그녀가 나에게 접근한 거였다.

한동안 뜸했던 그녀가 혼자 밤을 보내는 게 무섭다며 전화를 해대기 시작했다. '사모님, 누군가 이 집에 침입해서 저를 엿보고 있는 것 같은 느낌이 들어요. 그 사람이 제 몸을 탐해요. 굶주린 짐승처럼요. 육중한 그의 몸에서 벗어나려고 발버둥 치다 깨면 꿈인 거예요.'

좁고 어두운 지하 골방에서 전화를 거는 것만으로 일상을 지탱해가는 그녀를 상상하며 마음 한 구석이 아릿하기도 했다. 또한 냉정하게 전화를 끊어버리는 남편을 보면서 내심 안도한 것도 사실이었다.

하지만 그녀의 집념은 그칠 줄을 몰랐다. 이틀이 멀다 하고 술과 안주를 준비해서 집으로 찾아왔다. 번번이 술에 취해 자고 가곤 했다. 그러다 방세를 낼 수 없다며 아예 집에 눌러앉아버렸다. 우리 셋은 한 집에서 며칠을 보냈다. 더구나 그녀는 빈 방이 있는데도 우리 부부의 침실에서 잤다. 천연덕스럽게 남편과 나 사이를 비집고 들어오는 그녀를 밀어내는 것도 한계가 있었다. 나는 고작 살림을 부수고 포악을 부리는 것으로 분풀이를 대신했다. 그러는 사이에도 그녀는 나날이 피부가 보얘지고 표정은 더욱 상긋해졌다. 나는 그녀를 향한 질투심과 남편에 대한 분노를 견디느니 차라리 죽는 편이 나을 것 같았다. 어쩌면 우리의 관계는 누구 하나가 죽어야만 끝이 날 싸움 같은 것이었는지도 몰랐다. 결국 나는 이혼하는 것으로 자신과 타협했다. 남편은 이혼만은 안 된다며 나에게 매달리다시피 했다.

그날 아침에도 남편은 내 옷자락을 붙잡으며 용서를 구했다.

"내가 잘못했어. 다 지난 일인데 왜 떨쳐버리지 못하고 그래? 난 죽을 때까지 당신을 사랑하며 사는 게 소원이야. 매일 아침 눈을 떴을 때 당신이 옆에 있기를 바란다고."

"알았어. 잊어버리려고 하는데 그게 잘 안 돼. 나도 나를 모르겠어."

"그러니까 병원에 가자. 이러다간 정말 당신한테 무슨 일이 생길 것 같아서 그래. 내가 오늘 병원에 예약해 둘게. 얼마 전에 개업한 친구가 있어. 김 박사라고 당신도 알지?"

남편은 그녀 문제는 조금만 더 기다려 달라고 했다. 그 말에 다시 나는 머리가 송두리째 들리는 것 같았다. 매몰차게 남편을 뿌리치고 집을 나왔다. 정처 없이 걷다가 문득 당분간 멀리 여행이라도 떠나는 게 낫지 싶었다. 법원에 들러 이혼서류를 챙긴 후 짐을 꾸리기 위해 집으로 돌아왔다.

나는 핸드백 속에 든 이혼서류를 떠올리며 입술을 깨물었다. 거실 탁자 밑에 뒹구는 보험증권을 본 것은 그때였다. 남편 사망 후 지급되는 거액의 보험금. 상속인 란에 내 이름이 적혀 있었다. 그 엄청난 숫자가 내 신경줄을 팽팽하게 조여 왔다. 순간, 나는 남편에게 뭔가 심상치 않은 일이 일어났다는 걸 직감했다. 집 안을 휘도는 괴이쩍은 정적, 안방 문이 약간 열려 있었다. 불길한 예감과 함께 가슴이 옥죄어왔다. 방문을 열었을 때 나는 내 눈을 의심했다. 남편과 그녀가 한 몸이 되어 있었다. 그 모양은 그때까지 내가 보았던 그 어떤 그림보다 섬뜩하고 괴이한 것이었다. 그들은 행위에 열중하느라 내가 들어온 걸 알아차리지 못했다. 나도 모르게 비명이 터져 나왔지만 문 밖에서 쩡쩡 울리는, 당신의 목소리는 내가 지른 비명을 삼켜버렸다. 나는 허둥지둥 밖으로 뛰쳐나왔다.

당신은 벌써 사라지고 없었다. 나는 그 자리에 털썩 주저앉고 말았다. 뒤늦게 내가 돌아온 것을 알아차린 남편이 나를 따라 나왔다. 이어 그녀의 모습도 보였다. 둘은 실랑이를 했다. 나는 그들을 뒤로 하고 앞만 보면서 무작정 내달렸다.

얼마나 헤매고 다녔을까. 이상한 것은 서너 시간 이상을 걸어 다녔는데도 그 시간에 대한 기억이 없다는 것이다. 카드를 사용한 흔적이 있기는 한데 어디서 뭘 샀는지 뭘 먹었는지도 전혀 기억에 없었다. 정신을 차렸을 때는 이미 증오도 분노도 사라진 후였다.

내가 다시 집으로 들어갔을 때 남편은 정장을 한 채였다. 내가 떠나는 것을 보느니 차라리 자기가 떠나겠다고 했다. 이별주, 남편은 나에게 마지막으로 술을 한잔 하자고 했다. 할 말이 더 남았다면서. 나는 아주 담담하게 남편과 마주 앉아 술을 마시기 시작했다. 그러나 대화는 계속 겉돌 뿐, 그 어떤 해결책도 찾을 수 없었다.

"당신, 정말 날 못 믿겠어?"

"뭘?"

"그 앤 곧 결혼할 거라고 했잖아. 결혼하면 외국으로 간대. 벌써 수속도 끝났고. 그래서 마지막으로 인사차 한 번 들른 거라잖아."

취기가 오르자 온몸의 세포가 이완되고 가슴이 점차 확장되는 것을 느꼈다. 며칠 째 잠을 자지 못한 남편은 얼마 안 가 그대로 곯아떨어졌다. 남편이 잠든 후에도 나는 혼자 술을 더 마셨다. 정체를 알 수 없는 어둠이 내 영혼을 파고드는 느낌, 그 느낌에 속수무책으로 빨려들었다. 그 때문에 나는 그때까지 살아오면서 마신 술보다 더 많은 양의 술을 마셨다. 잠든 남편의 얼굴은 온갖 번민을 끌어안은 표정이었다. 붉게 물든 남편의 얼굴을 보자 별안간 연민이 솟구쳤다. 나는 남편의 얼굴을 쓰다듬었다. 손끝에 남편의 체온이 느껴지면서 화룻 몸이 달아올랐다. 나는 특별한 날에만 입는 자줏빛 실크 잠옷으로 갈아입었다. 몸에 착착 감기는 실크의 감촉이 솟구치는 욕망을 부추겼다. 나는 흥분을 주체하지 못하고 남편의 얼굴에서 목으로 키스를 퍼부었다. 남편의 몸이 여름날 논고랑의 물뱀처럼 파닥거리다 꼿꼿이 몸통을 세우는 비단뱀이 되어가는 상상을 하는 사이 내 몸에도 물길이 났다. 물이 차고 넘쳐 펑 젖은, 내 몸 속으로 비단뱀이 들어오기를 바랐지만 놈은 시르죽어 좀체 일어설 줄을 몰랐다. 남편의 몸에서 체온이 사라진 걸 깨달은 것과 내 몸에서 물기가 깡그리 말라버린 것은 동시였다. 거울 속에서 나는 울고 있었던가, 웃고 있었던가. 형편없이 망가져버린 내 모습이 두려웠다. 나는 손에 잡히는 대로, 물건을 던져 집 안의 거울이란 거울은 모조리 깨뜨려버렸다.

하룻밤 사이 나에게 세상은 그 전과는 완전히 달라져 있었다. 전날과 다름없이 해가 뜬다는 것이 믿어지지 않았다. 아니, 나는 그 전의 내가 아니었다. 가슴 속의 울혈이 삽시간에 혈관을 메웠다가 사라지기를 반복했다. 그러나 그것은 비통함과는 전혀 다른 것이었다. 오히려 온몸의 피를 갈아 치운 것 같은 기분이랄까. 나는 몇 번인가 눈을 비비면서 베란다 밖의 하늘을 올려다보았다. 아니, 줄곧 베란다를 서성이면서 당신이 오기를 기다렸다. 또한 당신이 나타나지 않기를 바라기도 했다.

내 입 안에는 연신 혓바늘이 돋고 쓴 물이 고이는데도 정오를 막 지난 화단에는 늦된 영산홍이 화르르 꽃망울을 터뜨렸다. 그 꽃잎 위로 나른한 봄볕이 길게 몸을 부렸다. 낮술에 취한 당신이 꽃잎보다 붉은 얼굴을 한 채 꽃잎 한 장을 따고 있는 걸 본 것은 그때였다. 그림으로 치자면 완벽한 구도였다. 나는 가슴이 벌렁거렸다. 당신을 붙잡아야 하나 말아야 하나. 갈등하는 사이에 당신은 떠나고 없었다. 대신 당신의 몸피만 한 볕이 그 자리를 차지했다. 무언가 쩍쩍 갈라지고 터지는 것 같은 소리는 아마도 내 가슴 속에서 일어난 파문이었을 것이다. 그때 나는 표적을 향해 달려야 하는 운명인, 한 마리의 사냥개였다. 내 후각은 몹시 예민했다. 나는 당신에게서 범죄의 냄새를 맡았다. 다 죽여버릴 거야, 라는 말을 입에 달고 사는 당신. 그런 당신이라면 그 일을 도모할 수 있을 거라는 확신이 섰다. 동시에 당신이 다시 나타날 거라는 확신까지.

내 머릿속에서는 앞으로 펼쳐질 장면들이 휙휙 스쳐갔다. 내 각본대로라면, 당신은 분홍색 넥타이를 맨 채 남편과 내 집에서 술을 마셔야 하고, 남편은 당신이 권하는 술을 넙죽넙죽 받아 마신 후 잠드는 것이다. 그런 다음 당신은 남편을……. 그런 상상을 하자 내 몸 속의 엔도르핀이 팽글팽글 돌았다.

어느새 햇볕은 절정의 고비를 넘느라 사납게 쏟아졌다. 내 눈은 그보다 더 이글거렸다. 나는 입술을 야무지게 다문 채 당신이 오기를 기다렸다. 그 옛날 노파가 덫을 놓고 토끼가 나타나기를 고대했듯이. 당신은 한 마리의 어수룩한 토끼가 되어 내가 놓아둔 함정에 걸려들었다.

당신이 다시 나타났을 때 나는 주저하지 않고 당신에게 다가갔다. 당신이 분홍 넥타이를 매고 있지 않아 나는 약간 맥이 빠졌다. 하지만 당신은 이미 몸을 가눌 수 없을 만큼 취해 있었다. 그런 당신을 부축해 내 집으로 유인하는 것은 앵벌이에게 동전을 던져주는 것만큼이나 쉬운 일이었다. 당신의 몸에서 쿰쿰한 냄새가 났다. 나는 남편이 잠을 자지 못할 때마다 먹었던 알약 몇 개를 당신에게 먹였다. 당신은 곧 잠이 들었다.

나는 당신이 편히 잘 수 있게 셔츠 단추를 풀고 양말도 벗겨주었다. 나는 당신 것과 흡사한 분홍색 넥타이를 사러 나가야만 했다. 또 그것이 적당히 낡고 때가 타 보이게 만들어야 했다. 나는 서두르지 않으면 안 되었다.

"제가 왜 여기 와 있는 겁니까?"

어스름 녘에 깨어난 당신은 몹시 멋쩍어했다.

"많이 취하셔서……."

당신은 죄송하다고 몇 번인가 말하면서 안절부절못했다.

"폐가 많았습니다."

당신은 퍽 단정하고 예의바른 사람이었다. 곧바로 일어서는 당신을 나는 붙잡았다. 당신이 민망해하지 않도록 입가에 엷은 미소를 머금는 것도 잊지 않았다.

"해장국을 끓였는데 드시고 가세요."

당신의 얼굴에 망설이는 빛이 역력했다. 하지만 당신의 마음보다 정직한 것이 당신의 위장이었다. 술에 절어 있던 당신의 위장은 해장국에 곁들인 참기름 냄새의 유혹을 뿌리치지 못했다. 나는 당신의 불편한 마음을 덜어주기 위해 말했다. 이웃인데 이쯤이 뭐 대수냐고.

당신은 결국 식탁에 앉았다. 애써 담담한 척하려는 당신의 몸짓이 오히려 참담해 보였다. 아니나 다를까 곧 당신의 수저에 눈물이 얹혔다. 나는 당신을 위해 슬쩍 비켜서서 당신을 엿보았다. 흔들리는 당신의 어깨를 따라 내 가슴도 덜그럭거렸다.

헉, 소리와 동시에 당신이 고개를 떨어뜨렸다. 당신은 기어이 아이처럼 소리 내어 울었다. 나도 당신처럼 그렇게 울고 싶었다. 나는 당신의 어깨에 손을 얹었다. 들썩이던 당신의 어깨가 차츰 안정을 찾아갔다. 그러나 당신은 목이 메어 음식을 삼키지 못했다. 나는 당신을 바라보며 운명이란 무엇인가에 대해 생각했다. 운명이란 아무리 저항해도 벗어날 수 없다는 것, 누구나 운명이 지시하는 대로 순종해야만 한다고 자신에게 속삭였다. 당신은 나와 함께 죽은 남편을 이용해 보험금을 타내야 하는 운명이었다.

한동안의 긴장된 침묵을 깨고 당신이 말했다.

"죽고 싶다는 생각, 해본 적 있어요?"

"아뇨."

나는 잘라 대답했다. 사실, 나는 더 이상 머뭇거릴 시간이 없었을 뿐만 아니라 당신이 더 이상 나에게 아무것도 묻지 않기를 바랐다.

"남편이 죽었어요."

"네?"

그것도 바로 어제였다고 나는 당신에게 또박또박 말했다. 당신은 몹시 놀라는 기색이었다. 게다가 남편의 시신이 집 안에 있다는 것을 알게 되었다. 당신의 미간에 주름이 깊게 잡혔다. 이내 당신은 두려움에 떨며 벌떡 일어섰다.

"우리 두 사람 모두 살 길이 있어요."

그것은 바로 보험금이었다. 나는 당신에게 자초지종을 설명했다. 가능한 한 차분하고 냉정하게.

"남편은 보험금에 대해 생각했던 거예요. 그게 아니라면, 왜 하필 거실 탁자 위에 보험증권을 놓아두었겠어요? 남편은 이미 우리의 오늘을 내다보았는지도 몰라요."

아닌 게 아니라 남편은 전에도 늘 나를 배려했다. 그의 제자로 인해 갈등이 깊어졌을 때 그가 말했다. 나는 다시 태어나도 당신과 결혼할 거야. 당신을 위해서라면 죽을 수도 있어. 아니, 만약 내가 죽는다면 그건 당신을 위해서일 거야, 라고.

당신은 떨리는 목소리로 나에게 말했다.

"말도 안 돼요."

나는 나를 쏘아보는 당신의 눈빛을 피하지 않았다. 나는 알고 있었다. 당신이 이미 내 말에 동요되었다는 것을. 극중 배역에 몰입된 배우가 상대의 다음 동작을 꿰뚫고 호흡을 조절하듯 나는 당신을 주시했다.

"생각보다 쉬운 일이에요."

"전 모르는 일입니다. 못 들은 걸로 하겠습니다."

"어차피 남편은 죽었어요."

당신은 못 한다고 단호하게 잘랐다. 하지만 당신의 눈빛은 벌써 남편의 시신을 유기할 방도를 찾아 허둥대고 있었다.

"그냥 신고하세요."

"아뇨. 난 그렇게 못 해요."

나는 당신을 절대로 돌려보낼 수 없었다. 그럴 거면 애초 당신을 끌어들이지도 않았을 거였다. 당신도 그걸 깨달은 것 같았다. 일을 도모하기 전에는 내 집에서 한 발짝도 나갈 수 없다는 것을.

"신고하세요."

당신은 간곡하게 말했지만 나는 당신보다 더 냉철하고 집요했다.

"산 사람은 살아야 하잖아요. 도와주세요. 제발!"

"저더러 뭘 어떡하란 말입니까?"

"그냥 도와주기만 하면 돼요."

우리는 십여 분 가량 더 실랑이를 했다. 결국 당신이 백기를 들었다.

하늘은 스스로 돕는 자를 도우시느라 마침 그날 밤 비가 억수같이 쏟아졌다.

자정이 지나고도 한 시간쯤 더 기다렸다. 당신과 나는 남편의 시신을 일으켜 세워 부축했다. 우리는 민첩하게 움직였고 일층에서 살아온 덕을 톡톡히 보았다. 집 앞에 세워둔 남편의 차에 남편을 태울 때까지 개 한 마리 얼씬대지 않았다. 당신은 멀리 대로변에 세워둔, 다음 날 팔아치우기로 한 당신의 트럭을 몰아 내가 운전하는 남편 차를 뒤따랐다.

목적지에 다다랐을 때 우리는 남편을 운전석에 앉힌 후 사이드브레이크를 풀었다. 당신의 트럭이 서서히 남편의 차를 밀었다. 당신은 탁월한 운전 실력을 가졌을 뿐 아니라 막상 일을 착수하자 놀라울 정도로 주도면밀했다.

고속도로를 순회하던 경찰이 빗길에 미끄러져 낭떠러지 아래로 구른 남편의 차를 발견한 것은 사흘이 지나서였다. 남편의 시신은 사망 시간을 추측할 수 없을 만큼 엉망이 되어 있었다. 하지만 내가 남편의 차에서 내리기 전에 살짝 떨어뜨려 놓은 분홍색 넥타이는 고스란히 남은 채였다.

퍼붓는 빗속에서 우리는 미치도록 외로웠다. 당신의 트럭에 타자마자 우리가 안은 것은 그 때문이었다. 섹스는 가장 외로울 때 하는 거니까. 그래야 제 맛이니까. 우리는 서로를 탐닉하면서 진작 만나지 못한 것을 아쉬워했다. 운명, 당신은 우리가 만난 것이 운명이라고 했다. 나도 그런 것 같았다. 나는 그 운명이라는 말 때문에 웃음이 터져 나왔다. 고맙게도 당신의 분홍색 넥타이가 조수석 시트 틈에 끼어 있었다. 다시는 그 넥타이를 맬 수 없게 된 당신, 영문도 모르면서 당신이 따라 웃었다. 늘 그런 것은 아니지만 운명이란 그렇게 우습기도 한 것이다.

운명, 운명을 말하다 보니 이제 노파 이야기를 매듭지어야 할 것 같다.

영영 잊어버릴 뻔했던 노파를 만난 것은 갑자기 장대비가 쏟아지던 날이었다. 학교가 파해 집으로 돌아가던 아이들은 흙탕물 속으로 뛰어들었다. 첨벙거리며 논배미로 기어드는 물뱀을 막대기로 해코지했다. 물에 빠진 생쥐 꼴이 되어서도 아이들은 신이 나서 어쩔 줄 몰랐다. 그때 무슨 소리가 들려왔다. 빗소리에 섞여 분간할 수 없었지만 그 소리 때문에 사위는 더욱 음산하고 괴괴했다. 아이들이 하나 둘 하던 짓을 멈추고 소리가 나는 쪽을 바라보았다. 아련하게, 기이한 형체가 보였다. 언뜻 보기에 옷을 날려버린 허수아비 같았다. 아이들은 무엇에 홀린 것처럼 우르르 그쪽을 향해 걸어갔다.

"무당이다."

한 아이가 소리쳤다.

설마 하면서도 아이들은 걸음을 멈춰 섰다. 벌거벗은 채 풀어헤친 머리칼에 하얀 꽃을 꽂은 노파가 무슨 노래를 흥얼거렸다. 노파의 처진 젖

가슴, 쪼그라든 뱃가죽과 말라비틀어진 다리 사이 음부가 흉측했다. 피부는 그을려 거무스름하고 팔이며 다리는 온통 긁힌 자국과 부스럼, 딱지투성이었다. 아이들 중 몇은 벌써 질겁해서 달아났다. 그 중 짓궂은 아이가 돌멩이를 집어 노파에게 던졌다. 덩달아 노파의 젖꼭지를 막대기로 찔러대는 아이도 있었다. 노파는 악다구니를 물고 고함을 질렀다.

"이 사마귀 같은 놈들."

나는 너무 놀라 논두렁에서 넘어지고 말았다. 아이들이 모두 멀리 도망친 후에도 흙탕물에 한 발을 빠뜨린 채 꼼짝할 수가 없었다. 별안간 노파가 기괴하게 웃으며 나를 향해 다가왔다. 나는 영락없이 덫에 걸린 토끼 꼴이었다. 웃음을 뚝 그친 노파가 벌벌 떠는 나를 쏘아보며 말했다.

"넌 분홍거미야. 밤이면 남자들의 심장을 파먹는 나쁜 거미. 남자 셋은 잡아먹고 말 걸?"

벌렁 뒤집어진 노파의 윗입술이 일그러졌다. 입가에는 거미줄처럼 길게 늘어진 침이 대롱거렸다. 나는 그때까지 그렇게 더럽고 무서운 얼굴을 본 적이 없었다.

"아냐. 난 분홍거미가 아냐."

"넌 분홍거미야. 사타구니에 분홍물이 들어 있어. 어디 한번 볼까?"

노파는 눈을 가늘게 치뜨면서 내 곁으로 바짝 다가왔다. 노파가 내 치마 속으로 손을 넣는 순간 나는 다시 주저앉고 말았다. 숨은 탁탁 끊어지고 몸이 부들부들 떨렸다. 가까스로 도망을 쳤지만 노파의 웃음소리는 뒷덜미에 달라붙어 끝까지 나를 따라왔다.

아무리 떨쳐버리려고 해도 노파의 말은 귀에 돌돌돌 말려들어 귓속에

똬리를 틀고 들어앉았다. 나는 마법에 걸리고 만 것 같았다. 나는 분홍거미다. 밤이 되면 남자들의 심장을 파먹는 분홍거미. 그때 내 나이 열두 살이었다. 세상에 대해 아무것도 모르는 나이였으나 한창 호기심이 많은 나이. 보고 듣고 느끼는 것이 모두 머릿속에 각인되는 나이였다. 그것들을 통해 더 넓고 큰 세상으로 나아가기 위해 발돋움하는 나이. 그러나 나는 마법에 걸림으로써 더 이상 성장할 수 없었거나 지나치게 빨리 성장해버렸는지 몰랐다.

마법에 걸린 나는 밤이 되면 머리카락이 점점 줄어들었다. 머리카락은 어느 순간 한 올도 남김없이 사라져버렸다. 머리도 몸도 작아졌으며 손가락과 발가락은 여덟 개의 가느다란 다리로 바뀌었다. 나머지 부분은 모두 굳어 커다란 배가 되었다. 입에서는 연신 가느다란 실이 흘러나왔다. 그럴 때마다 정체를 알 수 없는 쾌감이 등줄기를 타고 내렸다. 나는 모두 잠든 틈을 타서 슬그머니 일어나 벽을 타고 천장까지 올라갔다. 그것은 아주 쉬운 일이었다. 거기서 나는 거미가 아니었더라면 볼 수 없었을 것들을 보게 되었다. 게다가 나는 거미의 세계에 대해 몰라도 될 것을 알아버리고 말았다.

암거미는 교미 후에 늘 배가 고프며, 그녀가 가장 애호하는 간이식사는 그녀의 연인이라는 것 말이다. 수거미는 고단백질에 대한 암거미의 탐욕을 알고 있었다. 암거미의 거대한 복부는 조그만 수거미가 가진 생명의 원천을 다 소모시켜버렸다. 그래서 암거미를 수태시킨 직후 수거미는 숨을 거두고 말았다. 자기가 얼마나 위험한 짓을 하고 있는지 알면서도 수거미는 암거미와 관계를 갖고 싶어 했다. 그들에게 생식은 죽음의 방식으로 행해졌다.

그 무렵, 나는 밤이 되면 아버지나 남동생 가까이 가지 않았다. 아버지가 나를 안아주려고 하면 도망을 치거나 울어버렸다. 아버지는 내 행동에 대해 무척 서운해 했지만 어쩔 수 없었다. 남동생도 마찬가지였다. 그 어떤 남자들 가까이에도 가지 않았다. 세월이 흘러, 남자들의 심장을 파먹는 분홍거미라는 게 존재하지 않는다는 것을 알 만큼 자란 뒤에도 여전히 분홍거미는 유령처럼 나를 괴롭혔다. 남자들 가까이 가면 안 된다는 것은 사랑을 해서도 안 된다는 거였다. 하지만 나는 번번이 그것을 망각했고 망각이 부른 저주받은 내 운명의 희생자가 생겨났다.

어쨌거나 우리의 음모는 완벽에 가까웠다. 당신은 빚을 청산했고 가족도 찾았다. 나는 변두리 위성도시의 새로 지은 아파트로 입주했다. 나의 과거에 대해 아무도 모르는 곳. 거기서 나는 평온한 나날을 보냈다. 벼랑 끝에 서 있다가 간신히 살아난 자만이 누릴 수 있는 행복이었다. 자연은 언제나 극단보다는 균형을 택해 왔듯이, 거미의 세계에 존재하는 질서도 잘 들여다보면 모든 암거미가 수컷을 잡아먹는 것은 아니었다.

하지만 나에게 허락된 행복은 오래가지 않았다. 남편의 제자, 그 스토커가 다시 나타난 것이다. 남편의 장례식에도 나타나지 않았던 그녀가 왜 내 앞에 나타났을까. 그것도 하필 당신을 통해서.

그녀는 그 사이 나에 대한 적대감을 더욱 살찌우면서 나의 일거수일투족을 감시해왔다. 그것을 눈치 채지 못한 것은 나의 실수였다. 어쩌면 그녀는 그날 밤 우리가 한 일을 다 알고 있었는지도 몰랐다. 아니, 그걸 몰랐다 해도 당신과 내가 은밀하게 외곽의 찻집이나 러브호텔을 드나드는 것을 보아왔다. 당신이 나의 앞집 남자였다는 것까지도 알고 있었다.

아주 치밀하고 교묘하게 당신에게 접근한 그녀는 당신에게 나를 신고하라고 종용했다. 내가 보험금을 노리고 남편을 죽인 마녀라고 귀에 못이 박이도록 일렀다. 당신이 나를 신고하지 않으면 모든 걸 당신에게 떠넘기겠다고 했다. 아니, 당신을 죽이겠다고도 했다.

당신은 그렇게 하지 못했다. 남편의 시신을 유기한 공범이라는 게 두려워서가 아니었다.

나는 그걸 알면서도 당신에게 성을 냈다.

"왜 온 거죠? 겨우 그 말을 전하려고 왔나요?"

"그냥. 보고 싶어서."

당신은 나를 안으려고 했지만 나는 당신을 뿌리쳤다.

"이러지 말아요. 우리의 계약은 오래 전에 끝났어요."

당신은 언젠가 그랬던 것처럼 고개를 떨어뜨렸다.

"우리 함께 어디 먼 데로 떠나요. 아무도 찾을 수 없는 곳으로."

"천만에요. 그런 일은 절대로 없을 거예요."

"제발! 내 말을 들어요."

가여운 당신. 당신은 그녀가 당신을 죽이겠다는 위협보다 혹 그녀가나를 죽이기라도 할까봐 두려웠던 거였다.

"신고할 테면 해요. 동정 따윈 싫으니까."

"난 당신이 무슨 일을 했든 상관없이 당신을 지켜주고 싶어. 설령 남편을 죽였다고 해도."

당신의 말은 내 가슴에 비수처럼 꽂혔다.

“무슨 말을 하는 거예요?”

“당신은 내 생명의 은인이니까. 아니, 당신을 사랑하니까.”

당신의 눈빛은 처음부터 모든 것을 알고 있었다, 말하고 있었다. 그 순간 아득한 기억의 저인망에 남편의 넥타이가 걸려들었다. 이별주를 마시다 잠든 남편을 향한 내 욕망의 이중주 말이다.

키스를 퍼붓다 문득 남편의 목에 걸린 넥타이가 거추장스럽게 느껴졌다. 넥타이를 끄르려는 순간, 손끝에 전율이 흘렀다. 아주 오래 전 토끼를 잡던 노파의 올가미가 번득 스쳐갔다. 어느새 내 손은 넥타이를 조여당기고 있었다. 조금만 더 조금만 더, 남편이 나를 향해 속삭이는 것 같았다. 나는 넥타이를 거머쥔 손에 힘을 주었다. 기묘한 쾌감이 온몸을 타고 흘렀다. 남편이 살려 달라, 버둥거린다는 걸 알았을 때는 이미 늦은 후였다. 내 손아귀에서 힘이 풀리고 남편의 머리가 옆으로 떨어지는 순간까지 나는 내가 무슨 일을 저질렀는지 깨닫지 못했다.

“당신, 지금 뭐라고 했어요?”

“뭘……?”

“당신, 내가 남편을 죽였다고 했잖아요.”

“아니, 그건…….”

“조금 전에 당신 눈이 그렇게 말했어. 처음부터 모든 걸 알고 있었다고.”

모욕감에 진저리치는 나를 위로하는 대신 당신은 담배를 문 채 오래도록 창밖만 내다보았다.

그러고 보니 그날의 섹스가 우리에게 마지막이 된 것 같다.

달빛이 얇은 비단처럼 퍼져 방 안으로 들어찼다. 당신과 나는 각자 기묘한 서러움의 응어리를 지닌 채였다. 당신은 내 귀에서 턱, 어깨를 걸쳐 유방을 핥고 베어 물었다. 자신이 얼마나 위험한 줄 알면서도 암거미를 향해 달려드는 수거미, 나는 당신에게서 놈을 보았다. 할 수만 있다면 나 역시 당신의 페니스로부터 당신의 가슴, 머리까지 송두리째 삼켜버리고 싶었다. 당신은 한층 광폭하게, 내 몸의 감각을 충동질했다. 뻔하디 뻔한 놈의 종말을 예측하면서 나는 걷잡을 수 없는 정념의 회오리에 휩싸였다. 결국 스스로 솟구치는 불길이 되어 당신의 몸을 살랐다.

이제 당신이 나를 원망한다 해도 하는 수 없는 일이다. 나는 내 운명이 시키는 대로 따랐을 뿐이니까.

그래. 나는 당신이 예상한 대로 당신을 신고했다.

"그 사람은 앞집에 살았는데 남편과 자주 술을 마셨어요. 모처럼 남편과 와인이라도 한잔 하려는 날은 그 사람이 꼭 남편을 불러냈어요. 숙맥인 남편은 그런 보험에 가입했다는 걸 그 사람한테 자랑했나 봐요. 아내를 사랑하는 남편이라면 아내를 위해 그런 것쯤 들어두어야 한다고 말예요. 결국 고양이 입에 생선을 넣어준 꼴이 된 거죠. 그날 외출했다가 돌아왔는데, 남편은 이미……. 그 사람이 넥타이로 남편을 목 졸라……. 그것도 모자라 저를 강간……."

나는 노련한 배우의 농염한 미소의 용도를 이제 막 배운 애송이 배우의 교태를 연출했다. 또한 겁에 질린 마음을 어떻게 표현해야 좋을지 몰라 허둥대는 몸짓을 고스란히 담았다.

"왜 여태 신고하지 않았습니까?"

"무서웠어요. 그 사람이 날 죽이겠다고 협박했는데…… 도망쳐도 소용없었어요. 내가 이사 간 걸 어떻게 알고는…… 죽은 다음에도 따라올 거라고."

그렇게 말하면서, 저승에 가서라도 나와 사랑을 나누고 싶다던 당신의 말이 떠올랐다. 말끝마다 툭툭 되쏘는 나를 껴안은 채 모든 게 다 잘될 거라고 위로했던 당신. 내가 어찌할 바를 몰라 할 때마다 당신은 나에 대한 사랑이 샘솟는 것처럼 보였으니까.

어쨌거나 이제 당신은 꼼짝없이 남편을 죽인 배역을 하고야 말 것이다. 술에 취해 날마다 경매로 넘어가버린 집 앞을 어슬렁거렸던 당신, 남편의 시신에서 발견된 분홍색 넥타이의 주인인 당신.

'아! 정말 소름끼쳐, 그 소리. 다 죽여버릴 거야. 온 동네에 쩌렁쩌렁 울렸다니까요. 맞아요. 저 분홍색 넥타이, 어울리지도 않게 그걸 늘 매고 다녔어요.'

동네 여자들은 당신의 목소리와 함께 그 분홍색 넥타이에 대한 대사를 신이 나서 읊조릴 것이다. 완벽하다. 나의 세 번째 남자 당신, 당신은 나를 분홍거미의 마법에서 풀어주었다.

땡큐, 당신.

대체 이건 뭐지? 내 몸에 친친 감겨드는 이 가느다란 줄 말야. 저 토끼 주둥이를 한 노파는 어디서 본 적이 있는데……. 나를 노려보네. 저 악의에 찬 눈빛, 나에게 최면을 걸고 있는 것 같아. 아니, 가만. 거울 속에 들어 있는, 저 여자는 누굴까? 어쩐지 불길한 느낌이 드는 게 아주 못된 성질머리를 가진 여자 같아. 저 흉포한 행동이라니. 어둠을 살라먹고 자란 자들의 속성이지. 어? 저 여자, 거울 속에서 걸어 나오네. 어어? 내 머리통을 사각사각 갉아먹고 있잖아. 내 머릿속에 있는 생각들을 말야. 이러다가는 내 몸과 마음, 영혼까지도 흔적 없이 사라져버릴 것만 같아. 아, 담배 한 대만 피웠으면……. 참, 이제야 생각이 나네. 경찰이 한 말 말야. 당신 남편 차에 떨어져 있었던 넥타이 말예요, 국과수에 의뢰 했는데 그 사람 게 아니더란 말입니다, 그러는 거 있지. 경찰도 참 멍청하기 짝이 없지 뭐람. 그거야 내가 새로 산 거니까 당연한 걸 가지고. 아니, 아니, 내가 지금 무슨 말을 하고 있는 거지? 근데 여긴 어디야? 왜 이렇게 깜깜한 거지? 거기 있는 당신은, 당신들은 누구인가요?

〈끝〉

너무 너무 사랑해!

박 은 몽

1970년 서울 출생
95년 건국대 행정학과 졸업
2005년 계간 「문학과 창작」으로 등단
저서 〈명품 인생을 살아라〉
〈스무 살과 서른 살은 열정의 온도가 다르다〉
〈상사 인맥 만들기〉

너무 너무 사랑해!

처음 만났을 때 그는 어디선가 본 듯해서 더 친근하게 느껴지는 남자였어. 이제 갓 스물을 넘긴 나이 특유의 앳된 느낌이 좋았지. 잡티 하나 없이 깨끗하고 맑은 피부에 살짝 접힌 쌍까풀. 거기다가 내가 좋아하는 반 곱슬머리에 헤어 에센스를 발라 촉촉하게 젖어 있는 윤기 나는 머리카락을 하고 있었지. 일부러 멋을 내려고 그랬는지 이마 위에 흩어진 듯 흘러내린 머리카락이 만화에 나오는 주인공처럼 낭만적으로 내겐 다가왔어.

그래, 거기까지였다면 내가 그렇게 마음이 흔들리지는 않았겠지만 문제는 그에게서 독특한 향기가 났단 말이야. 바로 그 향기 때문에 난 마음이 완전히 흔들려 버렸어. 한두 번 만나고 말아야 하거나 남남으로 스쳐 지나가야 할 사이였는데 그러기가 싫어졌던 거야. 진하지는 않지만 오래도록 남는 향기. 향수의 잔향이거나 로션 향 같기도 했지. 그가 곁에 앉아 있다가 사라지면 향기가 코끝에 남아서 난 한동안 그의 잔영이라도 훔쳐보려는 듯 그가 열고 나간 문을 멍하니 바라보곤 했지.

그는 남자치고는 약간 마른 체격이었어. 호리호리한 뒤태가 더욱 매력적이었지. 뒷모습을 바라볼 때면 부드럽고 매끄럽게 흘러내리는 선이 더욱 선명하게 드러나곤 했어. 웬만한 여자보다도 더 아름다운 남자였어.

옆모습은 또 어떻고. 약간 각진 귀밑 선에서 입술 바로 아래 턱까지 군살 없이 날렵하게 빠진 턱 선은 그를 다른 남자들과 확실하게 구분해 주는 매력포인트였어. 지적이면서도 또 한편으로는 교태미를 물씬 풍기는 턱 선은 몰래 숨겨두고 나만 보고 싶을 정도였지. 다른 여자들이 그의 턱 선을 보고 그만의 아름다움과 매력을 발견할까봐 전전긍긍하는 기분이 되곤 했어. 그럴 때마다 난 약간 짜증스럽게 굴었지.

그도 처음부터 내가 싫지는 않았던 것 같아. 상냥하고 나긋나긋하게 나를 대했지. 하지만 그것만으로는 그의 마음을 확신할 수 없었어. 그의 주변에는 나보다 젊고 아름다운 여자들이 많았으니까 그가 굳이 나에게 끌리리라고 생각하기는 좀 앞뒤가 맞지 않았거든. 그래서 그의 친절과 배려가 진심인지 그냥 예의상 그러는 건지 헷갈릴 때가 많았어. 무엇이든지 내가 가진 모든 것을 그에게 주고 열정을 쏟고 싶은 마음이 굴뚝같았지만 정작 받아줘야 할 그가 어떤 마음인지 불안해서 미치겠는 거야.

그래서 오히려 내 마음을 쉽게 드러내 보일 수 없었는지도 몰라.

아니, 아니, 꼭 불안해서만은 아니야. 그냥 좀 비싼 여자로 보이고 싶기도 했어. 가슴 밑바닥에서부터 차오르는 나의 감정이 싸구려가 아니라 남다르고 특별한 것으로 여겨지도록 말이야. 또 너무 쉬워 보이면 남자들은 매력을 못 느낀다잖아. 그런 조심스러움이 그에겐 부담이 되었나봐.

만난 지 한두 달쯤 지났을 때 말이야. 우린 함께 술을 마시고 있었어. 그는 평상시처럼 내 곁에 착 달라붙어서 술잔에 술을 채워주곤 했지. 나역시 그의 곁에 엉덩이를 붙이고 앉아서 금방이라도 그의 품에 쓰러질 듯이 술을 마시고 있었는데 말이야. 그날은 왠지 그가 조금 다르게 행동하는 거야. 무슨 작정이라도 한 사람 같기도 하고 좀 화가 난 것 같기도 하고 불안정해 보였어. 우리 두 사람 모두 술기운이 올라 눈동자가 흐려질 즈음이 되자 대뜸 그는 내 곁에서 떨어져 앉으면서 술병에 조금 남아 있던 술을 잔에다가 모두 쏟아 버리고는 고개를 살짝 숙인 채 잠시 말이 없었지. 그런데 말이야, 불안정해 보이는 그의 표정보다는 고개를 살짝 숙이면 더 드러나는 턱 선에 나의 시선은 꽂혀 있었어.

"왜 그래? 기분 안 좋은 일이라도 있어?"

어린애를 대하듯 나는 부드럽게 달래면서 그의 옆얼굴에 나의 오른손을 갖다 대었지. 붉은 매니큐어를 바르고 다이아몬드 반지를 낀 나의 손은 그의 날렵하고 지적인 턱선과 기가 막히게 잘 어울리더군. 술이 아니라 몽롱한 분위기에 더 취한 듯 나는 그의 옆얼굴을 쓰다듬으며 그에게 좀 더 다가갔어. 하얀 얼굴, 약간 취한 눈동자, 아름다운 턱선, 그리고 나의 자극적인 손이 어우러진 모습을 상상해 봐. 그대로 그의 셔츠를 파헤치고 가슴에 얼굴을 묻고 싶어지지 않겠냐 말이야.

여느 때 같으면 그런 나에게 분위기를 맞춰주는 그였는데 그날은 좀 굳어 있었지. 그는 오른손으로 자기 볼을 어루만지던 내 손을 잡아 내리더니 채워진 마지막 술잔을 주욱 들이키더군. 나이도 얼마 안 된 녀석이 술은 왜 그렇게 센지 말이야.

"누나…누나는 나를 어떻게 생각해?"

"뭐가?"

난 몽롱한 기분에서 아직 덜 깨어난 몽롱한 목소리로 물었다. 어떻게 생각하긴 뭘 어떻게 생각해? 좋아서 죽겠는 걸. 나야말로 그가 나를 어떻게 생각하는지 불안하고 궁금해서 미칠 지경인 걸. 이렇게 말하고 싶었지만 마지막 자존심은 남겨 둬야지.

"누난 그냥 내가 귀여운 동생이야? 왜 그렇게 내 마음을 몰라줘. 나 장난이 아니란 말이야. 그런데 누나는 나를 가지고 노는 거야? 그냥 술 먹고 즐기고 뭐 그런 게 다야?"

"…우경 씨…?"

난 이쯤에서 완전히 몽롱한 기분에서 벗어나 자세를 좀 고쳐 앉았지. 하지만 가슴은 마구 설레기 시작했어. 진지하게 화를 내고 나오니까 그가 더 멋있게 보이는 거 있지? 술에 취해서 나를 안고 만지작거릴 때와는 또 다르게 남자의 매력이 물씬 풍기는 거야. 역시 나는 그의 매력에서 빠져나올 수 없나봐.

"대답해 봐! 이제 솔직해질 때도 됐잖아. 아직도 시간이 더 필요한

거야? 언제쯤이면 내 진심을 믿어 줄 거야? 누나 부자라고 나 무시하는
거야?”

“무시하긴 누가 무시한다고 그래. ”

난 기어들어가는 목소리로 말꼬리를 흐렸지. 사실 난 부자가 아니야.
그는 돈 많은 여자라고 알고 있지만 난 평범한 여자에 불과하지. 명품 핸
드백에 명품 구두, 명품 옷, 귀금속까지 모두 빌려서 하고 다니는 거지만
나의 거짓말에 그는 잘도 속아 넘어갔지. 그를 속이려고 그런 거는 아니
야. 명품 싫어하는 여자가 어디 있겠어. 평소에도 명품이 좋아 사족을 못
쓰는데 마음에 드는 남자가 나이도 훨씬 어린 동생이고 보면 그런 동생
의 마음을 사기 위해서 돈이라도 많아 보여야 될 거 아니야. 어렵게 만난
인연인데 돈이니 뭐니 그런 것 때문에 놓칠 수는 없잖아. 그렇게 헤어지
면 평생 이렇게 나에게 잘 맞는 그런 남자는 두 번 다시 못 만날 것 같은
데 모든 것을 걸어서라도 그와 함께 있고 싶었어. 그의 품에서 헐떡이면
서 여자로서 행복하고 싶었단 말이야.

“도대체 어떻게 하면 내 마음을 믿어 줄 건데? 같이 잠만 자면 뭐해?
술 깨면 누나 동생일 뿐인데!”

그러더니 그는 말이야, 세상에나! 양주병을 집어 들더니 테이블 가장
자리에 팍 내리찍어 박살을 내는 거야. 그렇게 화가 난 모습은 처음 봤
어. 장난이 아니구나 싶더라고. 그게 다가 아니야. 반쯤 남은 깨진 술병
을 들더니 날 선 부분으로 자기 왼쪽 팔목을 긋는 거 아니겠어.

“아악!”

나는 비명을 지르고 말았어. 피가, 피가 말이야, 그의 하얀 실핏줄까

지도 다 비칠 것 같이 하얀 팔뚝에서, 내가 술에 취해 핥아대던 그 팔뚝에서 말이야, 피가 마구 흘러 나왔어.

"이래도 못 믿겠어? 이래도!"

그가 한 번 더 자기 팔목을 내려 그으려는 순간 나는 온힘을 다해 그의 화난 오른팔을 두 손으로 꼭 쥐고 말렸어.

"자기야, 이러지마, 내가 잘못했어. 내가 다 잘못했어. 나 장난으로 자기 만나는 거 아니야. 정말 사랑해 사랑하고 있어. 그런데 자기가 나를 어떻게 생각하는지 몰라서. 그냥 돈 좀 있어 보인다고 나를 가지고 노는 건 아닌지 어떤지 잘 몰라서, 확인하고 싶었을 뿐이야. 흐흐흑, 미안해. 그러니까 제발 이러지마, 자기 다치면 난 미쳐버릴 거야."

그는 피가 묻은 채로 나를 꼭 안아 주었지. 흐르는 피 앞에서 본능적으로 공포에 떨면서도 니 때문에 그렇게 고통스러워하는 그를 보면서 말로 표현하지 못할 만큼 행복하기도 했어. 그의 사랑을 확인할 수 있었기 때문이지. 이제 더 이상 망설이지 않을 거야. 그를 위해서라면 무엇이라도 아깝지 않을 거 같았어. 그를 즐겁게 해주고 행복하게 해주고 기쁘게 해주기 위해서라면 나의 모든 것을 다 버려도 아깝지 않을 거 같았어. 아무도 나에게 이만큼 치열하게 사랑한다고 말해준 적이 없었거든. 부모님조차 그러지 않았어. 그는 지구상에서 영원히 나를 사랑해 줄 수 있는 유일한 남자였던 거야.

밖에서 사람들이 나의 비명소리를 듣고 달려왔고 나는 그와 함께 인근 병원의 야간 응급실로 갔지. 몇 바늘을 꿰매긴 했지만 크게 걱정할 건 아니라고 의사가 하더군. 상처가 나을 무렵이면 그전보다 더 끈끈하게 그의 팔뚝을 핥고 싶어지겠지. 나에 대한 사랑의 증거니까 난 그 상처를 더욱 사랑해야 하는 거 아니겠어?

다음날 일을 못 나가고 하루 쉬고 있는 그의 원룸으로 나는 찾아갔지. 원룸 밖에서 전화를 걸었어. 나른한 목소리로 그가 받더군.

"자기야, 나 자기 집 앞에 와 있어."

"그래? 그럼 들어와."

우린 약속이라도 한 듯이 전날 그가 병을 깨고 화를 내던 순간부터 누나 동생이란 호칭은 완전하게 팽개쳐 버리고 난 더 애교 있게 그는 좀 더 무게 있게 서로를 대하고 있었지.

"아니, 자기가 나와 봐. 움직일 수 있지?"

잠시 기다리니까 그가 집에서 입는 편안한 바지에 니트를 걸치고 나왔어. 손목에는 붕대를 감은 채였지. 아무것도 바르지 않은 그의 풋풋한 머리카락을 보니 더 애틋하게 느껴지더군.

그는 나를 발견하더니 손을 흔들며 다가와 볼에다 입을 맞추었지. 그가 볼에 입을 맞출 때는 말이야 살짝 입술만 갖다 대고 마는 게 아니라, (나야 볼을 그에게 내미느라고 눈을 돌려 볼 수는 없지만) 입술을 살짝 내밀고 속 입술이 드러나게 해서 내 볼을 살짝 빨아주거든. 그 느낌이 촉촉하고 상큼해서 깊은 키스만큼 짜릿해. 그날도 그랬지

"자기야, 이거 봐."

"뭐?"

그는 능청을 떨고 되물었지만 나올 때부터 내가 가져온 이 물건에 눈길이 가는 걸 난 알고 있었지. 그런 그가 더 귀여워.

“선물!”

“선물?”

“그래, 나 때문에 이렇게 다쳐서 너무 미안하기도 하고 고맙기도 해서 가만히 있을 수 없었어.”

그는 내가 가리킨 물건을 보더니 실감이 나지 않는 듯 어리둥절한 표정으로 나를 한 번 보고 물건을 한 번 보았지.

“채련아.”

처음이었어. 그가 내 이름을 부른 건 말이지. 감동이었지. 그에게는 선물을 받은 게 감동이었고 나는 그가 내 이름을 불러 주는 게 감동이었지.

“채련아, 이거 정말 나 주는 거야?”

두 번이나 불렀어, 내 이름을.

“그러엄. 자기 주는 거야. 어때, 마음에 들어?”

그곳에 세워둔 나의 선물은 그의 날렵하고 지적인 턱 선만큼이나 그의 매끈하고 부드러운 뒤태만큼이나 미끈하게 잘 빠진 실루엣을 햇살 아래 드러내고 있었어.

“채련아, 고마워, 정말 자기 최고야.”

그는 붕대를 감지 않은 한쪽 팔로 나를 번쩍 들어 올릴 듯 안았지. 한 손이라서 평소처럼 높이 들어 올리지는 못했지만 그가 기뻐하는 모습을 보니 나 역시 뿌듯했지. 아무리 맛있는 음식을 먹고 고급 리조트에 놀러 가거나 명품 옷을 입고 거리를 뽐내며 걸어도 이렇게 가슴이 뿌듯해지는 만족감을 느낄 수는 없을 거야. 가슴 밑바닥에서부터 무언가 차오르는 이 기분. 저절로 웃음이 새어 나오고 누구라도 붙잡고 무슨 말이라도 그에 대해서 이야기하고 싶고 누군가의 가슴 속을 완전히 내가 차지하기 시작했다는 포만감. 마치 마약처럼 그 포만감을 계속해서 느끼고 싶어서 나는 그에게 점점 더 빠져 들어갔는지도 모르지. 그래 사랑이란 마약 같은 거잖아.

그 물건을 사기 위해 나는 고등학교 졸업하고 직장 다니면서 몇 년 동안 지켜 오던 적금 통장을 깼고 아는 사람을 수소문해 약간의 빚까지 지게 되었어. 약간이라고는 하지만 다 갚으려면 내 월급으로는 1년도 더 걸릴지 모르는 금액이야. 이자가 센 사채니까 더 오래 걸릴 수도 있어. 뭐 어떻게든 되겠지. 그런 걱정이야 지금 느끼는 행복감에 비한다면 아주 하찮은 거잖아. 인생이 줄 수 있는 가장 큰 행복을 난 지금 간직하게 되었으니 무엇을 더 바라겠어.

그가 고급 외제차를 끌고 다니는 모습을 상상해 봐. 상상만 해도 멋지고 환상적이야. 어떤 남자도 그이만큼 이런 고급차에 더 어울릴 수 없을 거야.

혼자 살고 있는 그의 원룸에 들어서자 평소에 그에게서 나던 향기가 은은하게 배어 있었어. 하얀색 블라인드가 내려져 있는 창가에는 싱글 침대가 부드러운 이불을 반쯤 걸린 옷자락처럼 드리운 채 속살을 보이고 있었지. 남자 방이 뭐가 이렇게 깨끗하냐고 묻자 그가 싱긋이 웃는데 윗입술 사이로 보이는 자그마한 치아가 가지런하게 예뻤어. 금방 샤워하고 나온 듯 풋풋한 그를 창가의 싱글 침대 위에 눕혔지. 한낮에 그를 침대에서 바라본 것은 처음이었어. 햇살이 그의 창백하리만큼 하얀 얼굴에 비치자 그의 솜털이 내 눈에 들어왔지. 나는 손가락으로 햇살 아래 뽀송뽀송한 솜털들을 만지작거렸지. 그렇게 그는 점점 나의 사람으로 되어가고 나의 손길에 익숙해져 가고 나의 친절과 배려를 먹고 사는 나만의 사람이 되어 간다는 게 생각할수록 봄 햇살을 마주할 때의 설렘처럼 가슴을 흔들어 대곤 했어.

금세 겨울이었어. 한여름 내내 태양과 함께 달궈질 때까지 달궈진 우리는 매일 같이 만나며 서로 생활의 일부가 되어갔지.

"자기야 날씨 추워지는데 내가 옷 한 벌 해줄까?"

"괜찮아. 지난번에 해준 옷도 아직 새 건데."

이렇게 말끝을 흐리면서도 그는 싫지 않은 눈치였지. 늘 그렇게 난 지갑을 열었어. 이번에는 지난번과는 다른 브랜드 매장에 갔는데 매장 아가씨가 너무 젊고 예쁘더라. 짧은 미니스커트 유니폼을 입고 있었는데 그의 시선이 자꾸 가는 거야. 매장에서 알짱거리는 그 여자를 그의 시선이 닿지 않는 밖으로 확 내팽개쳐 버리고 싶었어. 그녀 앞에서 잘난 체를 하고 싶었지.

"하나 더해, 자기야."

"정말?"

그렇게 난 한꺼번에 여러 벌을 그의 품에 떠다 안겼어. 카운터에서 계산을 해주면서 그 아가씨가 그러더군.

"어머, 손님. 너무 좋으시겠어요. 애인이 이렇게 명품 브랜드 정장을 한꺼번에 몇 벌씩이나 사 주고 말이에요."

비로소 젊고 날씬하고 다리까지 미끈한 그녀 앞에서 그에 대한 확실한 나의 우위를 증명할 수 있었지. 버거운 하루였어. 쉽게 열린 지갑을 뒷감당하기 위해서 또 얼마나 혼자서 발을 동동 굴러야 할까. 빚이 자꾸만 늘어나고 있어서 걱정이었지. 이자를 제 때 내지 못해 독촉을 받기도 여러 번. 무슨 방법을 찾아야 하는데.

그러나 그런 무거운 마음도 잠시 뿐, 다음 날도 그 다음 날도 난 매일 밤마다 그를 만났어. 때론 그의 방에서 때론 나의 방에서 때론 모텔에서 만났지. 그렇게 사랑이 커져가는 거라고 어제처럼 오늘도, 오늘처럼 내일도, 그 다음날도 계속해서 사랑받는 시간이 영원히 내 곁에 계속되리라고 확신했어. 가끔씩 사람들이 길을 가다가 마주치는 교통사고는 내겐 절대 일어날 리가 없고 지금 내 앞에 보이는 그의 싱그러운 미소가 매일에서 영원으로 이어지고, 그를 안을 때면 찾아오는 설렘과 나를 안은 채 게슴츠레 뜨는 그의 눈빛은 세월이 가도 변치 않고 늘 내 손안에 새겨진 손금처럼 나와 그의 영혼 깊숙이에 박혀서 절대로 흔들릴 수 없는 각인으로 끝까지 남으리라 믿었지. 그래 가슴이 미쳐 갔나봐. 그렇게 그에게 미쳐 갔나봐.

어느 휴일. 그는 잠에서 일어나서 여느 휴일 때처럼 내가 살고 있는 원룸으로 왔지. 전날 밤 일이 많았는지 술을 마셨는지 눈가에 피곤한 기색이 역력했지. 창백한 그의 피부는 피곤할 때면 유독 눈 밑에 그늘을 드리우곤 하니까 금세 티가 나거든. 자기야 너무 일이 많은 거 아니야? 걱정스러운 듯 내가 말했지. 조금은 그의 일에 질투를 내고 있는지도 모르지.

그는 나의 원룸에서 몇 시간씩이나 낮잠을 늘어지게 자고서야 일어났어. 하루 종일 밀린 빨래나 청소 등 이것저것 챙기고 나니 부스럭거리며 그가 깨어나는 인기척이 느껴졌지. 우리 오랜만에 외식하지 말고 집에서 뭐라도 만들어 먹을까? 해장국부터 끓여 줄까? 고무장갑을 낀 채 내가 물었는데 그는 냉장고에서 냉수를 꺼내 마시고 식탁에 앉으면서 내 말에는 대답도 않은 채 문득 식탁 위에 놓인 종이 쪼가리를 들여다보고 있는 거 아니겠어. 그건 여기저기서 날아온 채무 독촉장이었지. 뭐 밀린 공과금 독촉장이 섞여 있기도 했어.

"채련아, 이제 돈이 바닥나기 시작하나 보지?"

문득 다른 사람인 것처럼 그가 중얼거렸지. 순간 난 조금 당황했어. 우리 사이에 그런 게 무슨 허물이 되겠나 싶었는데 그가 약간 골이 난 아이처럼 말하니 문득 민망스러웠거든.

"아, 아니… 요즘 너무 바빠서 잘 챙기지를 못해서 그래."

"…"

전날 먹은 술 때문에 속이 쓰려 보였기에 난 북어를 끓는 물에 넣고 팔팔 끓이다가 파를 송송 썰어 넣고 고춧가루를 뿌려서 대접에 담아내었지. 그런데 그는 먹는 둥 마는 둥 숟가락질을 하다가 피곤하다며 일어서는 거야. 좀 더 먹어, 그래야 속이 풀리지, 하루 종일 제대로 먹지도 않고 잠만 잤잖아. 괜찮아, 너무 피곤해서 오늘은 그냥 가야겠어. 그냥 간다고? 벌써 저녁이 다 되어 가는데, 그냥 나랑 같이 자고 가.

그러자 그는 옆 눈으로 힐끗 나를 보더니 이내 코트를 집어 들고 일어서는 거야. 뭘 그렇게 서둘러? 피곤해, 어서 가서 자야겠어. 잔다고? 이때까지 여기서 잤잖아. 뭘 그렇게 따져? 가겠다고 하면 가는 걸로 알지.

난 더 이상 아무 말도 할 수 없었지. 나긋나긋하기가 여자보다 더하고 부드럽기도 젊은 피부에 비싼 화장품 바를 때보다 더 부드러운 남자였잖아. 화를 낼 때조차 진지하게 말을 내뱉던 그였어. 마치 여자의 깊은 속마음을 헤아려주기 위해 태어난 사람처럼 드라마 속의 주인공처럼 낭만적이고 열정적인 그런 남자였어. 이렇게 심드렁하게 십년쯤 같이 산 헌마누라 대하듯 퉁명스럽게 말을 내뱉다니. 상상도 할 수 없는 일이야. 놀란 가슴은 마치 길 가다가 차에 치일 뻔한 사람처럼 벌렁댔지. 화가 나기도 했지만 그 순간에는 당황스러워 제대로 화도 못 냈지. 아니 화가 나기보다 그의 갑작스러운 차가움이 도대체 어떤 의미인지 막연히 걱정스럽고 두려워지기만 했어. 내가 싫어진 걸까. 그럴 리가, 나처럼 남자에게 잘해주는 여자가 어디 있다고 벌써 싫어져. 우리가 이 년을 사귄 것도 아니고 삼 년을 사귄 것도 아니고 이제 겨우 일 년이 되어 갈 뿐인데.

그해 겨울은 유달리 길었던 것 같아. 큰 추위가 없어서 겨울 같지도 않네, 하면서도 겨울이 다 갔나 싶으면 반짝 추위가 닥쳐서 며칠씩 긴장시키곤 했지. 첫눈이 올 때는 일하다 말고 밖에 나와서 한다며 다정한 목소리로 전화를 걸어준 그였는데 겨울이 깊어질수록 전화 한 통 걸어주지 않고 지나가는 날이 부쩍 늘어갔지. 처음엔 바빠서 그러려니 했어. 그래, 그래, 그의 일이란 게 원래 연말에 일 년 중 제일 바쁜 업종이잖아. 연말 지나면 다시 예전처럼 나에게 관심을 가져주겠지 했어. 공연히 일 하는데 귀찮게 하면 미안스럽고 나를 부담스러워 할까봐 말없이 기다려 주기로 했지. 그런데 그게 아니었어. 연말이 지나고 연초도 지나가는 겨울 끄트머리쯤에 와서는 아예 며칠이 지나도록 연락도 없는 거야. 그뿐만이 아니라 전화를 걸어도 잘 받지도 않아. 몇 번을 다시 걸고 또 걸고 하면 그제야 느지막하게 전화를 받고서 일하느라고 못 받았다고 핑계를 대는 거야. 처음엔 그의 말을 믿고 싶어서 믿었지. 아직 나이도 어린 그니까 동생처럼 어느 정도 이해해 주고 포용해 주기도 해야 하는 거잖아.

그런데 시간이 갈수록 그는 점점 더 멀어지는 것처럼 보였어. 그렇게 겨울도 다 가고 찬바람도 그치고 조금만 더 있으면 봄바람이 불어 올 것도 같은데 그는 점점 더 차가운 겨울로 치닫고 있었지.

그 날도 며칠씩 그와 연락이 안 되던 무렵이었어. 전화도 받지 않아서 집으로 찾아가면 불도 아예 꺼져 있곤 했지. 며칠을 그렇게 맴돌다가 휴일에 그의 원룸으로 찾아갔어. 토요일 밤까지도 일 때문에 바쁜 그지만 일요일만큼은 꼼짝 않고 하루 종일 낮잠을 자는 오랜 습관을 잘 알고 있으니 말이야.

초인종을 누르자 한참 대답이 없었지. 하지만 그가 집에 있다는 건 분명했어. 안에서는 나지막하게나마 라디오 소리가 들렸고 말이야. 난 아주 오랫동안 그의 현관문 밖에서 초인종을 주기적으로 반복해서 누르면서 서 있었어. 그가 문을 열어 줄 때까지 한 발짝도 움직이지 않고 버텼지. 그렇게 돌아가 버리면 다시는 그를 만나지 못할 것 같은 불안에 지친 나는 점점 나락으로 빠져 들어가고 있었던 거야.

잠에서 억지로 깬 듯 그는 짜증스럽게 문을 열어 주었어. 누구냐고 묻지도 않았지. 뻔히 내가 와 있는 줄 알면서도 그렇게 몇 시간을 침대에서 뒹굴었던 거야. 잠을 편하게 자지 못한 것보다 내가 와 있는 게 그에겐 더 짜증스러운 일인지 나와 눈도 마주치지 않고 들어오라는 말도 안 한 채 현관문을 열어 주고는 휙 들어가 버리는 거야. 들어오려면 들어오고 말려면 말라는 듯. 잠시 나는 머뭇거리다가 구두를 벗고 들어갔어. 몇 시간째 한 자리에 서 있던 내 다리는 몹시 뻣뻣해져 있었지. 우린 한참 말이 없이 커피를 들이킬 뿐이었는데 그는 아무 말도 하기 귀찮다는 듯 졸려 죽겠다는 듯 축 늘어져 침대에 걸터앉아 있었어. 그런 침묵을 얼마만큼 견딜 수 있겠어. 무언가 말을 해야 했어. 싸움이 되더라도 그날만큼은 무언가 말을 하고 무슨 말이라도 들어야겠다고 생각했어.

그렇게 마음속으로 다짐을 하면서 먼저 말을 꺼내려고 해도 입이 안 떨어져서 계속 망설이고만 있는데 그가 대뜸 잠에서 깬 사람 마냥 한마디 툭 던지는 거야.

"누나 우리 그만 헤어져."

그만 헤어지자고? 갑자기 '누나' 라고? 숨이 멎을 것만 같았어. 난 누나라는 말 싫어하잖아. 채련이라고 불러주었잖아. 헤어지자니. 내가 좋다고 밤마다 끌어당길 때는 언제고 이제 갑자기 아무런 일도 없는데 헤어지자니.

"자기야, 그게 무슨 소리야? 무슨 일 있어?"

"이제, 누나, 나보고 자기라고 부르지 마. 부담스러워."

"부담…스럽…다."

"그래 누나가 나한테 잘해준 건 아는데 이제 싫증나는 것 같아. 솔직히 한 일 년쯤 만났잖아. 요즘 세상에 일 년이면 오래 만난 거야."

"싫증이 나다니? 어떻게 그럴 수가 있지."

난 혼잣말처럼 중얼거렸어.

어떻게 싫증이 날 수가 있지. 내가 차도 사 주고 명품 정장도 몇 벌이나 사 주고 반지에 목걸이… 지갑도 사주고 또 뭐였더라. 또 뭐를 사준 게 있었는데. 그리고 같이 잘 때 술집 여자들처럼 교태도 떨고 네 앞에서 다리를 벌리고 할 수 있는 모든 것을 다 해주었는데 어떻게 싫증이 나? 우린 운명처럼 만나서 처음 보았을 때부터 서로 반하고 끌렸는데 너는 나 때문에 속이 타서 술병을 깨뜨리고 자해까지 해 가면서 내게 프러포즈를 해댔는데, 어떻게 네가 나한테 싫증이 날 수 있어. 이건 뭔가 잘못되었어. 말이 안 되잖아. 아무리 이해를 하려고 해도 상식적으로 납득이 안 되는 스토리잖아. 다른 사람은 몰라도 너는 안 돼. 다른 남자는 다 그렇고 그렇게 사귀다가 헤어졌지만 너만은 안 돼. 너는, 아니 자기는, 내 마음과 몸을, 내가 가진 모든 것을 다 준 처음이자 마지막 남자잖아. 다시 생각해 봐. 잠시 자기가 착각한 거야. 잠시 착각한 거라면 내가 한 번쯤 눈감아 줄 수도 있어. 없었던 일로 생각하면 되잖아. 그리고 아무 일도 없었던 것처럼 다시 처음으로 돌아가면 되잖아. 자기는 다시 내 볼에 입술을 내밀고 살짝 침을 묻힐 듯이 입을 맞춰주고 나는 자기 품에 안기기 전에 자기 상처 난 팔뚝을 핥곤 하는 거야. 그러면 되잖아. 열심히 일하면 또 무언가를 해줄 수 있을 거야. 난 잘 할 수 있어. 조금 있으면 월급도 오를 테고 아르바이트 시간을 늘리면 자기한테 무언가를 계속 해줄 수 있을 거야. 우리 다시 사랑하자. 나처럼 자기를 사랑해 줄 수 있는 여자는 이 세상에 없어. 어느 여자가 매일같이 남자에게 그렇게 잘 해줄 수가 있니. 자기가 다른 여자하고 자면 나만큼 짜릿할 수 있을 거 같아? 처음 몇 번은 새로운 기분에 들뜰 수도 있겠지만 오래는 못 갈 게 분명해. 자기는 나하고 딱 맞는 남자야.

그는 고개를 푹 숙인 채 침대로 기어 들어가더군. 마치 이제 할 말 다 했으니 오히려 후련하고 더 이상 할 이야기 없으니 그만 돌아가라는 거 같았지.

"어디 가! 돌아와. 일어나봐. 더 이야기 해. 이게 다야? 갑자기 싫증났다고 하면 그러면 다 해결된 거야?"

난 침대로 기어들어가는 그를 뒤에서 붙잡아 채며 화를 냈지. 그러면 그가 조금 미안해 하면서 수그러들 줄 알았는데 평상시의 그이라면 분명 나한테 그렇게 양보했을 텐데 그날은 안 그러는 거야. 오히려 참았던 화를 터뜨리는 사람 같았지.

"도대체 왜 이래? 짜증나게. 들러붙는 여자 딱 질색이야. 이제 놀 만큼 놀았으니 서로 지겨울 때도 됐잖아. 또 누나 돈도 없는데 더 이상 나한테 뭐라도 해줄 수나 있겠어? 공과금도 밀려서 밤이면 알바 뛰는 거 알고 있어."

"그게 이유였던 거야? 모든 게 누구 때문인데, 네가 감히 나한테 그런 말을 할 수 있지?"

"아하 그래 '네가 감히' 라고! 본전 나오시네. 언제나 애 취급이지. 그만 가. 왜 남의 집에 와서 행패야?"

"행패라니. 흐흐흐 네가 진짜 행패가 뭔지 모르나 보지."

눈물도 나오지 않았어. 가슴속에 간직한 보석보다 더 빛나는 남자였어. 적어도 내게는 말이야. 무미건조한 내 인생을 빛나게 해 주고 무료하게 살아가던 내게 다가온 큰 행운이나 신이 나를 위해 예비한 선물 같았지. 어떻게 나 같은 여자에게 이렇게 부드럽고 배려해 주고 한결같이 상냥한 남자가 허락될 수 있을까 하고 날마다 날마다 실감이 나지 않아서 지나가는 사람이라도 붙잡고 나의 행복한 비밀을 이야기하고 나의 남자에 대해 자랑이라도 하고 싶었지. 내 곁에 이렇게 따뜻한 남자가 지켜 주고 있다니. 오직 혼자만 같던 외로운 세상이었는데 세상 전부를 다 얻은 것처럼 마음을 가득 채워주고, 사는 게 허무하게 느껴지지 않도록 해주는 사람, 사랑해 주고 나의 허물까지 덮어주고 모든 걸 포용해 줄 것 같은 남자를 드디어 만났다고, 그렇게 자랑을 하고 싶던 날들이 매일처럼 이어졌어. 콧노래가 절로 나오고 내 돈을 쓰고 있으면서도 전혀 아깝지 않았고 그의 모든 일상이 나의 일상으로 다가오고 시간을 뺏겨도 즐겁고 그로 인해 귀찮은 일이 생겨도 내일처럼 걱정이 될 뿐이었이. 잠자리에서 그가 아니라 내가 애를 써도 자존심 상하거나 귀찮지 않았어. 그건 다른 남자가 아니라 바로 그 사람이었기에 가능한 간절함이었는데 이제 와서 부담스럽다니, 귀찮다니, 싫증이 났다니. 누구에게나 가슴 속에는 끝을 알 수 없는 벼랑이 있어서 살다가 어느 순간 끈을 놓게 되면 나락으로 떨어지게 되는 건가 봐. 한때 간직했던 보물 같던 사랑이 커다란 돌덩이처럼 심장의 나락으로 벼락같은 비명을 지르며 심장 벽들을 생채기 내고 할퀴면서 긴 벼랑 아래로 굴러 떨어졌지. 돌덩이가 깊고 깊은 바닥에 닿는 순간 깊이만큼이나 커다란 웅덩이가 심장에 생기더군. 돌덩이가 떨어진 심장 바닥은 피 파편을 튀기며 휘청거렸지.

손을 뻗쳐도 그 사람은 이미 돌아선 지 오래였는지 닿지 않았어.

"우경 씨 요즘 백화점 세일 하던데 명품시계 하나 새로 맞춰 줄까? 벨

트도 같이 말이야."

머칠이 지난 뒤 울어서 퉁퉁 부은 눈을 해가지고 나는 그에게 전화를 걸었어.

"명품? 누나… 괜찮겠어?"

"으응. 마지막 선물이라고 생각해 줘. 일단 우리 집으로 와."

"조, 좋아."

그는 못 이기는 척 얼마 지나지 않아 우리 집으로 왔지. 지난해 봄에 내가 사준 그 외제차를 끌고서 말이야. 알뜰하게 세차하고 윤을 내서 그런지 반짝반짝거리는 차에서 그가 내리는 것을 창밖으로 내다보았지.

"어서 와, 정말 기다리고 있었어."

"누나, 어서 나가자."

"일단 들어와."

"뭘 들어와? 그냥 바로 나가자."

"들어오래도!"

"눈은 왜 그래?"

"몰라서 묻니… 울어서 그래."

그날 우린 백화점에는 가지 않았어. 명품 몇 개로 마지막 선물을 하고 가볍게 돌아설 수 있을 만큼 내 사랑은 싸구려가 아니었거든. 이틀이 지나도록 나는 그를 돌려보내지 않았지. 그리고 좀 치사하지만 계속 매달렸지. 처음에는 그도 화를 내고 저항하면서 나와 계속 헤어질 것처럼 그러더니만 시간이 좀 지나니까 생각이 흔들리나 봐. 처음의 완강했던 태도는 온 데 간 데 없고 조금씩 나긋나긋해지는 거야. 다시 옛정이 살아나기 시작한 걸까? 우리 둘만 있었으면 그쯤에서 그는 와락 달려들어 나를 뜨겁게 안아 주었을 거야. 그런데 그 집에는 우리 둘만 있는 게 아니라 나의 친구가 같이 있었거든. 그러니 그이도 옛 감정이 되살아나는 모습을 편하게 내보일 수 없었겠지.

"우리 바람이나 쐬러 가자!"

우린 셋이서 함께 새벽에 집을 나서 동해로 달렸어. 아직 봄이라고는 하지만 날씨가 변덕스럽고 쌀쌀한 데다가 새벽 공기라서 더 살갗을 파고드는 듯했지

새벽에 찬바람을 쐬며 먼 길을 달려와서 그런지 그는 더욱 창백해 보였지. 머리는 헝클어지고 말이야. 언제나 깔끔하게 멋을 낸 헤어스타일이 그의 트레이드마크였는데. 차에서 내려 그의 머리카락을 가닥가닥 어루만졌지. 처음 그의 원룸에 찾아가서 샴푸하고 아무것도 바르지 않은 풋풋한 머리카락을 그윽하게 바라보던 순간이 떠올랐지. 나른한 봄날의 벚꽃 잎처럼 부드럽고 촉촉한 검은 머리카락이었어. 그도 옛 생각이 물씬 나기 시작하는지 계속해서 이렇게 말하더군.

"누나, 미안해. 내가 잘못 했어. 다시는, 다시는 딴생각 안 할게, 한 번만 용서해 주면 평생 너만 바라보고 사랑하고 행복하게 해 줄게."

그래 누구나 한번쯤 실수는 하는 거잖아. 더구나 일 년도 넘게 사귄 오래된 연인이니까 잠시 마음이 해이해질 수도 있고. 남자들은 원래 자꾸 딴생각을 할 수도 있는 본능을 가졌다니까 한번쯤 내가 용서해 주어야겠지. 그이처럼 잘 생기고 잘 빠진 남자를 얻으려면 이 정도 상처쯤은 감수해도 괜찮지 않을까? 이것 봐, 눈물까지 흘리잖아. 내 친구 보기에

창피하게시리.

나는 붉은 매니큐어를 바르고 다이아몬드 반지를 낀 내 오른손으로 그의 옆 볼을 어루만졌어. 봐봐 그의 볼은 예전의 촉감 그대로야. 하나도 변하지 않았어. 단지 오늘은 볼이 눈물로 얼룩져 있고 조금, 아주 조금 떨리고 있을 뿐이야. 이렇게 내가 눈 딱 감고 한번 넘어가 주기만 하면 그의 하얗고 투명한 볼과 턱 선, 귀공자처럼 미려한 귀, 윤기 나는 머리 카락이 다시 온전하게 내 것이 될 수 있는 거야.

그래 처음 우리가 사귀기 시작할 무렵에도 그는 피로 나에게 사랑을 증명해 주었지. 그런 사건이 우리 사랑을 더욱 강하게 만들어 주었듯이 이번 해프닝도 우리 사랑이 더 강해지고 끈끈하게 이어지도록 누구도 갈 라놓을 수 없는 깊은 정으로 다져지기 위한 과정이었던 것뿐이야. 나락 까지 굴러 떨어졌던 상처, 내가 눈 한번 감고 없었던 일처럼 지나가 주면 계절이 지나 이렇게 다시 봄이 오듯이 그가 다시 나의 남자로 돌아올 수 있어. 그렇게 우리 평생 사랑하면서 사는 거야. 한번만 용서해 주자. 이 렇게 내 앞에서 울면서 떨고 있잖아.

"약속하지?"

난 누그러진 목소리로 그에게 물었지.

"응. 채련아. 정말 약속해. 평생 행복하게 해줄게. 사실은 자기를 너무 사랑하고 있어. 자기가 분에 넘치게 잘해주니까 잠시 딴 생각이 났던 것 뿐이야. 나, 나는 다른 여자는 시시해서 싫어. 채련이처럼 짜릿하지가 않 아. 자기도 알잖아. 응?"

이거 봐, 그가 다시 나의 이름을 부르기 시작하잖아. 잠시 나에게 소홀해지긴 했지만 마음 깊숙한 곳에서는 나를 사랑하고 있는 거야. 그건 우리 운명이니까. 그는 나에게 나는 그에게 신기할 정도로 딱 맞는 서로의 암컷과 수컷인 거야.

난 그에게 허리를 굽히고 다가가 입을 맞추었지. 눈물 때문인지 그의 입술은 축축하게 젖어 있었고 심하게 떨리고 있었지.

"괜찮아. 우리 자기야… 울지 마, 모든 게 예전으로 다시 돌아갈 수 있을 거야."

"그래 채련아. 내가 더 잘할게. 한 번만 더 기회를 줘."

우린 다시 차에 올라 서울로 돌아가기로 했어. 어느새 동해에 저녁놀이 지려고 하고 있었지. 이미 가슴에 상처가 생겨버린 내게는 높은 곳에서 바라보는 동해 물결 위에 어른거리는 노을이 한 점 얼룩도 없이 깨끗한 도화지를 대할 때처럼 상쾌하게 아름다울 순 없겠지. 그이로 인해 이미 내 가슴에는 상처가 얼룩져 있어서 아름다움도 슬프게 다가오는 거야. 하지만 함께 할 시간들이 남아 있고 다가올 시간들은 서로가 헤어지는 아픔보다는 훨씬 행복할 거야. 상처 하나 없이 완벽한 행복이란 세상에 있을 수 없잖아. 모든 일에는 대가가 따르는 법이니까. 사랑에도 이별에도 대가가 따르지. 그러니까 이별하느니 사랑에 대한 대가를 치르는 게 훨씬 현명해. 이별하려던 그가 대가를 치렀듯이 말이야.

*

서울로 돌아온 채련은 우경을 일단 그의 원룸으로 데려다 주었다. 채

련과 며칠 동안 실랑이를 벌인 우경은 원룸의 문을 닫고 그녀가 사라지
자마자 침대까지 다 가지도 못한 채 방바닥에 쓰러지고 말았다. 온몸이
축축했다. 제대로 걸을 수가 없었다. 배가 끊어질 듯 파고드는 허기보다
온몸에 퍼지는 통증에 몸이 뒤틀렸다. 그렇지만 아무것도 할 수가 없었
다. 자신을 위한 아무것도 할 기력이 남아 있지 않았다.

그의 핸드폰이 줄기차게 울리기 시작했다. 아마도 며칠 동안 연락이
되지 않아서 그런지 친구가 전화를 계속 걸어대는 모양이었다. 그러나
받을 수가 없었다. 이 상황을 어떻게 말할 수 있단 말인가. 섣불리 누구
에게도 말해서는 안 되었다. 아니 전화 받을 힘도 없었다. 손이 떨렸다.
한쪽 눈이 보이지 않는 것 같았다. 눈동자가 가물거렸고 시력을 잃어가
는 듯 눈앞이 점점 흐려졌다. 축축하게 젖어 있던 머리카락은 끈적거리
며 말라 붙어 갔지만 통증은 사라지지 않았다. 전화벨 소리도 점점 희미
해져 갔다.

"야, 박우경! 너 안에 있냐? 전화도 안 받고 무슨 일 있냐? 일도 안 나
오고 지배인이 난리가 났어! 안에 있으면 대답 좀 해봐."

그래 무슨 일이 있어도 꼬박꼬박 오후가 되면 일을 나가던 우경이었
다. 며칠씩 연락도 끊은 채 지낸 것은 처음이었다.

"우경아, 우경아."

친구는 다음 날도 찾아 왔다. 우경이가 걱정이 되기도 했지만 지배인
의 성화가 심한 모양이었다. 한참을 밖에서 문을 두들기며 초인종을 눌
러대던 친구는 아무래도 이상한지 결국 열쇠 기술자를 부르더니 현관문
을 따고 들어섰다.

불도 켜져 있지 않은 방에는 칙칙한 어두움이 드리워져 있었다. 시간은 오후로 들어서고 있는데다가 먹구름이 잔뜩 낀 흐린 날씨라 햇살이 거의 들지 않았다. 흐르다 멈춰 버린 피처럼 방안에 끼어 있는 공기도 딱지가 진 채 굳어가고 있었다.

자신을 부르는 친구의 목소리가 들릴 듯 말 듯 귓가에 울리자 우경은 희미하게 눈을 떴다. 손가락을 움직이려 해 보았지만 말을 듣지 않았다. 생살을 다 드러내었던 상처도 말라가고 그 위에 붉은 딱지가 생기고 있었다. 터져서 부어 오른 눈두덩에는 여전히 붓기가 빠지지 않아 눈꺼풀 끝이 찢어지는 듯 아팠다.

"우경아, 이게 무슨 일이야!"

달려온 친구가 엎어진 채 쓰러져 있는 우경의 얼굴을 들여다보았다. 친구는 어쩔 줄 몰라 하며 우경의 몸에 손도 못 댄 채 허둥댔다.

"구급차를 불러야 해. 아니 경찰에 신고부터 하고! 아니 병원부터 가자."

그만 둬. 우경은 개미소리 같이 희미하게 중얼거렸다.

"아니야. 이러다가 죽을 거야."

신고하면 더 죽을지도 몰라.

"뭐? 그게 무슨 소리야. 가, 가만 있어봐. 119부터 부르고."

친구는 핸드폰의 버튼을 누르기 시작했다. 우경은 외부에 알려지는 게 두려워 친구를 만류하려 했지만 목소리가 제대로 나오지 않았다. 손이라도 저어 보려고 했지만 팔 전체가 꿈쩍도 하지 않은 채 바닥에 붙어 있었다.

119에 전화를 걸고 나서야 친구는 우경이의 몰골을 자세하게 들여다 보았다. 오랜 친구도 아니고 같은 직장에서 일 년 남짓 함께 일하고 있는 동료였지만 서로에 대해 이야기를 나누며 제법 정이 들었던 터다. 비슷한 여건에서 힘들게 일하는 동료이니 서로가 편하게 대해 왔다.

이대로 아무에게도 발견되지 못한 채 죽을 것만 같았는데, 세포 하나 하나마다 파고드는 공포로 치를 떨었던 며칠 동안의 기억에서 벗어나지 못한 채 원룸에 갇혀 끊어져 가는 마지막 숨에 겨우 매달리며 절망에 빠져 있었던 그였다. 아직 완전히 안도할 수는 없지만 사람 목소리가 들리고 누구라도 도움을 청할 수 있는 사람이 나타났다고 여겨지니 실오라기 같은 희망이 고개를 들었다. 그리고 이내 참았던 공포와 울분이 터져 나왔다.

"이게 무슨 꼴이야. 돈 많은 여자 하나 물었다고 좋아하더니만."

흐흐흑...

그는 어린애처럼 울음을 터뜨렸다. 울음으로 배가 움직일 때마다 통증이 찔러댔지만 통증보다 더 큰 안도가 그를 울음으로 몰아넣었다.

"흑흑. 그러게 말이야. 돈 많은 여자 하나 물었다고 좋아했는데, 여자 좀 등쳐 먹은 게 무슨 큰 죄라도 된다고. 얼굴 하나 갖고 밥 벌어 먹는 직업인데 이게 무슨 꼴이냐! 흐흐흑!"

잠시 후 밖에서 사이렌 소리가 들렸다. 119 대원들이 급하게 계단을 올라오는 숨가 쁜 발걸음 소리를 들으며 우경은 다시 정신을 잃고 말았다.

그리고 다음날 모 일간지에는 짧은 기사 하나가 한쪽 지면 구석을 차지했다.

목숨보다 사랑했던 남자 친구의 차가운 배신 앞에 살인청부업자와 짜고 남자 친구를 살해하려 한 20대 여성과 청부업자가 경찰에 붙잡혔다. 모 중소기업에서 경리로 일하던 전모(27, 여) 씨가 박모(21, 남) 씨를 만난 것은 2007년 4월 강남 이태원에 있는 S 호스트바. 당시 호스트바 종업원이었던 박 씨에게 호감을 느낀 전 씨는 사채까지 끌어들여 명품시계와 옷, 승용차 등 고가 선물을 안겼고, 이후 두 사람은 연인 사이로 발전했다.

하지만 중소기업 경리 월급으로도 해결되지 않은 경제적 문제 때문에 업소에서 아르바이트로 어렵게 생계를 이어가던 전 씨의 생활고가 계속되자 "더 이상 건질 게 없다"고 판단한 박 씨는 전 씨에게 이별을 요구했다. 이용만 당하고 버려졌다는 충격에 전 씨는 생활정보지와 인터넷 사이트를 통해 알게 된 살인청부업자 최모(23 남) 씨와 짜고 지난 3월 29일 "백화점 명품을 사 준다"며 박 씨를 자신의 집으로 유인해 40시간 동안 미리 준비한 둔기와 흉기 등을 휘둘렀다. 처음에는 혼만 내주려고 했지만 경찰 신고가 걱정되자 살해하기로 하고 3월 31일 새벽 강원도 한적한 곳에서 박 씨를 살해하려다가 완강히 저항하자 실패했다. 박 씨는 전 씨에게 "평생 행복하게 해 주겠다."고 말했고 청부업자인 최 씨에게는 "살려 주면 두 배의 돈을 주겠다."고 애원해 결국 서울로 돌아왔다. 전 씨 등의 범행은 박 씨의 참혹한 몰골을 발견한 박 씨 친구의 신고로 막을 내리게 되었다.

방문객

우 애 령

1993년 문화일보 춘계문예에 단편소설 『오스모에 관하여』로 등단
1994년 여성동아 장편소설 『트루먼스버그로 가는 길』 당선
2002년 『당진 김씨』로 이화문학상 수상

장편소설 : 『트루먼스버그로 가는길』, 『행방』
단편소설집 : 『당진 김씨』, 『숲으로 가는 사람들』, 『정혜』
상담에세이집 : 『사랑의 선택』, 『자유의 선택』, 『희망의 선택』,
『결혼은 결혼이다』, 『행복한 철학자』

방문객

아내가 친구부부를 집으로 초청하겠다고 말했을 때 나는 탐탁한 생각이 들지 않았다.

아내 친구가 아들 결혼식 때문에 십년 만에 미국에서 귀국했다는 이야기는 이미 들어서 알고 있었다. 아내 친구 부부는 귀국해서 호텔에 묵다가 결혼식이 끝난 다음 날 돌아갈 예정이라고 했다. 그녀는 귀국한 후에야 아내에게 전화를 걸어 근황을 알렸다. 그리고 오늘 저녁 약속이 이루어진 셈이었다. 비행기로 열다섯 시간 가까이 걸리는 곳에서 온 손님이니까 먼 곳에서 온 손님이기는 했다.

아내가 호텔로 가서 집으로 태워오겠다고 했지만 친구가 극구 사양했다는 것이다. 아내도 그 친구를 본지 햇수로 꼭 십년이 되었다. 그 사이에 자주 연락을 취하고 있었던 것 같지도 않았다. 전화를 주고받은 것 같지는 않고 가끔 이메일을 통해 소식을 주고받은 정도로 알고 있었다. 아내 친구의 남편에 대해서 나는 아무런 정보가 없었다. 미국남자이고 한때는 세칭 잘 나가던 사람이었으며 사랑에 눈이 멀어(?) 가지고 있던 것들, 예를 들면 미국인 아내라던가, 연금, 집, 자녀들이나 손주들과의 다정한 관계, 친지들의 추수감사절이나 크리스마스 모임에 참석하는 자격 등을 거의 다 포기했다는 정도가 내가 아는 전부였다.

나는 그가 선택한 삶에 대해 당연히 일말의 회한이나 후회가 있으리라고 생각했다. 그런 모습을 보인다면 그것도 마땅치 않은 노릇이었고 그렇지 않은 모습을 보이려고 애쓴다면 그것도 또한 곤혹스러울 노릇이었다. 아내의 친구 또한 마찬가지였다. 그 열렬한 사랑을 위해서 남편도 집도 아들도 포기하고 입은 옷에 큰 가방 두개만 든 채로 집을 나가버렸던 여자였다. 이제 와서 그녀가 어떤 식의 태도를 취한들 내 가슴을 훈훈하거나 설레게 할 일은 더 이상 없었다.

"밖에서 만나면 안 되나?"

심드렁한 내 말에 아내는 내가 집이거나 밖이거나 간에 그들을 만나고 싶어 하지 않는다는 것을 진작 알고 있는 것 같은 대꾸를 했다.

"오히려 집에서 만나는 게 당신, 덜 어색하지 않겠어요?"

나는 속마음을 정통으로 찔린 것 같아 입을 다물었다. 부드러운 성품 같지만 한 번 결정을 한 후에는 좀처럼 후퇴하지 않는 아내를 잘 알고 있기 때문이었다. 하기야 아내친구와 그 미국 남자가 무엇을 택했는지 무엇을 버렸는지 아내가 말해주지 않았다면 난들 어떻게 이 모든 것을 알수 있었겠는가. 그렇지만 세상에는 몰라도 좋은 일도 많은 법이다. 몰라도 좋은 일을 많이 알고 있기에 이래저래 못마땅해서 불퉁거리는 내게 별다른 요구 없이 혼자 손님맞이 준비를 하느라고 테이블보를 꺼내고 냅킨을 고르고 고기를 재우느라고 동동거리는 아내의 부아를 지른 것이 화근이 되었다.

"난 이 사람들 오는데 정식으로 동의한 적 없어."

"당신이 집으로 부르는 손님들은 다 내가 동의해서 오는 건가요? 그 많은 친척들 이야기를 내가 대하소설처럼 한 번 풀어볼까요?"

"그거하고는 다른 문제잖아. 솔직히 말해서 나 그 사람들 만나고 싶지 않다고. 밖에서 만나든지 전화로 인사하든지 해서 기본 예의만 지키면 되지. 이렇게 가까운 척 하고 집으로 부르고 그러고 싶지 않아."

"그러니까 제발 오늘 저녁에 그냥 기본 예의만 지켜 달라는 거예요. 더도 덜도 말고..."

우리가 처음 사귀기 시작했을 때 아내가 마음에 들었던 점은 상담전문가 답게 어떤 일에 대해 내가 앞뒤가 맞지 않는 소리를 할 때 공격하지 않으면서도 내가 스스로 물러나도록 대하는 침착한 태도였다. 결혼하고 나서야 비로소 그런 점이 내가 꼼짝없이 코너에 몰리게 하는데 일조를 하는 점이라는 것을 깨달을 수 있었다. 이럴 때는 더 말을 해봐야 소용이 없었다. 더 이상 말을 하지 않고 소파에 앉아 신문을 펴들고 관심도 없는 내용들을 들여다보고 있으려니까 아내가 다가와 맞은편에 앉았다.

"자, 또 우리 서로 신문 다른 페이지 읽기 하는 건가요?"

　더 이상 말하고 싶지 않을 때 신문을 펴서 얼굴을 가려버리는 버릇을 아는 아내가 차분한 어조로 말을 건넸다. 언젠가 아내는 내가 신문으로 얼굴과 마음을 함께 가리는 버릇이 마땅치 않아 노려보다가 그 신문 뒷면을 읽게 되는 바람에 배우는 것이 상당히 많았다고 은근히 일침을 가한 적이 있었다. 아내는 신문을 거의 읽지 않았다. 지금 머리 속에 들어 있는 사람과 세상에 관한 온갖 생각만 가지고도 충분히 복잡하다는 게 그 이유였다.

　천천히 신문을 접으면서 나는 사정하는 듯한 어조로 말했다.

　"정말 내키지 않아. 내가 왜 그 사람들을 집에서 만나 접대를 해야 하는 건데?"

　"그러니까 서로 마주 앉아서 마음을 터놓고 그러기가 싫다는 거지요?"

　"아니, 뭐. 솔직히 말해서 영어를 해야 하는 것도 부담스럽고... 할 말도 없고..."

　"영어야 당신은 웬만큼 하잖아요. 그냥 예의에 어긋나지 않을 정도로만 있으면 당신이 불편하지 않게 내가 알아서 할게요."

　"그렇게 알아서 잘 할 거면 당신이 알아서 밖에서 초대하지 왜 나를 끌어들이지 못해서 그래?"

　"나도 그러려고 했는데 10년 만에 귀국해서 우리 집에 한 번 와보고 싶다는데 어떻게 거절을 해요?"

　나는 그 동안 내가 은근히 당해왔던 모든 억울함이 한꺼번에 떠올라 한껏 비아냥거렸다.

　"당신은 정말 하고 싶지 않은 일은 은근히 기술적으로 거절 잘 하잖아."

"그래서요? 내가 정말 하고 싶은 일이라 당신을 끌어들였다는 거예요?"

내가 대꾸하지 않고 탁자에 놓았던 신문을 다시 집어들려고 하자 아내가 명령조로 말했다.

"애꿎은 신문 좀 내버려 두세요. 그거 그저께 신문인 거 아세요?"

"알아. 볼게 있어서 그래."

시답지 않은 변명을 하기는 했지만 나는 마지못해 신문을 내려놓았다.

"내 친구가 재혼한 게 못마땅해서 그러는 거지요?"

아내의 목소리는 조금 낮아져 있었다.

"아니야. 당신 친구가 재혼하거나 말거나 그게 나하고 무슨 상관이야. 사람들은 다 자기 살고 싶은 대로 사는 거지. 그냥 그렇게 사는 건 다 좋은데 다른 사람들한테 그런 걸 인정받으려고 과시하는 것 같은 게 싫을 뿐이야"

"그래 가지고 어떻게 젊은 대학생들한테 문학인지 뭔지를 가르쳐요? 세상이 얼마나 변했는지 아세요?"

"알았어. 알았어."

"뭘 알았는지 모르겠지만 이제 몇 시간만 있으면 손님들이 올텐 데 이제 와서 그런 소리를 하고 있으면 뭐해요?"

내가 대꾸하지 않고 탁자 위에 내려놓은 신문을 마저 읽는 척 몸을 굽히고 있자 아내가 벌떡 일어서면서 앞치마의 끈을 풀었다.

"알았어요. 내가 옷 갈아입고 문 앞에 서 있다가 두 사람이 오면 그대로 데리고 나가서 밖에서 저녁을 사 먹이고 올게요."

다른 때 같으면 아내가 엇나갈 때 달래보려고 들었겠지만 이 번에는 그럴 마음이 들지 않았다. 왜 나만 언제나 양보해야 하는가 말이다. 나는 짐짓 담담한 어조로 말했다.

"그러지 그래. 그럼."

아내는 서슬이 푸르게 일어서 침실로 가더니 문을 꽝 닫고 한 동안 기척이 없었다. 부엌에서는 소고기 무국이 익어가는 냄새가 술술 나고 있었다. 친구에게 뭘 먹고 싶으냐고 물었더니 소고기 무국이 먹고 싶다고 했다고 아침부터 불에 올려놓았던 국이었다.

나는 한숨을 한 번 쉬고 일어났다. 마음이 유약해서 큰소리는 치지만 결국에는 자기가 못 견디고 양보하는 성질이라고 사주쟁이가 설명하던 말이 지긋지긋하기는 하지만 아무래도 맞는 것 같았다. 침실 문은 잠겨 있었다.

"미안해. 내가 그냥 손님들 오면 점잖게 있을게."

말이 끝나기가 무섭게 방문이 열렸다. 아내는 엄포를 놓은 것처럼 외출복을 갈아입고 있지는 않았다. 워낙 내가 마음이 무른 걸 잘 아니까 시위를 한 셈인 모양이었다.

"나를 조금이라도 생각해 주는 마음이 있다면 그렇지 않아도 힘들어 죽겠는데 이럴 거예요? 하루 저녁 고향처럼 쉬어 가고 싶어서 오는 사람에게 그럴 수가 있느냐구요?"

"그 고향을 버린 건 본인 아냐."

아내가 다시 문을 닫을 기세라 나는 급히 문손잡이를 잡았다.

"알았어. 알았어. 그 사람들의 고향이 되어 줄게. 고향이든 고양이든 하라는 대로 할게."

조금 사이를 두었다가 아내는 마지못한 듯 방에서 나와 천천히 부엌으로 가면서 나를 쳐다보지도 않고 말했다.

"당신 마음 모르는 거 아녜요. 그러니 이제 와서 어쩌겠어요. 손님은 오고 있는데. 솔직히 나는 뭐 좋아 죽겠는 줄 아세요?"

언제나 그렇듯 또 내 판정패였다. 아내가 강하게 나가면 한풀 꺾이고 마는 이 유약한 마음이 나 자신도 싫었다.

"이거 봐. 내가 어려서부터 계모 밑에서 눈치 보고 살아서 양보만 하잖아."

내가 불퉁스럽게 말하자 아내는 간단하게 대꾸했다.

"당신이 제대로 대처하지 못하는 일에 사사 건건 과거를 들이대는 일은 이제 그만할 때도 됐지 않아요?"

"그렇지만 하고 싶은 이야기를 솔직하게 하는 게 정신건강에 도움이 된다며?"

"그래서 그놈의 과거 때문에 당신이 오늘 몇 가지 집안 일을 도와주는 게 불가능하다는 거예요? 과거라는 놈이 당신 다리를 붙잡고 걸어 다니지 못하게 족쇄라도 걸어놓았느냐구요."

"과거의 상처는 스스로 탐색해서 잘 알고 있지 않으면 풀어지지 않는 거라면서?"

"그거야 책에 나오는 소리지. 실제로는 그래봤자 도움이 될 게 하나도 없네요. 쓸데 없는 소리 하지 말고 옷이나 갈아입으세요."

나는 입은 옷을 내려다보았다. 집에서 늘 입는 회색 스웨터에 밤색 바지 정도면 괜찮지 싶었지만 이제 아내와 더 실랑이를 할 때가 아니었다.

이 위에 그대로 두터운 점퍼를 입고 밖으로 나가버리고 싶은 생각이 굴뚝같았지만 그랬다가는 그 후유증이 두려웠다.

남색 셔츠에 자주색 체크무늬 조끼를 입고 회색 바지로 갈아입은 후 부엌으로 가자 생선전여를 부치던 아내가 반색을 하며 말했다.

"그렇게 입으니까 10년은 젊어 보이네요."

"그래? 당신 친구가 나를 보면 어제 만났던 줄 알겠네. 딱 10년이 지났으니 말이야."

거실 찬장에서 목이 길고 투명한 포도주 잔 네 개를 꺼내고 아내가 미리 차게 식혀둔 포도주를 거실 테이블로 옮기면서 나는 아내를 더 괴롭히지 않으리라고 마음에 작정을 했다. 아닌 게 아니라 아내가 늘 주장하는 것처럼 어쩔 수 없는 일은 받아들이는 수밖에 없다는 건 자명한 사실이었다.

내가 심경이 불편한 건 아내 친구가 선택한 삶이 과연 어쩔 수 없는 일이었느냐에 대해 마음이 풀리지 않기 때문이었다. 그래서, 본인이, 지금 남편이, 전 남편이, 아들이 전보다 더 행복해 졌는지도 의심스러웠다. 인생이 그런거려니하고 이제야 받아들이게 되었다고 친구가 전화로 말하더라고 아내가 말했었다. 그렇다면 그놈의 인생을 받아들이려면 왜 진작 받아들이지 못하고 어떻게든 바꿔보려고 모든 문제들을 다 비틀어 놓은 다음에 이제 와서 받아들이는가 말이다.

아내 친구가 10년 전 이혼하고 한국을 떠나 미국인과 결혼했을 때 실상 나보다 더 상심하고 화를 냈던 건 아내였다. 친구의 아들이 이제 막 대학에 들어가 성인이 되었다고는 하지만 아직 어린아이라고 하면서 그런 결정을 내리지 않도록 아내는 무던히 친구를 설득해보려고 했던 것 같다. 그 때도 아내는 자세한 이야기는 하지 않고 혼자 끙끙 앓는 눈치였다. 집에 돌아올 때 전화를 받고 있다가 다음에 이야기하자면서 뚝 끊어버리기도 하고 컴퓨터 앞에 앉아 뭔가 두드리고 있다가 내가 방에 들어가면 서둘러 다른 화면으로 바꾸기도 하고는 했다.

결혼 바로 전까지 계모가 친 어머니가 아니라는 이야기를 하지 않던 나를 알고 있던 아내이니 내 눈치가 보이기도 했을 것이었다. 생모에 대한 원망은 깊이 내 마음에 뿌리를 내려 사라지지 않았다. 살면서 겪었던 모든 어려운 일들의 원인 제공자가 어머니라는 생각이 화석처럼 굳어져 다른 사람들에게 마음을 열지 못하고 책에만 파묻혀 지내는 젊은 시절을 나는 보냈다. 아내를 만나고 나서 내 마음은 조금씩 안정을 되찾았다. 사람이나 세상을 보는 눈이 독특한 아내는 내가 불편한 심정을 내 비추거나 할 때면 말하고는 했다.

"그러게 사람들은 다 자기 운명의 별 아래 태어난다니까요. 우리가 모르는 부분이 사람들마다 다 있다니까."

"모르기는 뭘 몰라? 당신 같으면 그런 일을 그렇게 쉽게 심정적으로 받아들일 수 있을 것 같아?"

"아이고, 그런 소리 마세요. 어떤 때는 나도 우리 어머니가 감당이 안 되네요."

장모는 고집스러웠다. 가끔씩 아내와 감정적으로 부딪치기도 하는 것 같았다. 하기야 아내의 고집이 어디서 유래된 것인지 알만하기도 했다. 십여 년 전 혼자되어 80이 넘은 장모는 처남하고 살면서 지금도 가끔 분란을 일으키고는 했다. 장모가 올케나 오빠에 대해 서운한 심정을 털어놓을 때 아내는 그냥 직선적으로 그 말을 막아 버리는 것도 불씨가 되고는 했다.

"아, 그냥 잠자코 들어주기만 하지 그래. 어째 자기 어머니 이야기도 못 들어주나."

한 번은 대뜸 반격이 날아왔다.

"그러는 당신은 혼자 자유주의자인척 하면서 어째서 자기 어머니만 용서를 못하는데요."

나는 더 대꾸하지 않았다. 사람들은 항상 자기 문제가 더 크다고 생각하기 마련이었다.

아내 친구가 집을 떠나 미국으로 가버렸다는 사실을 알게 된 것은 그해가 지난 후였다. 한두 번 지나가는 말처럼 그 친구 요새 왜 그렇게 연락이 없느냐는 말에 아내는 바빠서 그런가보다고 둘러대고는 했다. 하긴 그런 질문을 할만도 했던 것이 한 동안 메일로, 아니면 전화로 아내하고 무언가 시시콜콜하게 이야기를 나누던 친구가 어느 날인가부터 전혀 전화하지 않으니까 궁금하기는 했다. 그 전에도 얼핏 들어보면 아내가 전화에 대고 언성을 높이고 몹시 화를 내고 해서 무슨 일인가고 넌지시 묻기도 했지만 아내는 별일 아니라고만 대답했었다. 이리저리 추측은 해보았지만 갱년기에 흔히 나타난다는 신경질적인 짜증 때문에 친구들한테도 나한테 하듯 뭔가 트집을 잡는가 보다고 생각했지 그런 일이 걸려있으리라고는 상상도 하지 못했다. 나중에 아내가 그렇게 상상력이 빈약하냐고 농담하듯 말하기도 했지만 정말 짐작도 못했기 때문에 그 소식을 처음 알게 되었을 때 받은 충격은 작은 것이 아니었다.

"이런 저런 일들이 용서가 안 될 때는 이렇게 생각해 보라니까요. 다 죽은 다음에 생각해 보면 그렇게 용서 못할 일도 아니었다는 걸 알게 될 거라구요."

"살았거나 죽었거나 용서 못할 일도 인간에게는 있는 거야."

"마음대로 하라니까요. 당신에게 용서 못 받았다고 집안에 나타나는 귀신들도 없는 것 같으니까. 혼자서 그놈의 상처인가 무엇인가를 부둥켜안고 하고 싶은 대로 하라니까요."

아내와 결혼하기 전부터 알고 있었던 아내 친구의 전 남편과는 넷이 어울려 몇 번 만나기도 하고 풍광이 좋은 춘천 소양호에 함께 놀러간 적도 있었다. 말수가 적은 사람이었지만 속마음이 깊어 보이는 사람이라 내심 호감을 지니고 있던 사람이었다.

아내가 상담소에 나가고 혼자 집에 있던 날 아내 친구가 아내에게 보낸 등기를 받고 서야 처음으로 그녀가 미국에 살고 있는 것을 알게 되었다. 거기에다 익숙하던 한국 이름 뒤에 바짝 붙어서 미국 성이 붙어있는 것이 아닌가. 그 때 왜 그렇게 놀랐는지는 사실 설명이 되지 않는 부분이었다. 저녁에 돌아온 아내에게 편지를 건네주면서 어떻게 된 일이냐고 묻자 아내는 잠깐 당황스러워했다.

"어떻게 되기는 뭐, 미국에서 편지를 보낸 거구만."

어쩌구 중얼중얼하면서 아내가 방으로 들어가려는 데 내가 다그쳐 물었다.

"그런데 왜 이름 뒤에 영어 이름이 붙어있어?"

"글쎄, 어떻게 된 거지?"

어물어물 넘어가려던 아내는 할 수 없다는 듯 실토정을 했다. 하지만 갑자기 사라져버렸다가 미국 남자와 결혼한 친구에 대한 아내의 변명은 옹색하기 짝이 없었다. 친구의 이혼과 재혼을 더 이상 숨길 수 없었는지 그 친구 남편이 다른 여자가 생긴 것 같아 어쩔 수 없이 그렇게 되어버렸다는 것이다. 나는 그 구구절절한 드라마 같은 설명을 믿기 어려워 다시 물었다. 그렇다면 왜 전남편은 아직 결혼도 안했는데 자기가 먼저 결혼을 했느냐는 질문에 아내는 앞뒤가 안 맞게 화를 냈다.

"그럼 그게 내 잘못이라는 거예요? 대체 왜 그렇게 꼬치꼬치 물어요. 나도 화가 나서 죽겠는데…"

"사정을 모르겠으니까 그렇지, 그러니까 당신이 맨날 그랬잖아. 화가 나거나 억울하거나 할 때 억누르고 있으면 점점 더 상황이 나빠지기만 한다고…"

"제발 그런 이야기 좀 급할 때 들먹이지 마세요. 살아 있는 사람이 어떻게 책에 써있는 이론대로 실아요?"

그럼 아이는 어떻게 했느냐는 물음에 아이는 무슨 아이냐, 스무 살이 넘었는데, 그리고 아버지가 재력이 있으니까 아버지하고 살기로 했다는 말에 넘어가는 척하기는 했다. 내가 볼까봐 그 동안 미국에서 온 편지도 내게 말하지 않고 몇 번이나 감추었던 기색이었다. 이런저런 모든 정황이 수상쩍기는 했었다.

그 후 아내 친구 전남편은 십년이 넘도록 재혼하지 않고 아들하고 함께 사업을 운영하면서 살아온 터였다. 좋은 사람이라는 느낌이 들었지만 애매한 입장이 되어버린 내가 연락을 하거나 더 관계를 유지할 수도 없었다. 모처럼 마음을 열고 사귈만한 사람을 갑자기 누군가가 방해해서 못 만나게 된 것처럼 나는 심경이 불편하기만 했다.

　아내 친구가 자기 아들 결혼식에 참석하러 귀국한다고 아내가 지난주에 이야기했을 때 겉으로 드러내지는 않았지만 내가 그 아들이라면 어머니가 결혼식장에 오는 것을 바라지 않을 것 같다는 생각을 했다. 지금도 어머니 산소를 찾아가 보지 않는 나를 대신해 아내가 가끔 성묘를 가는 모양이었다. 나는 알면서도 모르는 척해온 셈이었다.

　잘게 다진 소고기, 불린 표고버섯과 양파를 썰어서 한쪽 쟁반에 담아놓고 당면을 물에 담가 놓은 다음에 생선전여를 부치던 아내가 마른안주를 큰 유리 쟁반에 좀 담고 테이블 보도 좀 깔아달라고 도움을 청했다.

　그렇지 않아도 나한테 별다른 부탁도 하지 않고 이것저것 혼자 준비하느라고 애를 쓰는 아내가 딱해 보여 군소리 없이 노력봉사를 하기로 했다. 포도주와 음료수도 거실 테이블에 꺼내놓고 문어며 새우 말린 것, 잣과 호도 같은 마른안주도 세팅을 해놓고 흰빛 테이블보도 새로 깔고 냅킨도 단정하게 접어놓았다. 여섯시가 가까워오자 아내가 말했다.

　"자, 그 맨날 기분이 꿀꿀할 때 마다 만병통치로 한다는 심호흡 한 번 하세요."

　"필요 없어. 괜찮아."

　이렇게 이야기하기는 했지만 서재를 정리하고 있는데 도어벨 소리가 울리자 가슴이 철렁했다. 정말 심호흡이 필요한 것 같았다. 아내가 문을 열고 반가이 영어로 맞는 소리가 들렸다. 나는 천천히 문 쪽으로 나갔다. 아내 친구 곁에 온화하게 생기고 키가 큰 미국인이 서있었다. 아내 친구에게 먼저 인사하고 미국 남자에게 악수를 청하자 그는 반가이 손을 잡고 이야기를 많이 들었다고 했다. 아내 친구는 그 동안 머리가 거의 반백이 된 것 같았다. 혈색은 그런대로 괜찮아 보였지만 십년의 세월은 그녀의 얼굴에 감출 수 없는 흔적을 남겨 놓았다. 조용히 미소 짓는 그녀의 손을 아내가 부산스럽게 잡아끌며 안으로 안내했다.

거실 소파에 모두 자리 잡고 앉은 후에 아내가 물었다.

"저녁에 고기하고 생선을 함께 준비했는데요. 어느 쪽을 좋아하실지 몰라서. 레드와인으로 할까요. 화이트와인으로 할까요."

"글쎄요. 우리는 레드와인이 좋겠는데요."

미국 남자가 말했다. 아내 친구부부라고 했지만 나로서는 미국의 나이든 외교관과 한국인 비서가 함께 방문한 것 같은 생각 밖에 들지 않았다. 나란히 앉은 두 사람은 별로 많은 말을 나누지는 않았지만 서로에게 다정해 보이기는 했다. 아내가 집안의 이곳저곳을 가리키며 설명을 하기도 하고 안주 중에 어포를 집어 권하기도 했다. 우리는 편하게 앉아 저녁 식사를 하기 전에 여러 가지 이야기를 나누었다. 비행기를 예약하기가 힘들었다는 이야기며 연착이 되는 바람에 공항에서 두 시간이나 기다렸다는 이야기들이 허물없이 오고 갔다.

저녁을 먹으려고 넷이 함께 식탁에 둘러앉자 아내 친구가 물었다.

"아이들은 다 어디갔어?"

"큰 애는 분가했잖아. 딸애는 학교에서 엠티 갔어."

"정말 귀여운 아이들이었는데 그 애들이 벌써 커서 장가도 가고...대학도 가고"

아내 친구의 눈빛이 회상에 젖는 듯했다. 우리가 포도주를 한잔 씩 더 하는 동안 아내는 밥과 소고기 무국을 아끼던 도자기 그릇에 담아 날랐

다. 혹시 미국 남자가 밥을 별로 좋아하지 않을지도 모른다고 아내가 흰
빛 냅킨을 깐 작은 대바구니에 빵을 담고 버터도 그 곁에 작은 접시에 곁
들여 놓았다.

"잘 됐네."

빵을 보고 아내 친구가 반색을 했다.

"사실은 이 사람이 밥보다 빵을 좋아해. 불고기며 만두는 아주 좋아하
는데 소고기 무국만은 질색이야."

"그럼 다른 국을 끓일 걸 그랬잖아."

"아냐. 사실은 내가 그 국을 너무 좋아하는데 먹을 기회가 별로 없어
서. 네가 묻기에 그 이야기를 했지 뭐. 괜찮아. 여기 불고기, 만두, 잡채
다 이 사람이 너무나 좋아하는 것들이야. 뭘 이렇게 많이 차렸니."

우리는 이런 저런 이야기를 나누며 음식들을 다 먹어치우기 시작했다.
미국 남자는 열심히 빵과 불고기와 잡채를 먹었다. 이상한 음식의 조합이
라는 생각이 들기는 했지만 그거야 뭐, 자기 마음이니까 하고 생각했다.
아내 친구는 소고기 무국 한 그릇을 다 비우고 또 청해서 거의 두 그릇을
먹었다. 먹기라면 뒤질 내가 아닌데다가 그러고 보니 이런저런 신경전을
벌이다가 점심을 제대로 먹은 기억이 없어 시장기가 발동했는지 나도 한
껏 배부르도록 음식을 먹어치웠다. 아마 남들이 보았으면 무인도에서 구
조된 사람들 네 명이 배에서 첫 번째 밥상을 받은 것으로 알지도 몰랐다.

포도주를 따르고 함께 건배를 하면서 분위기를 띄우기로 작정을 했는
지 아내는 별로 우습지 않은 일에도 깔깔 웃고 농담을 던지고는 했다. 나
는 사교적인 예의 정도로만 응대를 했다. 마음의 준비를 단단히 했다고

생각했지만 그 자리에 앉아 즐거운 척 하기가 쉬운 일은 아니었다. 하지만 시간이 흐르자 아내와 아내 친구가 아주 내어놓고 한국말로만 이야기를 주고받는 바람에 미국 남자만 멀뚱하게 내버려 둘 수가 없어서 말을 걸지 않을 수가 없었다. 아내는 다른 때 손님이 왔을 때처럼 그 때 그 이야기 좀 해보라고 부추긴다든가 하면서 중간에 끼어들어 화제를 잇게 하는 윤활유 노릇을 전혀 하지 않았다. 늘 그렇듯 아내는 이 번 경우에도 나를 다루는 데 있어 상당히 고단수였다.

미국 남자는 적당한 유머감각도 있고 성품도 따뜻한 사람 같기는 했다. 아내가 만든 생선전이며 잡채 같은 음식이 맛있다고 아내 친구나 미국 남자가 번갈아 칭찬하는 가운데 우리는 그런대로 기분 좋게 함께 식사를 마쳤다. 중국의 임어당이 말한 것처럼 어색한 사람들끼리 한 자리에 앉아야만 할 때는 맛있는 음식을 배불리 먹는 것이 제일 좋다는 말이 일리가 있는 것 같았다.

"소고기 무국은 참 오랜만에 먹어보네. 정말 맛있어."

아내 친구가 말하는 곁에서 미국 남자도 서툰 한국말로 거들었다.

"많이 많이 맛있습니다."

아내는 웃으면서 이것저것 접시를 옮겨가며 미국 남자에게 더 드시라고 권유했다.

저녁을 먹고 거실로 옮겨 앉자 아내가 식혜를 내어 온 후 단감과 배를 깎아서 접시에 담아 내왔다.

"네가 감을 유달리 좋아했잖아. 미국에 감은 없다면서?"

"가끔 농부들이 직접 과일이나 야채를 파는 장이 설 때 가면 감이 나올 때도 있어. 맛은 없지만....정말 여기 감은 다네."

이제 열렬하게 먹을 일도 다 끝나서 약간 난처한 느낌이 든 채로 마른 안주를 이것저것 집어먹고 있는 내게 아내 친구가 불쑥 말을 건넸다.

"전에 뵐 때 보다 말수가 많이 줄어드신 것 같아요."

"그런 것 같습니까?"

무덤덤한 내 대꾸에 이어 아내가 얼른 눙치며 끼어들었다.

"그렇지 않아도 이이가 나이 들어가면서 점점 더 말수도 적고 재미도 없어져 가고 있단다. 오늘 같은 정도로만 말하는것도 아주 훌륭한 거야."

분위기 조정도 좋지만 내가 언제 그랬느냐고 아내에게 항의하고 싶은 걸 나는 꾹 참았다.

"전에는 농담도 아주 잘하시고 그러셨던 것 같은데."

"내가요?"

아내 친구의 말에 나는 쓴 웃음을 지었다. 미국 남자는 상당히 민감한 사람이었다. 한 눈에 우리 사이에 흐르는 애매한 기류를 파악한 것 같았다. 아마 반동, 보수, 꼴통인 나이든 남자가 이혼과 재혼을 수용하지 못하는구나 하고 생각하고 있을지도 몰랐다. 그렇게 진보적인 성향을 내세우는 사람이 이성문제에 관해서는 앞뒤가 숨도 못 쉬게 꽉 막힌 사람이라고 아내가 나를 힐난한 적도 여러 번 있었다. 그렇지만 내가 함께 잘 지내던 부부 중 한 사람이 다른 사람으로 대치되었는데 그 상황을 기계 부품 바꿔 끼우듯 자연스럽고 편하게 받아들일만한 위인이 되지 못하는 건 사실이었다.

아내와 아내 친구는 어느새 말문이 풀어져서 시시콜콜한 동창들 이야기며 한국 이야기, 미국 이야기, 아이들 이야기를 쉬지도 않고 나누고 있었다. 숨이라도 제대로 쉬고 있는 건지 의심스러웠다.

"워낙 오래간만이라 할 이야기가 많은 것 같군요."

미국 남자가 미소를 띠고 말했다. 아마 묻는 말에 짧게 대답만 하는 내가 부담스러워서 아내와 아내 친구가 떠드는 것이 부러웠는지도 몰랐다. '지금 어느 대학에 나가십니까.' '아이들 전공은 무엇입니까.' '아이들 이름은 무엇인데요.' '여기는 언제 이사 오셨습니까.' 그러다가 정신 차려 보니까 그는 묻고 나는 입사시험을 보러 온 사람처럼 단답형으로 대답만 하고 있는 중이었다. 아마 아내가 자기 친구하고 이야기에 빠져있지 않았다면 은근히 나를 손을 보았을지도 몰랐다. 내가 화장실 갈 때 잽싸게 따라와서 충고할 까봐 좀 걱정되기도 했다.

마침내 자기들끼리 재미있게 이야기를 나누던 아내가 대단히 빠르게 한 번 시선을 내게 던졌는데 나는 그 시선의 의미를 잘 알고 있었다. 좀 더 이야기를 자연스럽게 하라니까요. 고향이 느껴지도록. 나는 속으로 혀를 찼다. 이 사람은 여기가 고향이 아니잖아. 타향이잖아. 그러니까 타향처럼 느끼도록 해 주어야 맞는 것 같은데...아무튼 나는 좀 더 긴 영어로 말했다.

"내가 영어가 좀 서툴러서요. 긴 이야기를 잘 못합니다. 그동안 한국말은 좀 배우셨습니까?"

내 물음에 그는 고개를 저었다.

"무슨 말씀을... 영어를 상당히 잘하시는데요. 나야말로 한국말을 못 배웠습니다. 너무 어려워서요. 젊어서 외국생활을 할 때는 그 나라 말을 배워보려고 애도 많이 쓰고 그랬는데 나이 드니까 다른 나라 말이라는 게 배우기 쉽지 않더군요. 아내가 영어를 못하면 그런대로 배웠을 텐데... 워낙 영어에 어려움이 없는 사람하고 사니까 그만...”

“한국에는 처음이십니까?”

“아니요. 젊어서 한국에서 몇 년 지낸 적이 있습니다. 그 당시는 사실 외교관 일이 바빠서 한국어를 배우려고 다른 신경을 쓰지는 못했습니다. 대사관에서 일하던 지금 아내를 처음 만난 것도 그때였지요.”

나는 깜짝 놀라 씹던 감을 그대로 삼킬 뻔해서 사래가 들렸다. 심하게 기침을 하자 아내가 따뜻한 녹차를 더 따라주며 조금씩 마시라고 권했다.

“저기, 우리는 서재에 가서 이야기를 나눌게 두 분이 편하게 영어로 이야기하세요.”

아내는 점차로 기침이 잦아드는 내게 말하고 자기 친구하고 서재로 쓰는 작은 방으로 차를 들고 건너갔다. 미국 남자를 아주 내게 떠맡기려는 심보인 것 같았다. 그런대로 간단한 의사소통은 하지만 영어가 서투른 아내는 외국 사람과 한 자리에 앉아 있는 걸 대체로 고역스러워하고는 했다.

이제 가라앉기는 했지만 조금씩 밭은기침을 하며 나는 한동안 침묵을 지키고 있었다.

아내는 자기 친구가 그 미국 남자와 젊어서부터 알던 남자라는 이야기를 전혀 한 적이 없어서 남편과 불화가 시작된 다음에 만나게 된 사람인줄로만 알고 있었다. 그렇다면 젊어서부터 이 남자를 마음에 두고... 그래서 그렇게 결혼생활에도 문제가... 미국 남자는 대꾸 없이 점점 더 복잡해지는 내 표정을 보면서 무슨 생각을 하고 있는지 대체로 파악이 된 것 같았다. 갑자기 그가 말했다.

"아, 그 때 알고 지내기는 했지만 십 년이 넘도록 서로 아무 연락도 없었습니다. 영사로 있을 때 대사관에서 일하던 아내와 직장 관계로 알기는 했지만 특별한 사이는 아니었습니다."

"……"

대체 이 사람은 어떤 지경에 이르러야 특별한 사이라고 생각할까. 두 사람만 무인도에 남겨져 다른 사람들과의 관계가 다 사라져야만 특별한 사이라고 생각하는 것일까. 아무튼 신기한 일은 갑자기 미국남자가 하는 영어를 전혀 어려움 없이 다 알아들을 수 있게 된 점이었다.

"그런데 어떻게 해서 갑자기 특별한 사이가 되었습니까?"

내 어조가 아마 다정하지는 않았을 것이었다. 그는 개의치 않는 것 같았다.

"십년 전 우연히 한국에 들렀던 길에 마음에 품고 무덤까지 가지고 가려고 했던 이야기를 고백했지요. 쓸쓸한 인생의 마지막 추억처럼…"

"……"

"그랬는데 의외로 격정적으로 반응을 보이고 자신의 결혼생활은 실상 몹시 불행한 것이었다고 이야기를 하더군요."

"……"

"그 때 나도 법적으로는 결혼한 상태였지만 이십년 넘게 별거에 가깝게 지냈거든요. 나는 주로 외국을 떠돌고…"

"당신 아내 전남편과 내가 예전부터 잘 알고 있는 사이라는 건 알고계십니까?"

느닷없이 내가 말의 허리를 잘랐다. 묻지 않는 과거에 대해 설명하는 이야기를 더 듣고 싶지 않았다. 자세한 사연을 알고 나서 내가 이해하든 하지 않든 이제 와서 달라질 일은 아무 것도 없는 게 아닌가. 내 무례한 응대에 개의치 않는지 그는 담담하게 고개를 끄덕였다.

"다 들었습니다."

"그래서 솔직히 말하자면 저는 이런 자리가 별로 편하지 않습니다."

"그러신 것 같다는 생각은 들었습니다."

그렇다면 왜 자기 아내를 만류하지 않고 이렇게 어색한 자리에 참석을 했느냐는 이야기가 불쑥 튀어나오려는 걸 나는 간신히 참았다.

"아내의 슬픔을 좀 덜어주고 싶었습니다."

"……"

"이번 결혼식에도 혼자 귀국하겠다고 하는 걸 여행 삼아 와보고 싶다고 내가 우겨서 함께 왔습니다. 물론 결혼식에 나는 참석하지 못하지만요. 아들은 자기 친아버지가 있으니까요."

"함께 산지 십년이 지난 지금도 당신의 그 놀라운 사랑은 그대로 있습니까?"

말을 끊다시피 끼어드는 퉁명스러운 내 질문에 그는 잠시 침묵했다. 나를 이렇게 위험한 지경에 놓아두고 서재로 가버린 것은 전적으로 아내불찰이었다. 아내의 감시도 없는 자리에서도 예의바른 소리만하기는 어려웠다. 나는 대답하지 않는 그를 다그치듯 이어서 물었다.

"당신 아내가 전남편하고도 열렬한 사랑에 빠져 모든 반대를 무릅쓰고 결혼했다는 것도 알고 계십니까?"

"알고 있습니다."

"두 사람이 다 가정을 깨고 사랑의 이름으로 결혼을 해서 얼마나 많은 사람들에게 상처를 주었는지 생각해 본 적이 있습니까?"

"그래서 지금도 늘 마음이 아픕니다."

나는 이제 그만 이 이야기를 접고 싶었다. 내 태도가 촌스럽고 부당하다는 것도 알고 있었다. 그리고 전후좌우를 살펴본다면 내가 이렇게 감정적으로 분노할 일도 전혀 아니었다. 나하고 친척인 것도 아니며 내게 아무런 해도 끼친 적이 없는 사람들의 사생활에 대해서 내가 이러고저러고 할 일은 아니라는 생각이 이성적으로는 들었지만 이 남자가 이렇게 담담하고 솔직하게 이야기하는 바람에 오히려 화가 더 치밀어 올랐다. 저만 무슨 인생의 도를 닦고 있다는 것인가.

"아내가 잘못한 일에 대해서 벌을 받아야만 한다면 이미 충분히 받고 있습니다. 한 동안 아들이 한국에서 학교를 그만두고 방황할 때는 반신마비가 와서 몇 달 동안 걷지 못하기도 했습니다."

"⋯⋯⋯?"

"의사들이 모든 검사를 다 해보았지만 원인이 나오지 않아 심인성 증상인 것 같다고 신경과 치료를 권유하기도 했습니다. 그런데 살던 장소를 자연의 풍광이 좋은 곳으로 옮기고 조용한 생활을 하면서 증상이 점점 호전되어서 완쾌가 되었지요."

"아무 치료도 받지 않았습니까?"

"아들이 방황을 접고 돌아가지 않겠다던 학교에 복학했다는 소식을 들은 후부터 증세가 완화되었습니다. 워낙 아들에 대한 사랑이 지극했거든요."

"그렇게 지극했습니까?"

내 말이 빈정거리는 어조로 들렸는지 그는 확고한 어조로 말했다.

"그렇게 지극했습니다."

"아이를 두고 다른 남자를 따라갈 정도로요?"

내 어조는 신랄했다. 한동안 말이 없던 그가 불쑥 말했다.

"어머니가 어릴 때 집을 나가셨다면서요?"

순간 나는 머리로 피가 역류하는 듯한 느낌이 들었다. 아내가 이런 이야기까지 다 친구에게 한 것일까? 도대체 어디까지 이야기를 한 것일까. 다른 남자를 따라서 밤도망을 하다시피 떠나버렸다는 이야기도? 도대체 여자들의 그 알량한 우정이라는 게 결국 남편의 약점까지 다 털어놓는 그런 것일까? 내가 안색이 확 바뀌었는지 그가 위로하는 어조로 말했다.

"기분 상해하지 마십시오. 언뜻 아내가 한 번 이야기하더군요. 그래서 더군다나 당신 아내에게 연락을 하기가 어려운 마음이 든다구요."

"그래서 지금 내가 어머니 때문에 당신에게……"

"아니, 그런 어려운 이야기는 아닙니다."

한참 침묵한 후 그는 말했다.

"아내는 지금 몸이 건강하지 않습니다. 많이 쇠약해졌지요."

"   "
……

"아내는 친구와도 당신과도 화해하고 싶어합니다."

"화해라니요. 우리하고는 싸우거나 언짢은 일은 없었습니다."

"……이번에 아내와 함께 한국에 오거나 이 집을 방문한 것도 아내가 지나치게 슬퍼하지 않기를 바라서입니다."

"   "
……

“……이제 나이 들어보니까 마음 속 깊이 슬퍼하는 사람은 용서받을 수 있다는 생각이 드는군요.”

임종하기 전 여러 번 만나기를 간청했던 어머니를 거절한 장면들이 스치듯 지나갔다.

가슴 속 한 가운데가 꽉 막히는 듯한 느낌이 들었다.

작별인사를 할 때 미국 남자는 내 두 손을 꼭 잡았다.

“참 좋은 시간이었습니다.”

아내 친구 부부가 돌아간 후 여러 가지 이야기를 하고 싶어 하는 아내에게 혼자 있고 싶다고 말했다. 내가 화가 나 있는 것도 아니고 위로를 해 줄 상태도 아니라고 느꼈는지 아내는 뒷설거지도 미루고 나를 거실에 남겨둔 채 혼자 침실로 들어갔다.

나는 거실의 선등을 끄고 오래 앉아 있었다. 울고 싶었지만 울 수도 없었다. 가슴 속이 자그락거리는 돌덩이들이 가득 차 있는 것처럼 무거웠다.

젊은 시절 내 슬픔은 하도 깊은 곳에 자리 잡고 있어서 어린 아들을 두고 다른 남자를 따라 집을 떠났던 어머니의 슬픔이 들어올 자리는 전혀 없었던 것 같았다.

얼마나 시간이 지났을까.

“그만 자야 하지 않아요? 내일 아침 강의도 있는데……”

아내가 침실 문을 열고 내게 말을 건넸다. 불빛이 어두운 거실 쪽으로 쏟아졌다. 아내도 여태 잠들지 못했던 모양이었다. 아무 것도 묻지 않는 아내가 고마웠다.

나는 천천히 소파에서 일어섰다.

다니엘의 밤소리

이 경 숙

이화여대 의류직물학과 졸업
전 일요신문 기자

단편소설 『도둑』으로 제2회 해외동포 문학상 수상
2003년 미주 한국일보 문예공모전에 단편소설 『한기』 당선
2004년 여성동아 장편소설 공모에 『475번 도로 위에서』 당선
『축복의 기쁨』 등 다수의 번역서 출간

다니엘의 발소리

"오늘이 월요일이죠?"

우체국 주차장에 차를 세우고 급히 내리는데 후줄근한 밤색 점퍼 차림의 백인 여자가 불쑥 다가와 말을 걸었다.

"아니요. 화요일인데요."

"아 유 슈어? 틀림 없냐구요?"

여자가 얼마나 심각하게 묻는지 재빨리 머리를 굴려 날짜를 다시 따져봤다. 교회 갔던 날은 그저께, 어제는 학교 버스를 운전했으니 오늘이 화요일 인 게 틀림없다. 다섯 살짜리 마이클이 버스에서 안 내리려고 버티는 바람에 교장 선생님까지 달려나온 날인데 그걸 어찌 잊으랴.

"확실해요. 오늘 화요일이에요."

입 주위에 주름이 많은 걸로 보아 60은 넘었을 것 같은 여자는 당황한 표정으로 고개를 설레설레 저었다. 그 모습이 얼마나 절망적이든지 오늘이 월요일이었으면 좋겠다는 생각이 잠시 들었다. 여자는 휑한 눈길로 나를 잠시 바라보다 천천히 몸을 돌려 휘적휘적 멀어져갔다. 어깨에 걸쳐있던 핸드백이 툭 떨어져 내려 손끝에서 덜렁거렸다.

나는 서둘러 우체국을 향해 걸어갔다. 리싸에게 한시라도 빨리 돈을 보내주고 싶었지만 이제야 시간이 나 급하게 달려온 길이다. 어제 은행에 들러 잔고를 닥닥 긁어 만든 게 2백 5십 불. 거기에 부엌 찬장에 넣어 놓았던 비상금과 동전 통까지 털어 내고야 간신히 3백 불을 만들 수 있었다. 조금이라도 더 보내고 싶어 미세스 정한테 돈을 좀 빌려볼까 했지만 잘난 체 하며 애를 그렇게 길들이면 안 된다는 둥 충고를 하려들 게 뻔해 얼른 그 생각은 접었다. 미스터 정이라면 말하기가 쉽겠지만 하필 이때 아틀란타에 가고 없을 게 뭐람. 아침 저녁으로 두 군데 직장에서 뛰는데 어쩌면 이렇게 여유가 없을 수 있을까, 한숨이 절로 나왔다.

그나마 3백 불이라도 있는 게 다행이다 싶어 우선 그거라도 보내야겠다는 생각에 학교 버스를 차고에 넣자 마자 뒤도 안 돌아보고 달려왔건만 벌써 네 시가 되어가고 있었다. 업무 마감이 되기 전에 부쳐야 늦어도 금요일까지는 도착할 수 있을 것 같아 마음이 급했다. 그 여자 말대로 오늘이 월요일이라면 좋겠다는 생각이 퍼뜩 들었다.

리싸가 이리로 이사오겠다는 마음을 먹기까지 얼마나 많은 시간을 설득과 협박으로 보냈던가. 마침내 결정을 하고도 망설인 이유가 이사 비용이 부족해서라는 말을 듣고 엄마가 있는데 돈 걱정을 왜 하냐고 큰 소리부터 쳤었다. 돈이 부족하다는 말을 못 꺼내고 혼자 애를 태운 리싸를 생각하면 돌아가신 어머니 말 마따나 딸라 변을 얻어서라도 돈을 넉넉히 마련하고 싶었다.

리싸 생각을 하면 늘 가슴 한쪽이 아리고 다른 한쪽은 전 남편 스티브에 대한 미움으로 시퍼렇게 날이 선다. 내가 미쳤지 어쩌자고 고등학교 다니는 애를 집에서 내보냈을꼬. 그 어린 것이 자기 때문에 새 아버지와 엄마가 불화하는 걸 알고 돈 한푼 없으면서 집을 나가겠다고 했을 때 말리지 못 한 것이 이렇게 가슴에 못이 될 줄이야. 생활비를 벌려면 일을 해야 하고, 그러려면 학교 다니는 게 쉽지 않다는 걸 뻔히 알면서도 한쪽 눈을 슬쩍 감았던걸 생각하면 지금 그 눈을 찌르고 싶은 심정이다.

딸이냐 남편이냐 둘 중 하나를 택하라는 성질 더러운 남편 앞에서 나는 돈 벌어다 주는 남편을 택할 수밖에 없었다. 변명을 더 하자면 차라리 리싸를 내보낸 후에 몰래 도와주는 것이 낫지 않을까 싶은 생각도 있어서였다. 나를 그렇게 몰아간 스티브를 절대로 용서할 수 없다. 척추 수술 받고 퇴원한 날 꼼짝 못 하고 누워있는 아내를 팽개치고 짐 싸들고 집을 나갔던 인간을 6개월 후에 다시 받아들였던 등신 같은 나지만 어린 리싸를 집에서 몰아낸 사실은 지금 생각해도 이가 갈린다.

15년을 같이 사는 동안 그 인간이 집을 나갔던 건 무려 일곱 번이나 된다. 자기가 돈을 더 많이 번다는 이유로 거들먹거리며 조금만 비위가 틀리면 짐부터 쌌다. 내가 담낭 절제수술 받으러 병원으로 가는 날도 그랬고, 친구들이랑 사냥 여행가고 싶을 때도 일부러 싸움을 걸고는 화가 나서 못 견디겠다는 듯이 짐을 쌌다.

그렇게 나가서는 무슨 짓을 했는지 후줄근해져서 짧게는 1주일, 길게는 몇 달 만에 들어왔다. 그를 받아드릴 때마다 친구들은 나를 등신이라고 비웃었지만 내가 혼자 버는 돈으로는 매달 집 값 제하고 나면 전기세, 전화비 내기도 벅차니 어쩔 수가 없었다.

스티브가 일곱 번째 나갔을 때, 굶어 죽는 한이 있어도 다시는 안 받아드리겠다고 마음을 굳게 다졌다. 리싸 아빠와 같이 장만했던 집을 자기와 공동 명의로 해야한다고 조르다 못 해 짐을 싸며 나에게 던진 말이 비수가 되어 꽂혔던 것이다.

"어디, 나 없이 너 혼자 먹고 살 수 있는지 두고 보자. 이 집을 공동명의로 하기 전에는 절대로 안 들어올테니까. 죽은 남편한테 돈 좀 보내라 그래서 리싸 년 데려다 잘 살아봐라"

일 년 쯤 후 그쪽에서 연락이 왔다. 같이 저녁이나 먹자는 것이었다. 나는 이를 악물고 안 나갔다. 콩 한쪽 먹던 거 반쪽으로 줄여도 살 수 있다는 걸 알고 난 후이기도 했지만 혼자 사는 자유로움이 썩 괜찮다는 걸 문득문득 느끼기 시작했던 것이다.

비록 매를 맞고 살지는 않았어도 그동안 받아온 고통이 컸던 모양이었다. 영어 못 한다고 비웃고, 눈이 작다고 놀리고, 나를 하녀처럼 부려먹은 것도 싫었지만 집에 들어오는 길로 틀어놓는 컨트리 뮤직은 정말 견디기 힘들었다. 방방이 다니며 라디오를 같은 채널에 맞춰놓았기 때문에 어디로 피할 수도 없이 그 지겨운 노래를 저녁 내내 들어야 하는 건 고문이었다.

그동안은 어떻게 견뎠는지 몰라도 다시 그런 소리를 주야장창 들을 생각을 하니 끔찍했다. 이혼 도장 찍는 게 그래서 쉬웠다고 말하면 사람들이 웃지만 실제로 나에게는 그것도 심각한 문제였다.

나를 닮았는지 공부에 별로 관심이 없던 리싸는 맥도날드에서 일 하며 푼돈 버는 재미에 학교 빠지기를 밥먹듯 했다. 남편 몰래 리싸 아파트에 드나드는 게 쉽지 않아 찾아가지는 못 하고 전화로 물을 때마다 언제나 명랑한 척 아무 문제없다는 말만했기에 학교에 잘 다니는 줄 알았다.

졸업 못 하게 됐다는 사실을 나중에 알고 망연자실한 나를 리싸는 예의 그 착한 미소를 띠며 위로했다. 고등학교 졸업장이 무에 그리 중요하냐, 나중에 졸업자격 시험만 보면 대학가는 거나 직장 얻는 데 아무 문제없다더라. 그러나 그게 말처럼 그렇게 쉽지 않다는 것은 경험자인 내가 누구보다 잘 알고 있지 않은가.

그 후로 10년, 리싸는 다섯 살짜리 사내아이의 엄마로 두 번 째 이혼을 앞두고 있다. 그 사이 나 역시 남편과 이혼하고 혼자 살고 있기 때문에 리싸를 내 집으로 받아드릴 수 있게 되었다.

그러나 리싸는 내 집으로 들어오는 걸 원치 않았다. 맥도날드에서 같이 일하던 녀석과 결혼한 지 3년 만에 녀석이 정신 분열 증세를 보여 도망쳐 나왔을 때도 친구 집에 얹혀 살지언정 집에는 오지 않았다. 그때는 내가 스티브와 극도로 사이가 안 좋을 때라 이해가 가지만 지금도 상황이 이렇게까지 나빠지지 않았다면 절대로 이사올 생각을 안 했을 것이다. 별거 중인 두 번째 남편이 유치원에서 다니엘을 데려갔다는 말을 듣고 겁이 나지 않았다면 아직도 소죽은 귀신 썬 것처럼 위스컨신 구석에 처박혀 이사 올 결심을 못 했을 게 뻔하다.

순한 것 같으면서도 고집이 세서 그런가, 아니면 한국인의 피를 반 밖에 안 받아 독립심이 강해서 그런 가. 미세스 정은 어린 나이에 집에서 내쫓겼던 기억을 지우기가 쉽지 않아서 일거라고 하지만 나는 리싸에게 그걸 물어볼 용기가 없다.

우체국에서 나와보니 그 여자가 여전히 주차장에서 서성이고 있었다. 차에서 내리는 사람마다 붙잡고 오늘이 월요일이냐고 묻는 걸 보면 온전한 정신이 아닌 게 분명했다. 아직도 얼굴 선이 고운 걸로 봐 젊어서는 꽤 미인이었을 저 여자는 어쩌다 저렇게 된 걸까? 제 정신으로 감당하기 힘든 일을 겪은 모양인데 까짓 거 눈 한번 질끈 감고 말지 저 지경까지 될 건 뭐람. 이 세상에 어려운 일 당하지 않은 사람이 몇이나 되겠다고, 쯧쯧. 나 같은 사람도 살고 있구만.

지나가던 남자가 힐끗 돌아보는 걸 보니 나도 모르게 또 큰 소리로 중얼거린 모양이다. 나는 얼른 차를 몰고 그곳을 떠났다. 자동차 시계가 네 시 오분을 가리키고 있었다. 여기서 가게까지 적어도 5분은 걸릴텐데 또 미세스 정이 잔소리께나 하겠군.

가게 앞에 차를 댄 후, 나는 두 손으로 머리를 약간 흩트리고 빠른 걸음으로 가게 안으로 들어갔다. 매장 안쪽에서 미세스 정이 손목시계를 들여다보는 모습이 눈에 들어왔다.

"죄송합니다. 아이구 숨차라. 오는 길에 차 사고가 났지 뭐예요. 간단한 접촉 사고인가 보던데 왜들 그렇게 길을 막고 난리인지 원"

"차 사고? 난 또 오늘도 기찻길에 막혔나보다 했지. 난 그 길을 그렇게 많이 다녔건만 한번도 기차를 만나본 적이 없는데 리싸 엄마는 참 자주 만나더라구."

"그야, 내가 다니는 시간이 늘 정해져 있으니까 그렇죠. 미세스 정도 기차 한번 만나봐요, 얼마나 속 터지는지. 차안에 앉아서 발을 동동 구른 다니까. 그나저나 사장님은 언제 오세요?"

나이가 나보다 한 살 어리면서도 꼬박 반말을 하는 그녀보다 말을 놓지 못 하는 내가 더 한심하지만 오늘은 그걸 따지고 있을 때가 아니라는 생각에 상냥하게 물었다.

"다음 주에. 그런데 그건 왜? 뭐 따로 할 말이라도 있어?"

파란 아이 새도우를 칠한 미세스 정의 눈이 치켜 올라가며 입이 한쪽으로 씰그러졌다.

어떻게 된 여자가 같이 산지 10년이 넘었다면서 누구든 자기 남편에게 관심만 보인다 싶으면 삵쾡이처럼 손톱을 세운다. 전에는 젊은 여자들에게만 그러더니 내가 남편과 갈라선 후로는 나에게까지 의심의 눈길을 보내는 통에 껄끄러운 기분 드는 게 한 두 번이 아니다.

"웬 걸 그렇게 오래 걸려요? 이번 상품 쇼는 여러 날 하나 봐? 보통 한 이틀 하지 않나?"

"아틀란타에 사는 친구가 장사를 크게 하는데 이번에 내부 시설을 고치고 싶다고 저이더러 와서 좀 해 달래나봐. 쇼 끝나고 거기 들러서 며칠 봐주고 오겠대. 우리 정 사장 실내 장치 솜씨 알아주잖아. 접때 우리 가게 와서 보구는 부러워서 난리더라구. 우리 그이 맘 약한 걸 이용해 먹는 거지 뭐. "

"아아, 그래서 사장님 혼자 가셨구나. 난 또 웬일로 이번에는 안 따라
갔나 했구만"

다섯 살 연하에 멀끔하게 생긴 남편이 뭇 여자들에게 친절하게 굴면
불안하기도 하겠지만 아이를 둘씩이나 낳았으면서도 저렇게 남편이 못
미더울까? 허긴 자기가 세 번째 부인인데다 이 여자 저 여자에게서 낳아
놓은 자식이 대추나무 연 걸리듯 산지 사방에 있다니 그럴 만도 하겠다
싶어 가끔은 안쓰럽기도 하다.

스티브는 적어도 여자 문제로 속을 썩인 적은 없었다. 가끔 술 먹고
주사를 부리기는 했어도 트럭 운전으로 수입도 제법 괜찮았다. 한국에
군인으로 나와 있을 때 만났던 리싸 아빠는 여자 문제는커녕 술을 입에
댄 적도 없다. 미국에 들어와 7년을 같이 사는 동안 싸운 기억도 별로 없
다. 처음에는 말을 못 알아들으니 싸울 수가 없었다는 말이 더 맞을지도
모른다. 말을 좀 알아들을 만 하자 덜컥 병에 걸렸고 2년을 시름시름 앓
다가 갔다. 나중에야 그게 월남에 갔다온 후유증으로 생긴 고엽증이라나
뭐라나 였다는 걸 알았는데 의사가 사망 신고서를 잘 못 작성하는 바람
에 보상금도 제대로 받지 못한 한심한 여자가 나다.

"나 이번 주말에는 일 못 해요"

아무래도 돈 빌리자는 얘기는 포기해야 할 것 같아 나도 모르게 소리
가 퉁명스럽게 나왔다.

"왜 또?"

"위스컨신 가서 리싸하고 다니엘 데려오려구요"

　"이사 오기로 했나보지? 잘 됐네. 그런데 왜 당신이 거기까지 가야돼? 친구들한테 트럭에 짐 싣는 것 도와달라 그래서 리싸가 운전해 오면 되겠구만."

　"거기서 여기까지 오려면 적어도 여덟 시간은 걸릴텐데 혼자 운전해 오기 힘들잖아요."

　"아니, 혼자 여덟 시간 걸려서 거기까지 갈 생각은 안 해? 갔다가 그 자리에서 돌쳐 와도 이팔은 십육, 열 여섯 시간인데 자기는 뭐 무쇠로 만든 인간이냐? 도무지 생각이 부족하다니까, 머리를 써요, 머리를"

　자기나 나나 가방 끈 짧기는 마찬가지면서 툭하면 머리를 쓰라고 하는데 정나미가 떨어져서 아무 말도 안 하고 있으니 계속 신이 나서 떠들어댄다.

　"게다가 그 나이에 몸도 시원치 않으면서 이삿짐 싣고 어쩌고 하느라 스무 시간 이상 고생하고 아프기라도 하면 어쩔려구? 학교에서도 자꾸 빠진다구 경고 먹었다면서."

　"리싸 차도 가져와야 되는데 은경씨 더러 같이 가자 그래야 하나 어쩌나…"

　나는 못 들은 척 혼자 중얼거렸다.

　"그거 리싸 엄마가 10년 이상 타다 물려준 고물 차 아냐? 계속 말썽 부린다면서 그냥 버리지 뭐 하러 여기까지 끌고 와? 그리구, 은경씨가 주말에 가게에서 일해야지 거길 가면 어떡해? 암만 우리가 만보산 드렁칡처럼 얽혀 산다군 하지만 공과 사는 구분할 줄 알아야지"

　"만보산 드렁칡?"

"만보산 드렁칡도 몰라? 그 왜 정몽주가 선죽교에서 읊다가 맞아죽었다는 시조 있잖아. 이런들 어떠리, 저런들 어떠리, 만보산 드렁칡처럼 얽혀 살자 그러는거 말야. 학교 다닐 때 통 공부 안 했구만"

"아아, 그거? 그런데 어째 좀 이상하네."

"만보산이 아니고 만수산이겠죠. 그리고 정몽주가 읊은 게 아니라 이방원이 정몽주한테 한거구요."

마침 헤어 스프레이를 한 아름 안고 지나가던 은경씨가 불쑥 끼어 들었다.

"그래 맞아. 만수산 드렁칡이었어. 어쩐지 이상하더라니."

"만보산이나 만수산이나…… 아니, 만보산이라구 드렁칡 없겠어? 어쨌든 이번 주말이 월초라 바쁠 거니까 알아서 하라구"

나는 그래도 서울 근교에 있는 학교나 다녔지만 자기는 섬에서 살았다면서 무슨 공부를 제대로 했겠다고 툭하면 잘난 척 하더니 쌤통이다 싶어 나는 은경씨에게 눈을 찡긋하고 앞치마를 찾아 입었다.

"저녁 먹었니? 돈 아까 부쳤다. 늦어도 금요일에는 받을 거야."

여덟 시에 가게 문 닫고 곧장 집으로 온 나는 핸드백을 내려놓자마자 전화기부터 집어들었다.

"고마워요, 엄마."

"고맙긴, 이제 슬슬 짐 싸야지? 일 고만 둔다는 얘기는 했니?"

"이제 해야지"

"그런데 왜 그렇게 기운이 없어? 아직 밥 안 먹은 게야?"

"…… 엄마, 나 아무래도 병원에 한번 가봐야 할래나봐. 가슴에 멍울이 잡힌 지 꽤 됐는데 점점 커지는 거 같애. 어떡하지?"

갑자기 머리 속이 멍해졌다.

"멍울이라니? 언제부터? 얼만한 크긴데? 왜 그걸 이제 얘기해? 의사한테 전화했니?"

"나 의료보험 없잖아."

리싸의 목소리가 작기도 하지만 머리 속에서 윙 소리가 나서 잘 들리지 않았다.

"보험 없다고 마냥 그러고 있으면 어떡해? 우선 진찰이라도 받아봐야지"

"나 이 직장으로 옮긴지 이제 넉 달 밖에 안 됐잖아. 육 개월이 지나야 보험 커버가 된다고 해서 기다리고 있는 중이었는데... 그리로 이사 가면 그것 마저 없어질 거 아냐."

"이 답답한 것아, 기다릴게 따로 있지, 얼른 짐 싸 갖고 와. 여기 와서 검사 받자. 메모그램 하는 건 돈 별로 안 들어. 가난한 사람은 그냥도 해준다더라."

"메모그램이 문제가 아니라 그거 해서 이상이 발견되면 그때부터 치료비가 많이 들거 아냐……"

"울지마, 울지마. 우선 사람이 살고 봐야지, 돈이 문제냐? 그리구 별거 아닐 거야. 미세스 정 동생도 멍울이 있어서 병원에 갔는데 암 아니라구 그냥 놔두라 그러더랜다. 미리 걱정할 필요 없어, 그냥 검사만 한번 받아 보자"

말을 하다보니 정말 아무것도 아닐 거라는 생각이 들기 시작했다.

"글쎄, 그래두 두 달 더 기다렸다가 검사를 받을까봐. 보험 커버되기 전에 이미 병이 있었다는 거 알려지면 안 되거든."

"그럼 이리로 이사오는 건 어떡하구? 래리가 다니엘 데려가겠다고 계속 협박한다며? 너 다니엘 뺏기구 혼자 살 수 있어?"

"아, 골치 아파. 엄마, 나중에 얘기해."

울먹울먹하던 리싸가 포르르 성질을 내며 전화를 끊었다. 어려운 일이 생기면 무조건 도피하고 싶은 것도 나를 닮은 모양이다.

잠이 올 것 같지 않아 열두 시가 넘어서 자리에 들었건만 눈이 벌떡 떠져 시계를 보니 세시였다. 짙은 안개가 낀 것처럼 답답하고 가슴 속 깊은 곳에 서글픈 기운이 이끼처럼 덮여 있는 기분이었다. 리싸 저 불쌍한 것, 불쌍한 내 새끼 다니엘. 이 노릇을 어쩌면 좋단 말인가.

일어나야 할 시간보다 두 시간이나 이르지만 더 누워 있어봤자 다시 잠이 올 것 같지 않았다. 침대에서 일어나려니 허리 통증이 심해 비명이 절로 나왔다. 5년 전에 받은 척추 수술이 잘 못 됐는지 어느 하루 안 아픈 날이 없지만 기분이 우울할 때는 더 심해지는 것 같다. 나는 몸을 옆으로 굴리며 간신히 일어나 앉았다. 여기 저기 주무르고 두드리면서 천천히 몸을 움직이니 조금씩 풀렸다. 자는 동안 나도 모르게 온 몸에 힘을 준 모양이었다. 물 젖은 솜처럼 숨막히게 덮인 걱정거리들을 밀치며 침대에서 일어나 화장실로 향했다.

불을 켜자 세면대 위에 놓인 부분가발이 먼저 눈에 들어왔다. 이혼한 후 가장 시원한 것이 잘 때 가발을 벗을 수 있다는 점이다. 스티브랑 같이 살 적에는 밤에 잘 때도 가발을 벗지 않았다. 샤워를 한 후에도 제일 먼저 하는 일이 머리 손질이었다. 몇 오래기 남지 않은 꼭대기 머리카락을 부풀리기 위해 거꾸로 빗질을 하고 그 위에 부분가발을 얹은 후 돌아가며 핀으로 고정시키고 밑 머리를 빗어 올려 뒤통수를 덮고 스프레이를 뿌리고 하노라면 암만 빨리 해도 30분 이상 걸린다.

20대 후반부터 매일 그 짓을 해오는데 아침에 늦게 일어나 눈꼽만 떼고 나왔다는 사람들 말을 들으면 속이 뒤집어진다. 30분 더 자고 가발대신 모자를 쓰고 나갈까 하는 생각도 안 해 본 건 아니다. 그러나 직업이 학교버스 운전사라 호기심 많은 아이들이 무슨 짓을 할지 몰라 엄두가 안 난다.

누가 내 머리 쪽에 시선을 오래 두기만 해도 가발 쓴 거 들킬까봐 마음이 조마조마한데 아이들이 장난삼아 모자라도 벗기면 어쩌나 상상만 해도 끔찍하다. 게다가 이번 학기부터는 발달 장애 아이들과 신체 부자유 아이들까지 맡았기 때문에 더 신경이 쓰인다.

한때는 머리숱 많게 해달라고 기도도 열심히 했지만 리싸의 머리 꼭대기도 훤히 들여다보이는 걸 보고는 그만 두었다. 하나님이 내 머리보다 리싸 머리에 더 신경 써주시기 바라는 마음에서였다.

기운이 없어 천천히 머리 손질을 했건만 여전히 시간이 많이 남았다. 나는 커피를 끓이고 토스트를 구워서 안 먹히는 걸 꾸역꾸역 먹었다. 천식 약, 혈압 약을 비롯해서 먹어야할 약이 한두 가지가 아닌데 빈속에 집어넣을 수가 없어 싫어도 먹어야 한다는 사실이 오늘따라 더 구차스럽게 느껴졌다. 만약 리싸가 잘못 되기라도 하면 그 날로 약을 몽땅 끊어버리겠다는, 누구에게 향하는 지도 모르는 오기가 솟았다.

2월의 아침 여섯 시는 한밤중처럼 어둡다. 히터를 높여도 학교에 도착할 때쯤 되어야 겨우 몸이 녹을 정도로 매섭게 춥다. 그런데도 거리에 차가 많은 걸 보면 나처럼 힘들게 사는 사람들이 많구나 싶다. 학교 운동장에 차를 대고 버스 차고로 들어가는데 아침이 오려는지 하늘 저쪽이 조금 씩 밝아지고 있었다.

"하이, 애슐리. 하우 아 유? 새 코트 입었네. 참 이쁘구나 "

갈색 머리카락을 귀 뒤로 빗어 넘기고 분홍색 머리핀을 양쪽에 꽂은 애슐리는 수줍은 미소를 띤 채 세 번째 좌석에 들어가 앉았다. 그 자리는 애슐리 지정석이다. 이 아이는 언제나 화씨 65도 정도의 기온을 유지해 주어야 한다. 그거보다 약간 추운 건 괜찮지만 조그만 더워지면 구토를 하고 심하면 발작을 일으키기까지 한다. 애슐리의 병명은 알코올 휘탈 씬드롬이다. 알코올 중독자 엄마에게서 태어나 여덟 살이 된 지금까지 여러 가지 증상을 그대로 갖고 있는 것이다. 애슐리는 여름이 시작되면 학교에 가지 않는다. 학교버스에 에어콘 시설이 갖추어져 있지 않기 때문이다.

애슐리 엄마는 지난 연말, 술에 만취한 상태에서 고속도로를 거꾸로 타고 달리다 충돌 사고를 일으켜 감옥에 들어가 있다. 상대방 차에 탔던 일가족 다섯 명이 사망했던 그 사건은 신문에 대문짝만하게 실리면서 많은 사람들의 분노를 샀다. 애슐리는 그 후로 위탁 가정에 보내졌는데 옷이랑 머리 모양이 전보다 훨씬 말끔해졌다.

온실 속에서나 살 수 있는 연약한 화초 같은 애슐리가 앞으로 세상을 어떻게 살지 생각하면 애처롭기 짝이 없다.

다음 골목으로 들어서자 나무 밑둥에 가방을 내려놓고 장갑 낀 두 손을 탁탁 마주치며 서있는 제이슨이 보였다. 그 옆으로 버스를 바짝 갖다 댔다. 부엌 창에서 내다보고 있던 제이슨 엄마가 나를 향해 손을 흔들었다.

열 살짜리 제이슨은 보통 똑똑한 게 아니다. 한번 읽은 것은 다 머리 속에 입력이 되는지 뭐든 물으면 백과사전처럼 줄줄이 대답한다. 예를 들어 공룡 이름을 하나 대면 학명부터 시작해서 몸무게, 크기, 멸종시기 까지 완벽하게 알고 있다. 그러나 내가 가지고 다니는 차트에 의하면 제 이슨에게도 이상한 병명이 적혀있다. 에스퍼거 씬드롬이라는데 이 아이 는 감정을 콘트롤할 수 있는 능력이 없다. 멀쩡하게 잘 있다가도 무슨 이 유에서인지 갑자기 울부짖기도 하고, 불같이 화를 내기도 한다. 자폐증 하고는 조금 다른데 이 병의 원인도 아직 밝혀지지 않았다고 한다.

지난 주에도 사건이 있었다.

"우리 선생님은 바보인가 봐요."

방과 후 버스에 올라타자마자 제이슨이 내게 투덜거렸다. 학교에서 무슨 일이 있었던 모양이다. 그러자 운전석 바로 뒤에 앉아있던 장난꾸 러기 녀석이 대뜸 한 마디 했다.

"너 선생님한테 이른다"

순간 제이슨은 얼굴이 하얗게 질려 말없이 뒤로 가 앉았다. 나는 얼른 그 말을 한 아이를 야단쳤지만 이미 물은 엎질러졌다. 자기 집 앞에 다다를 때까지 고개를 처박고 아무 말이 없던 제이슨은 내리면서 절망적으로 외쳤다.

"나는 정말 자살하고 싶어요."

정상적인 열 살짜리가 그런 말을 했다면 웃어 넘길 일이지만 제이슨의 경우는 그게 아니기 때문에 나는 교장선생님에게 보고를 하고 제이슨 엄마에게도 전화로 알려주었다. 다음 날 아침 나에게 다가온 그녀는 밤새 제이슨이 잠을 못 자는 통에 자기도 말갛게 샜노라고 창백한 얼굴로 말했다.

이렇게 괴상망칙한 병들이 도대체 왜 자꾸 생기는 걸까, 보통들 말하듯이 공해라든가 약의 남용 때문인가, 아니면 전에도 이런 병이 있었지만 그때는 따로 분류하는 대신 뭉뚱그려서 무조건 다 정신병자 취급했던 건가. 그런 것까지 알 길은 없지만 어쨌든 제이슨 엄마를 보면 돈 없고 여기 저기 아픈 내 문제는 아무 것도 아닌 것 같다. 들리는 말에 의하면 제이슨 부모는 아들 때문에 이혼도 했다는데 그래서인지 그녀의 미소에는 어딘지 울음기가 묻어있다.

다음에는 5분쯤 달려서 오스틴네 집으로 갔다.

지난해 특수 아동들을 태우는 버스를 운전하라는 과제가 떨어졌을 때 나는 잠시 이 직장을 그만두려는 생각을 했었다. 정상적인 아이들도 말썽을 부리기 시작하면 정신이 쑥 빠지는데 정신적, 신체적으로 핸디캡이 있는 아이들을 열 명씩이나 어떻게 혼자 핸들하라는 말이냐, 거기에다 휠체어 타는 아이까지 있는데 자칫 사고라도 나면 나더러 책임지라는 말이냐고 한참 따졌었다. 그러나 목구멍이 포도청이라 그만 둘 형편이 아니었다. 먹는 거야 좀 덜 먹으면 된다 쳐도 학교를 그만두면 당장 의료보험이 떨어지기 때문에 어쩔 수가 없었던 것이다.

그러다 첫날 오스틴을 보고 나는 그만 아이에게 반해버렸다. 다섯 살짜리 오스틴은 태어나면서부터 중증 장애인으로 머리 밖에 움직이지 못하는데 웃는 얼굴이 그렇게 귀여울 수가 없다. 오스틴은 몸이 불구이고 말도 어어 소리밖에 못 하지만 지능은 정상이다. 휠체어에서 안아 올리면 마치 천으로 만든 인형처럼 작은 팔 다리가 힘없이 흔들거린다. 그래도 천사처럼 환하게 웃는다.

오스틴의 휠체어는 특수 제작된 것이다. 컴퓨터에 연결이 되어 있어 눈동자의 움직임으로 조정할 수 있다. 그 덕에 오스틴도 학교에 다닐 수 있게 된 것이다. 나는 휠체어를 제자리에 고정시킨 후 아이에게 썬글래스를 씌웠다. 창 밖으로 나무 그림자가 휙휙 지나가는 것을 계속 쳐다보면 구토를 하기 때문이다.

썬글래스를 씌우고 일어서는데 목이 턱 걸렸다. 오스틴의 작은 손이 내 목걸이를 움켜쥐고 있었던 것이다. 녀석의 눈동자에 장난기가 실려 있었다.

"헤이, 오스틴. 내 목걸이 맘에 들어? 그래도 이러면 안 되지. 얼른 놓게나"

"어어어"

아이는 어어 거리기만 할 뿐 손을 풀지 않았다. 아니 풀고 싶어도 풀 수가 없었다. 그럴 능력이 없는 것이다. 나는 학교에서 배운 대로 아이의 손을 조금 펴서 안쪽의 한 지점을 지긋이 눌렀다. 아이의 손이 맥없이 풀렸다. 녀석은 여전히 웃는 얼굴이었다.

그런 식으로 밖에 장난을 걸 수 없는 아이가 안쓰러워 가슴이 아팠지만 나는 아무렇지도 않은 척 오스틴의 어깨를 톡톡 치고 운전석으로 가서 앉았다.

학교 버스를 운전하기 전까지 나는 이런 아이들이 주위에 이렇게 많은 걸 상상도 못 했다. 관심조차 없었다. 키가 크고 작고, 뚱뚱하고 마르고, 공부를 잘 하고 못 하고, 부잣집 아이고 가난한 집 아이고, 그런 정도의 차이만 있는 줄 알았다. 아니 그런 생각조차 하지 않고 그저 아이들은 아이들이려니 하고만 살았다는 말이 옳겠다. 그런데 어쩌면 이렇게 가정마다 사연도 많고 아픔도 많은지, 그야말로 가지 각색 사람들이 드렁칡처럼 얽혀서 살아가고 있는 것이다.

아이들을 학교에 다 내려놓고 가게로 가니 열 시였다. 미세스 정이 물건을 주문하며 전화에 대고 신경질을 내고 있었다. 나는 얼른 걸레를 찾아들고 선반 위를 닦기 시작했다. 오늘은 정말이지 미세스 정의 변덕을 받아줄 기운이 없다. 아이들을 집에 데려다주기 위해 다시 학교로 갈 1시까지의 시간이 다른 날보다 길 것 같은 예감이 들었다.

"은경씨, 오늘 미세스 정 왜 저렇게 저기압이야? 무슨 일 있어?"

"나도 잘 모르겠어요. 아침에 가게문 열 때부터 지금까지 내내 저렇게 짜증만 내고 계세요. 어제 밤에 사장님한테서 전화가 안 와서 저러시나?"

"전화 안 왔대?"

"그야 모르죠. 그냥 아까 토니가 그런 모양이라 그래서 아줌마도 웃으라고 한 소리예요."

뒷방에서 나오던 토니가 씩 웃었다. 한국말은 못 알아들어도 눈치가 백 단이라 우리가 무슨 소리하는지 알아챈 모양이었다. 과테말라에서 태어나 멕시코에서 몇 년 살다 국경을 넘어온 토니는 몸이 재빠르고 명랑해서 모두의 귀여움을 받고 있다. 열심히 돈을 모아 부모님과 동생들을 데려오겠다는데 자기도 불법체류자이면서 어떻게 하겠다는 거냐고 물으면 걱정 말라며 가슴을 툭툭 친다.

일년에도 두어 차례씩 국경을 넘나든다는 멕시칸 친구의 연락처를 보물처럼 지갑 깊숙이 넣어놓고 있다는 소리를 은경씨한테 들었으면서도 어느 날 모른 체 물은 적이 있다.

"네가 타잔이냐? 왜 가슴은 툭툭 치구 야단이야? 넝쿨 줄기 타고 아아아 소리 지르면서 국경을 넘을 꺼냐구?"

그 말이 그렇게 우스운지 한참을 웃더니 나를 끌고 구석으로 가서 보물을 보여주었다. 사방을 둘러보며 조심스럽게 꺼낸 종이는 착착 접혀서 납작해진 작은 메모지였다. 무슨 부호 같은 것이 적혀 있었다. 내가 아무리 스페인어를 모른다고 하지만 그것은 단연코 글자가 아니었다. 비록 정식 학교는 못 다녔어도 똑똑한 아이라 글을 못 익혔을 것 같지는 않고 만약의 경우를 생각해서 일부러 그런 식으로 적어 놓은 게 아닌가 싶었다.

그래도 그를 통해 보내주는 돈을 잘 받았다는 편지가 가끔씩 오는 걸 보면 믿을만한 사람인 것 같기는 하다. 혹시 그게 나중에 큰 돈을 챙기기 위한 미끼일 수도 있지 않을까 의심하는 내가 틀리기만 바랄 뿐이다.

"거기 모여서들 뭐 하는 거야? 손님 들어오는 거 안 보여?"

우리끼리 모여 서있기만 하면 자기 흉을 본다고 생각하는지 미세스 정이 소리를 꽥 질렀다. 우리는 기름 위에 떨어진 물방울처럼 세 방향으로 좌악 흩어졌다.

금발머리의 멜리싸가 유리문을 밀치며 들어오는 게 보였다. 갈색 머리카락을 새둥지처럼 아무렇게나 삐죽삐죽 자르고 길다란 금발의 가발을 쓰는 여자다. 매주 한번, 어떤 때는 두 번도 오는데 애가 둘씩이나 있으면서 바에서 춤을 추는 스트립 댄서다. 옷을 벗고 야한 춤을 춘다는 데도 끈적이는 들큰함이 없고 오히려 말괄량이 여학생 같은 느낌을 준다. 키는 자그마하면서 목소리가 걸걸하고 큰 소리로 웃기 잘 하는 멜리싸가 나는 이웃집 동생같이 친밀하고 좋다.

유방 확대 수술을 해서 멜론처럼 커진 가슴이 스웨터 위로 삐져 나온 채 어기적거리며 걸어오는 멜리싸를 향해 반가운 미소를 던졌다.

"헤이, 멜리싸. 너 어디 아프니? 걷는 게 왜 그러냐?"

"내가 무슨 짓을 했는지 알아? 너는 아마 상상도 못 할걸"

멜리싸가 내 팔목을 잡더니 입을 내 귀에 대고 속삭였다.

"무슨 짓을 했는데?"

"피어싱을 했어. 여기하고 여기"

멜리싸가 손가락으로 배꼽과 다리 사이를 가리켰다.

"뭐라구? 어디다 피어싱을 해? 아프지 않든?"

"아프지. 얼마나 아픈지 죽을 것 같더라니까. 조금 전에 하고 이리로 곧장 오는 길이야. 전에 혀에 했을 때도 그렇게 아프더니 그건 여기에 비하면 아무 것도 아니야."

"그러게 그런 짓을 도대체 왜 해?"

"돈 벌려구. 히히. 아니 아니, 이번에는 그런 게 아니구, 남동생이랑 내기를 한 거야. 나더러 여기하구 여기에 피어싱을 하면 천 불을 주겠다잖아. 사흘 동안 생각하다가 까짓 거 좋다! 하고 한 거야."

"그래서, 돈은 받았냐?"

"받았지."

멜리싸는 히히 웃으며 머리를 숙이고 가발을 썼다. 다른 사람들은 의자에 앉아서 가발을 쓰는데 멜리싸는 언제나 서서 허리를 반으로 꺽고 고개를 숙인 채 쓴다. 기둥을 붙잡고 춤을 추다 머리를 숙이면 목덜미가 그대로 들어나기 때문에 그 모양이 이뻐야 돈을 많이 벌 수 있다는 것이다. 툭하면 신장염으로 병원을 들락거리면서 또 염증이 생기면 어쩌려구 거기다 피어싱을 했는지 도무지 이해할 수가 없다. 저렇게 함부로 몸을 굴리는 걸 보면 아직 젊어서 무서운 걸 모르는 모양이다.

아들들이 무척이나 귀엽게 생겼두만, 애 엄마가 저러다 덜컥 몹쓸 병이라도 걸리면 큰일이다는 생각을 하는데 머리 속 뒤쪽에 밀어두었던 리싸와 다니엘이 툭 튀어나왔다.

내가 리싸를 집으로 데려오고 싶은 이유는 무엇보다 다니엘 때문이다. 서너 달 전, 다니엘에게 과잉 행동 씬드롬이 있는 것 같으니 약을 먹여야한다는 유치원 선생 말을 전하는 리싸의 전화를 받았을 때 걱정보다 분노가 일었다. 사내아이가 좀 부잡스럽기로 약을 먹이라니. 그 약이라는 게 아이를 멍하게 만들어 수업시간에 고분고분 말 잘 듣게 하자는 건데 장기적으로 그걸 복용하면 어떻게 되는지 아느냐, 아이를 바보로 만들 생각이냐, 절대로 먹여서는 안된다고 리싸에게 신신당부했다. 그때처럼 학교 버스 운전사라는 직업이 고마울 수가 없었다. 그런 아이들을 많이 봤기 때문에 약의 부작용을 피부로 느낄 수 있었지, 아니었으면 나 역시 선생님 말이라면 무조건 옳은 줄 알았을 테니까. 다니엘이 다른 아이들보다 집중력이 부족한 건 사실이지만 자라나면서 차츰 나아질텐데 섣불리 진단을 내려 약으로 해결하려는 태도를 용납할 수가 없었다.

선생님을 비롯하여 그 방면의 전문가와 몇 번의 상담을 거쳐 간신히 그 결정을 미루어 놓은 모양인데 최근에 다시 일이 터진 것이다. 다니엘이 학교에서 불안 증세를 보이며 안절부절 못 하고 가끔씩 난폭한 행동까지 한다는 말을 듣자 징신이 아뜩했다. 그렇지만 한편 다니엘이 그런 행동을 하는 건 너무나 당연하다는 생각이 들었다. 별거 중인 아빠가 툭하면 찾아와서 엄마랑 다투지, 학교에서 돌아오면 곧장 베이비 씨터 한테 가야지, 그런 상황에서 어린아이가 천하태평이라면 그게 오히려 이상한 거라고 리싸를 달랬다. 그것이 이리로 이사 오겠다는 결정을 내리는 데 한 몫을 한 것이다. 그렇게 되면 우선 부모가 싸우는 모습도 안 보게될 것이고 베이비 씨터 한테 가는 시간도 많이 줄일 수 있으니까. 고등학교 졸업장이 없는 리싸가 여기에 와서 쉽게 일자리를 찾을 수 있을지 걱정이긴 하지만 그건 2차 문제였다. 빈 집에 콩콩 울릴 다니엘의 발소리를 생각하면 저절로 웃음이 나왔다.

그런 판에 리싸의 건강문제가 불거졌으니 어떻게 된 게 내 인생에는 이다지도 복병이 많단 말인가.

다리를 엉거주춤 벌리고 서서 가발을 쓰며 끼들거리는 멜리싸를 바라보는 마음이 착잡하다. 20대 후반의 이 아이는 천성이 낙천적인 모양이어서, 자기가 암에 걸려 치료받고 나았다는 말도 지나가는 투로 쉽게 해버렸기 때문에 그 말을 믿어야 좋을지 말아야 좋을지 모를 정도다. 두 아이의 아빠가 다 다르고 지금은 다른 보이 프랜드랑 살고 있다는 말도 아무 거리낌없이 한다. 그래도 밉지가 않다. 둘째 아이의 아빠가 때리려고 달려들 때 식칼을 들고 휘둘렀다니 리싸 한테 없는 뱃장이 부럽기까지 하다.

나도 이혼하기 전까지는 뱃장은 커녕 남의 눈치보기 급급했었다. 누군가가 화를 내면 나 때문인가 싶어 겁이 나고 미리 비위를 맞췄다. 오죽하면 집을 일곱 번이나 나갔던 남편을 받아들였을까. 그때마다 속상해서 펄펄 뛴 건 미세스 정이었다. 등신같이 이번에도 그 인간을 집에 들일꺼냐고 야단쳤다. 그러니까 그 인간이 너를 만만하게 보고 그 따위 짓을 하는 거다, 현관바닥에 깔린 신발 깔개 같은 취급을 받는 게 좋으냐고 마구 퍼부었다. 그런 소리를 들을 때 처음에는 듣기 싫었지만 참았다. 주인한테 대들었다가 기분 나빠서 해고라도 하면 큰일이다 싶어 미소까지 떠운 채 열심히 듣는 척 했다. 그러다 세월이 지나며 미세스 정이랑 점점 가까워졌고 말대꾸도 슬슬하면서 나도 모르게 점점 오기가 생긴 것이다. 오기와 뱃장이 어떻게 다른 지는 모르지만 이제는 남이 하는 말에 그다지 신경이 쓰이지 않는다. 사는데 지쳐서 비위를 맞출 기력이 없어진 건지는 모르나 어쨌든 그런 면에서는 미세스 정에게 고마워해야 할 것 같다.

멜리싸를 보내놓고 나자 미세스 정이 손짓으로 불렀다.

"자기 미스 양 잘 알지? 그 왜 한국 그로서리에서 일하는 여우같은 년 말이야. 혹시 그년 어디 갔는지 몰라?"

잠을 못 잤는지 눈 밑이 거무스름해진 미세스 정이 불안한 표정으로 물었다.

"최근에 안 만나서 모르는데. 그건 왜요? "

"아무래도 느낌이 좀 이상해. 어제 집에 가다 한국 그로서리에 들렀는데 미스 양이 안 보이더라구. 그래서 주인 아줌마한테 물었더니 라스베가스 갔다는 거야. "

"그게 어때서요? 날도 춥고 하니까 따뜻한 데로 휴가 갔나보지 "

"그게 아냐. 마침 배달 갔다 돌아오던 김군이 대뜸, 아니에요. 아틀란타 간다고 했어요. 그러더라구 "

"그럼 뭐야? 주인 아줌마한테는 라스베가스 간다 그러고 김군한테는 아틀란타 간다고 했단 말이에요? 그거 어째 수상하네 "

"내 말이. 그러니까 미스 양한테 전화 좀 해봐. "

내가 전화 거는 동안 미세스 정은 열심히 손톱을 물어뜯었다.

"안 받는데요. 좀 있다 다시 걸어야겠어요 "

"아냐, 그럴 필요 없어. 안 받을 거야. 받을 리가 없지. 여우같은 년. 여기서 일할 때 그렇게 꼬리를 쳐서 잘랐는데 안 떨어지고 여지껏 붙어 있었던 거야 "

미세스 정은 확신에 차서 부르짖었다.

"아무렴 그랬을까? 애인도 있는 것 같던데. 차라리 사장님한테 직접 물어보지 그래요?"

"어제 밤 늦게 통화가 됐는데 어딘지 느낌이 좋지 않았어. 뭘 숨기는 것 같이 우물우물 하면서 자꾸 전화를 끊으려 들더라구"

"그래요? 그럼 이제 어떡할 건데요?"

아무리 아닐 거라고 말해봤자 그 귀에 들어갈 것 같지 않아 단도직입적으로 물었다.

"아무래도 내가 아틀란타에 갔다와야겠어. 현장을 잡아야 꼼짝을 못하지. 그래서 말인데 당신이 주말에 가게를 좀 맡아주면 안 될까?"

"리싸네 이사오는 건 어떡하구?"

"그럼 기어이 애들을 데리러 거기까지 운전해서 가겠단 말이야? 그냥 오게 하라니까, 리싸가 젊은데 그깟 여덟시간 운전하는 게 무슨 문제라구. 사람이 어쩜 그렇게 야박할 수가 있어? 내가 지금 어떤 심정인지 몰라서 그래?"

이 여자가 떼를 쓰기 시작하면 당할 수가 없기도 하지만 눈이 휘둥그레져서 동동거리는 모습을 보니 안 됐다는 생각이 들었다. 매일 얼굴 맞대고 살아온 세월이 10년쯤 되다보니 미운 정 고운 정이 다 들은 모양이다.

"그래요, 그럽시다. 그렇지 않아도 리싸가 이번 주말에 못 올지도 모르는데 얼른 가서 비행기표나 사요. 가서 직접 봐야 속이 풀리지"

"못 와? 왜? 무슨 일 생겼대? 다니엘 애비가 또 나타나서 훼방놓는 거야?"

"아니 그런 건 아니구... 그건 나중에 얘기해 줄테니까 어서 여행사에 전화나 걸라구요."

 미세스 정 동생도 가슴에 멍울이 있었지만 별게 아니었다니 미세스 정에게 잘 해주면 리싸에게도 좋은 일이 생기지 않을 까 싶어 슬쩍 팔짱을 끼고 전화가 있는 카운터 쪽으로 걸어갔다.

 오후에 학교로 가서 애들을 태워 집에 데려다 주는 동안 내내 리싸의 울먹이던 목소리가 머리를 떠나지 않았다. 아이들을 하나씩 내려놓고 마지막으로 오스틴네 집을 향해 가는 길에 인터폰이 울렸다. 학교사무실의 비서였다. 조금 전에 내려놓은 제이슨이 과제물 가방을 버스에 놓고 내린 것 같다는 것이었다. 다른 아이 같으면 내일 줘도 상관이 없겠지만 제이슨의 경우 그게 없으면 무슨 짓을 할지 모르니 찾아보라는 비서의 말을 들으며 고개를 휙 돌려 보니 통로에 무언가가 떨어져 있는 것 같았다.

 미침 진방의 신호등이 빨갛게 바뀌었다. 버스를 멈추고 몸을 돌려 자세히 보니 제이슨의 가방인 것이 틀림없었다. 찾았으면 가져다주라는 비서의 말을 들으며 나는 재빨리 계산을 해보았다. 지금 돌아서 가는 게 나은가, 아니면 오스틴을 먼저 집에 데려다 주고 가는 게 나은가. 거리 상으로는 지금 돌아가는 게 좋지만 오스틴을 기다리고 있을 부모 생각을 하니 얼른 판단이 서지 않았다.

 오스틴을 데려다주고 다시 제이슨네 집까지 갔다 가게로 가려면 또 10분쯤 늦을 것 같다는 생각을 하며 서둘러 악셀을 밟는데 뒤에서 어어어 급하게 부르는 소리가 들렸다. 얼른 브레익을 밟고 뒤를 돌아보았다. 눈을 휘둥그렇게 뜨고 앞을 바라보고 있는 오스틴의 표정이 놀란 토끼 같았다. 그 순간 정신이 번쩍 들었다. 신호등이 아직 바뀌지도 않았는데 차를 출발시키려 했던 것이다. 번잡한 사거리에서 빨간 불에 그냥 나가다 사고라도 났으면 어쩔 뻔 했나. 저 귀여운 오스틴이 다치기라도 했으면, 진땀이 바짝 났다. 한편으로는 누군가 나를 지켜주고 있다가 사고를 막아준 것 같아 감사한 마음이 들었다.

그러고보니 오스틴과 다니엘은 같은 나이다. 둘 다 곱슬머리고, 둘 다 내가 깊이 사랑하는 아이들이다. 오스틴은 밝은 성품 때문에 많은 사람으로부터 사랑을 받고 있다. 오스틴의 아빠와 같은 대학에 있는 어느 교수는 이 아이를 위해서 컴퓨터로 조작되는 자그마한 자동차까지 만들었다. 그런 사랑을 계속 받는 한 오스틴은 비록 신체가 부자유하지만 밝게 자라갈 것이다.

얼른 다니엘을 데려오고 싶은 마음이 불일 듯 일었다. 매일 베이비 씨터네 집 창가에 서서 엄마가 데리러 올 때를 기다리고 있을 아이를 생각하니 가슴이 저렸다. 집에 데려다 같이 눈사람도 만들고, 과자도 굽고, 퍼즐도 해야지. 여섯 살에 아빠 잃은 리싸를 떼어놓고 일하러 다니면서 맺힌 가슴의 멍울을 리싸에게 그대로 물려줄 수는 없다. 그때 못 다 준 사랑을 이제라도 베풀 수 있는 기회가 생겼으니 그나마 다행 아닌가.

나는 오스틴을 돌아다보며 아자!를 외치고 천천히 차를 출발시켰다. 두 팔을 흔들며 달려오는 다니엘의 발소리가 들리는 것 같았다.

귀향

이근미

중앙대학교 문예창작학과 졸업
중앙대학교 대학원 문예창작학과 졸업

1993년 문화일보 신춘문예에 중편소설 『낯설게 하기』 당선
2006년 제38회 여성동아 장편소설 공모에 『17세』 당선

귀 향

　차가 심하게 흔들렸다. 아귀가 맞지 않는 낡은 농짝에 머리를 부딪자 금방 이마가 부풀어올랐다. 날이 어두워지기 시작했다. 짐 사이로 붉은 기가 채 가시지 않은 하늘이 보였다. 짐은 십 년 전보다 보퉁이 몇 개가 늘었을 뿐이다. 그간 장만한 것이라곤 이미 구형이 되어버린 냉장고 정도였다. 큰 트럭이 굉음을 지르며 앞지르자 흙먼지를 잔뜩 품은 돌개바람이 얼굴을 후려치고 도망갔다.

　차가 공장지대로 들어섰다. 철조망 앞에 붙어있던 '여기서부터는 공업단지입니다' 라는 팻말은 어디로 갔는지 보이지 않았다.

　찬양대회에서 상을 받고 돌아오다 그 팻말을 보면 시내 교회 아이들에게 느낀 자만심이 푸시시 꺼져버렸다. 그럴 때면 "사람이 두 눈 시퍼렇게 뜨고 사는 땅에다 철조망 치는 기 무신 법이고. 도사견 우리도 아이고 말이다?"라던 어머니의 음성이 들리는 듯했다.

매캐한 아황산 가스가 코끝을 비집고 들어왔다. 설탕공장과 비료공장 주변의 과수원 자리에 높고 낮은 굴뚝이 열병식을 하듯 늘어서 있었다. 과수원 근처의 집들도 다 사라지고 없었다. 우리가 살던 동네도 감쪽같이 사라져버렸으면 좋으련만. 닿지도 않을 상상을 하며 별수 없이 나는 과거로 향했다.

"돌아간다."

열흘 전, 아버지는 저녁을 먹는 자리에서 일방적으로 선포했다. 두 달 만에 집에 돌아와 막 수저를 들려던 참이었다. 어머니는 찌개냄비를 옮기다 말고 눈이 화등잔만해져 아버지를 바라보았다. 십 년 전에도 아버지는 농짝만 남은 휑한 방에서 비장한 목소리로 비슷한 말을 했다.

"어데로 돌아간단 말인교?"

"동.천."

아버지는 자신의 결심이 확고하다는 걸 알리려는 듯 스타카토로 딱딱 끊어 말했다.

"머라꼬요?"

어머니와 나는 누가 먼저랄 것도 없이 소리질렀다. 그곳으로 돌아가다니, 우린 지난 십 년 간 동천이라는 단어조차 입에 올리지 않았건만.

뜻밖에 어머니가 찬성하고 나섰다.

"그랍시더. 죽이 되든동 밥이 되든동 돌아가보자. 십 년을 살아도 정이 안 들어가 나도 몬 견딜다."

"엄마."

내가 나서려고 하자 아버지가 선언하듯 말했다.

"소용없다. 나는 간다."

아버지는 미간을 찌푸리며 고개를 숙였다. 우리는 말없이 식어빠진 된장국으로 남은 밥을 먹었다.

하긴 뾰족한 수가 있는 것도 아니었다. 회갑을 넘긴 아버지가 교회사찰 일을 더 이어갈 수도 없었다. 변두리 교회여서 월급도 얼마 되지 않았다. 아버지는 꽤나 오랜 기간 숙고한 끝에 결정을 내렸을 것이다. 아버지는 한동안 자신의 주장 따윈 갖고 있지 않았다. 단지 그런 의미에서라도 말없이 따르는 게 낫겠다는 생각이 들었다.

나는 슬그머니 물러 나와 짐을 챙기기 시작했다. 영민의 옷을 가방에 쑤셔 넣다 새삼 녀석이 고맙다는 생각을 했다. 동생은 학원도 안 다니고 그 어렵다는 국립대학을 한 번에 척 붙었다. 대학에 합격해놓고 집안 형편 생각해서인지 서둘러 자원입대를 했다. 영민이 한 학기라도 다녔더라면 부모님이 교회에서 좀 어깨를 폈을 텐데, 하는 생각에 아쉬운 마음이 들었다.

나는 대학 시험도 치지 않고 바로 입대해버렸다. 어차피 공부로 승부할 만한 실력이 아니니 일찌감치 군대나 다녀오자는 생각에서였다.

동천은 스톱워치로 정지시켜 놓은 것처럼 옛 모습 그대로였다. 동네 어귀에 유행가가 흘러나오는 전파사도 그대로 있었고 세탁소며 약국도 붙박이처럼 거기 그대로 있었다. 몇 개의 가게가 늘어난 것 같긴 했으나 여름날 땟물이 얼룩진 아이의 얼굴처럼 더 꾀죄죄해졌다는 느낌만 들었다. 동천洞天, 대체 누가 이 동네를 '산천으로 둘러싸인 경치 좋은 곳' 으로 명명했을까. 공업단지로 지정되기 전에 이 동네가 물 좋고 정자 좋았다는 어른들의 말은 도무지 상상이 가지 않는다.

문득 맞은편을 바라보았다. 만물상이라는 간판을 단 초라한 가게가 눈에 띄자 괜히 안심이 되었다. 아버지가 자재를 구입할 때 드나들던 박씨 아저씨의 집이다.

어머니와 나는 아버지로부터 우리가 살게 될 곳에 대한 설명을 들었을 때 결사적으로 반대했다. 그러나 아버지는 완강했다. 우리가 들어가서 살게 될 집은 많은 부분 아버지의 힘으로 지은 교회였다. 따지고 보면 교회 때문에 우리는 동천을 떠나야 했다. 그런데 우리는 다시 거기로 가고 있다.

차가 언덕을 오르기 시작했다. 얼마 오르지 않아 트럭이 멎을 것이다. 마치 오늘 낮에 이곳을 빠져나갔다가 돌아오는 것처럼 복잡한 골목이 선명하게 떠올랐다. 트럭이 우회전을 했다. 조금 더가서 좌회전을 하면 이내 교회에 도착할 것이다. 열을 지어 서있는 시영주택으로 들어가는 골목이 컴컴한 아가리를 벌리고 있었다. 두 번째 골목 끝, 시영주택이 끝난 지점부터 이어지는 무허가 촌의 첫 번째 집은 여전히 거기 있을까.

질리도록 놀다가 다 늦은 저녁에 골목을 달음박질쳐 올라가던 내 모습이 보이는 듯 했다.

차가 완전히 정차하기도 전에 훌쩍 뛰어 내렸다. 어두컴컴할 때 도착했다는 사실이 여간 다행스럽지 않다. 추레하게 늙은 아버지와 후줄근한 세간을 보며 누군가 혀라도 끌끌 차면 참지 못하고 그의 멱살을 잡을 지도 모를 일이니. 교회 현판을 보자 나도 모르게 콧김이 새어나왔다. 푸근한교회, 하지만 교회 이름과 달리 나무현판은 딱딱하고 차가웠다.

천천히 시멘트 진입로를 걸어 올라갔다. 진입로라고 해봐야 이 미터남짓한 폭에 계단까지 십 미터도 되지 않는 길이였다. 층계를 올라가 경재 아버지가 장로장립식을 앞두고 달았던 알미늄문을 밀어 보았다. 문은 조금 움직이는 것 같더니 이내 무엇엔가 걸려 꼼짝도 하지 않았다. 교회 모퉁이를 돌았다. 아버지가 손수 대패질을 해서 갖다 붙인 옆문은 손잡이가 달아나고 없어 건드리자마자 스르르 열렸다. 동굴처럼 캄캄한 그곳에서 냉기가 후욱 끼쳐왔다. 재빨리 문을 닫고 내려왔다. 문이 제대로 닫히지 않았는지 기분 나쁜 소리가 들렸다.

짐꾼과 함께 낡은 장롱을 끌어내리느라 끙끙거리는 아버지 옆에서 어머니는 조심스레 보퉁이를 끌어내리고 있었다.

"곧 부순다 카드마는. 그 공사할라고 이사 오는 갑네."

아주머니가 호기심어린 눈으로 우리를 훑어보며 혼잣말을 했다. 옆에 서 있던 할머니가 나를 툭툭 치더니 물었다.

"총각, 교회를 부술 끼가?"

아무 대답도 할 수 없었다. 여기서 어떤 일이 벌어질지 아는 게 없었으니.

"저기 뭐 교횐교. 이사 나간 지가 일년이 다돼 가구마는. 아무리 철거 지역이라카지만 교회가 먼저 이사가는 기 어데 있노. 사람이 안 들락거리니 대낮에도 귀신 나올까봐 무섭다카이."

아주머니의 말에 저간의 사정이 짐작되었다. 언덕아래 빼곡한 집에 점점이 불이 들어오는 걸 보면서 교회가 먼저 이사간 건 분명 반칙이라는 생각이 들었다.

"시에서 집 비우고 나가믄 보상해준다 캐가 돈 있는 사람들 실실 보따리 싸는데 교회라꼬 못나갈 거 뭐 있노. 일요일에 교인들 실어가 시내 새 교회로 델꼬 가는데 뭐가 문제고. 그래도 구 교회를 부수믄 안 되는데…."

잔기침을 하며 아주머니에게 대꾸하던 할머니가 힘없이 자리를 떴다. 아주머니도 더 이상 대거리 할 사람이 없어서인지 슬리퍼를 끌며 가버렸다.

"귀신은 무신 귀신이 나온다 카노. 교회를 누가 지었는데 그런 말을 하노. 참내 정신나간 소리들 하네."

아버지는 사람들이 떠난 뒤에 괜히 부아를 내며 한소리 했다. 어머니와 나는 한숨을 쉬며 보름달 아래 허연 몰골을 드러내고 서있는 교회를 올려다봤다. 어머니는 보퉁이를 뒤져 꺼낸 수건을 내 손에 쥐어주었다.

"강민아, 교회 올라가가 불 좀 캐라. 그라고 짐을 별관으로 옮길라 카이까네 이 수건 갖고 가가 좀 닦아라."

다시 올라가고 싶지 않았지만 별 수 없이 발걸음을 옮겼다. 옆문을 열면서 신을 벗을까말까 잠시 망설이다 그냥 들어섰다. 벽을 더듬어 스위치를 켜자 몇 번 깜빡거리던 형광등에 불이 들어왔다.

"아!"

나도 모르게 비명을 질렀다. 헌당식 날 화려하게 치장하였던 교회는 오간 데 없었다. 크림색이었던 천장은 바닥으로 곤두박질 칠 것처럼 우중충해졌고 가지런히 줄 서 있던 긴 의자는 사라지고 없었다. 군데군데 내려앉은 마루청은 한번 빠지면 다시 올라오지 못할 늪처럼 보였다. 깨진 유리창 사이로 불어오는 바람에 낡은 커튼이 유령처럼 펄럭였다. 바닥에 쓰레기가 굴러다니지 않는 게 신기할 정도였다. 부모님이 이 광경을 보지 않고 그냥 돌아갈 수 있으면 얼마나 좋을까, 순간 그 생각이 간절했다.

별 수 없이 삐걱대는 마루바닥을 밟아 나갔다. 내가 헌금한 돈으로 산 의자는 지금쯤 어떻게 되었을까? 새로 지은 교회당으로 갔는지 구닥다리여서 버림받았는지, 나는 분명 알 권리가 있건만.

별관이라도 제 모습을 유지하고 있길 기대하며 발걸음을 옮겼다. 별관이라고 해봐야 교회 외벽과 담벼락을 잇대어 붙인 것에 불과했다. 별관 바닥의 찢어진 장판 틈새로 피어오른 곰팡이를 보자 기운이 쑥 빠졌다. 천장의 얇은 합판에 압정으로 눌러 붙인 종이새 한 마리가 힘없이 매달려 있었다. 회벽에서 떨어진 가루가 세월의 잔해처럼 쌓여있었다. 방바닥을 닦아 낸다 하더라도 오늘밤 여기서 지내기는 힘들 것 같았다. 여기저기 널려 있는 휴지와 누군가가 버리고 간 누런 담요를 대충 발로 밀어놓았다.

짐을 옮겨놓으니 별관은 더욱 볼품 없어지고 말았다. 아버지와 어머니도 막막한지 말없이 사방을 둘러보기만 했다.

"당신 배 안 고픈교. 뭘 좀 끓이야 될긴데."

"내려가서 짜장면이나 한 그릇씩 묵지 뭐. 끓이기는 언제 끓인다 말이고."

어머니도 엄두가 안 나는지 내려갈 채비를 했다.

"그나저나 오늘밤은 잘 데도 마땅찮고 할 수 없이 철야기도를 해야 되겠네. 교회 마루는 누가 닦는지 그래도 깨끗하네. 내일은 마루장도 손보고 유리창도 좀 낑가야 되겠다."

교회를 둘러보는 아버지의 눈빛이 뜻밖에도 반짝반짝 했다. 아버지가 앞장을 섰다. 밤눈이 어두운 어머니는 관절염이 심해진 다리를 절뚝이며 내내 숨을 몰아쉬었다.

어린 시절 일요일마다 성경책을 옆구리에 낀 부모님과 함께 교회에 가는 일이 얼마나 자랑스러웠던가. 그 생각을 하니 픗하고 웃음이 나왔다. 아버지는 어린이 예배 때 설교를 하기도 했다. 좀 재미는 없었지만 아버지가 단상에 서는 것은 자랑스럽기 그지없었다.

우리는 여주인이 하품을 게게하면서 탁자에 놓아준 자장면을 먹고 다시 언덕을 올라왔다. 어릴 때 그 집에서 자장면을 먹고 나면 며칠동안 동네방네 자랑을 했다. 그때보다 값이 서너 곱절 오른 짜장면은 밍밍하기만 했다.

별관으로 되돌아온 우리는 한동안 우두망찰 서 있었다. 아버지만 여기 저기 둘러보며 간혹 고개를 끄덕이곤 했다.

"오기는 했다마는 심란시럽네. 산 입에 거미줄 안 치고, 무엇을 입을까 무엇을 먹을까 걱정하지 말라 캤지만서도. 강민이 니는 강산여관이라꼬 아직도 있을낀데 거기 가서 하루 잘라나."

내가 고개를 흔들자 어머니는 물걸레로 별관 바닥 한쪽을 꼼꼼히 닦았다. 어머니가 이불을 깔고 전기장판까지 올려놓자 아버지는 입주예배를 드리자고 했다. 아버지가 장황하게 기도했으나 나는 내내 눈을 뜨고 있었다.

트럭 짐칸에서 시달린 데다 이삿짐을 옮기느라 힘이 들었음에도 도무지 잠이 오지 않았다. 더 누워 있지 못하고 밖으로 나가 별관 문 앞 좁장한 담에 걸터앉았다.

공장의 나트륨 등불과 부두에 정박한 대형 선박의 화려한 불빛은 양식 떨어진 집 아이가 명절날 색동옷 꿰어 입은 꼴이었다. 어둠은 태풍에 대비해 돌을 이고 있는 슬레이트 지붕들과 바다를 메우느라 뭉툭 잘려나간 산, 선적을 기다리는 화물로 인해 지저분하기 짝이 없을 부두를 말끔히 덮어버렸다.

아버지는 설탕공장의 일용인부였다. 정식 직원은 고사하고 한달 내내 출근하는 상용인부만 되면 소원이 없겠다던 어머니의 소원이 이루어질 즈음 우리는 동네를 도망치듯 떠났다. 어머니는 끝까지 반대했지만 나는 어디로든 가고 싶었다. 경재 때문이었다. 아니 경재 아버지 탓이었다. 사실은 정 목사의 등장부터 따져봐야 할 일이다.

정 목사가 우리집을 찾아온 것은 내가 초등학교 삼 학년 때의 일이다.
정 목사와 아버지는 방안에서 오랫동안 얘기를 나누었다. 나는 마루에
엎드려 숙제를 하며 방안의 동정을 살폈다.

"김 집사님, 우리 힘을 합해 이 지역을 복음화 합시다."

"여부가 있겠습니꺼? 산너머 교회로 댕기면서 늘 우리동네에 교회가
생기게 해달라꼬 기도했는데 이렇게 일찍 응답해 주실 줄 몰랐심더."

아버지는 연신 고개를 조아렸고 정 목사는 힘주어 말했다.

"김 집사님 같은 일꾼이 예비되어 있으니 정말 힘이 납니다."

그 주일부터 우리 집에서 예배가 시작되었다. 정 목사는 일요일 아침
일찍 우리 집으로 왔다.

"강민아, 친구들 인도하러 가자."

정 목사는 내 손을 잡고 부드러운 목소리로 말했다. 나는 쭈뼛거리며
아버지의 눈치를 살폈다.

"어서 목사님 따라 가거라. 영민이 니도."

아버지는 엄격한 목소리로 명령했다. 정 목사를 따라 동네를 돌아다
니는 것은 정말이지 내키지 않는 일이었다. 정 목사는 구슬치기를 하고
있는 내 친구들에게 다가가 다정하게 말을 걸었지만 녀석들은 우리를
슬슬 피했다. 나와 영민이는 별수 없이 입을 쑥 내밀고 정 목사를 따라
다녔다.

몇 주 동안 주일학생은 나와 영민이 뿐이었다. 정 목사는 예의 부드러

운 목소리로 성경 이야기를 해주었지만 우리는 졸기만 했다. 어른예배 참석자도 아버지와 어머니가 전부였다.

"방을 구해서 이사를 와야겠어요. 주일 하루만 왔다가니 실적이 없네요. 동네가 큰 데다 공장이 계속 들어선다니 열심히만 하면 금방 부흥될 거 같아요. 김 집사님, 방 하나만 구해 주세요. 굶더라도 집사람과 애들을 데리고 와야겠어요."

정 목사가 이사를 온 것은 그 얘기가 있은 지 한 달이 좀 지나서였다. 아버지는 내방으로 쓰는 건넌방과 담을 이어 붙였다. 정 목사의 가족이 내방까지 두 칸을 쓰고 우리 네 식구는 방 한 칸에서 생활하게 되었다.

모든 게 불편해졌지만 불만스럽지 않았다. 정 목사의 딸 은혜 때문이었다. 그 애는 나와 같은 삼 학년이었는데 바닷바람에 거무스름하게 탄 우리들과는 비교도 안되게 해끔한 얼굴이었다. 게다가 예쁜 목소리를 가진 서울내기였다. 우리는 저녁마다 마루에 모여 함께 예배를 드렸다. 정 목사는 설교를 하고 아버지는 기도를 했다.

아이들은 내가 은혜와 함께 학교에 갈 때면 뒤에서 놀려대기 일쑤였다.

"서울내기 다마내기 맛좋은 고래고기 찌지묵고 뽁아묵고 깸 뽀."

그때마다 은혜의 얼굴은 빨개졌고 나는 녀석들에게 거칠게 감자를 먹였다. 녀석들은 "저거 둘이 연애한다야"라며 놀려댔다. 학교에 다녀오면 은혜와 나는 집안에서 함께 놀았다. 그 애는 나에게 서울이야기를 많이 들려주었다. 하지만 서울은 도무지 실감나지 않는 예루살렘이나 베들레헴처럼 막연했다.

그 해 크리스마스에 신도들이 우리 집 마루까지 꽉 들어찼다. 그건 정 목사가 이사와서 열심을 낸 탓도 있지만 양 선생의 힘이 컸다. 설탕공장 주임인 양 선생은 아버지의 인도로 한번 참석했다가 시내 교회 대신 우리 집으로 왔다. 양 선생은 사명감을 갖고 열심히 뛰겠다고 했다.

어머니는 양 선생에게 더 극진했다. 아버지를 상용인부로 만들어줄지도 모른다는 기대 때문이었다. 아버지가 너무 눈치 보이게 그러지 말라고 타일렀지만 어머니는 아랑곳하지 않았다.

"여러분, 우리 교회가 몇 달만에 장족의 발전을 한 것은 모두 하나님의 은총 덕분입니다. 이제 이 집은 좁아 더 이상 예배를 드릴 수가 없습니다. 그래서 여러분과 교회 짓는 일을 의논하려고 합니다."

저녁 예배를 마친 목사님이 심각한 어조로 말했다.

"그렇찮아도 동네를 돌아다니면서 이곳 저곳을 살펴보았는데요. 언덕 위 공터 있잖습니까. 거기가 제일 나을 것 같던데요. 교회를 세우면 동네 어디서나 보일테고."

양 선생은 기다렸다는 듯이 말했다.

"그렇지만 거기다 지으면 금방 철거단속반원들이 들이닥칠텐데요."

"어디는 안 그렇습니까? 이주대책도 없으면서 철거지역이라고 무작정 건물을 못 짓게 하니 원. 그래서 이 동네에 교회가 들어서지 못한 거 아닙니까? 밀고 나갑시다."

양 선생은 당장이라도 달려나갈 태세로 말했다.

"철거되려면 멀었으니 교회를 짓긴 해야겠지만 금방 표가 날텐데…
방을 한 칸씩 늘이는 거야 밤에 살살 할 수 있다지만."

정 목사의 걱정에도 양 선생은 아랑곳하지 않았다.

"목사님, 기도하면 되지 않습니까? 이 동네를 구원한다는 사명감을
갖고 합시다."

양 선생은 이미 오래 전부터 생각해왔던 듯 자신있게 말했다. 양 선생
과 정 목사가 대화하는 동안 아버지는 멍하니 듣기만 했다. 나는 아버지
가 자신있게 의견을 내놓지 못하는 게 은혜에게 부끄러웠다.

정 목사는 교회이름을 짓자고 했다. 나와 은혜까지 머리를 싸매고 교
회이름 짓기에 참여했으나 정 목사가 미리 생각해 두었다는 이름이 채택
되었다.

"푸근한교회 어때요. 사람들이 와서 편히 쉴 수 있는 푸근한교회, 공
장지대여서 동네가 삭막한데, 새로 지을 우리 교회에 와서 사람들이 푸
근히 쉴 수 있으면 좋겠습니다. 언젠가 철거될 동네지만 이 동네가 없
어질 때까지 주민들을 푸근한 마음으로 품겠다는 각오가 담긴 이름입
니다."

아버지도, 양 선생도 푸근한교회에 찬성표를 던졌다.

설탕공장에 일이 없을 때면 미장일로 소일했던 아버지는 교회 건축이
시작되자 누구보다도 열심이었다. 우선 땅을 평평하게 고르는 작업부터
시작했다. 온 동네의 땅이 모두 시유지여서 단속만 잘 피하면 집을 지을

수 있었다.

"아따, 김씨 대궐이라도 짓는가배. 무신 땅을 그래 크게 잡았노. 거다 지으면 당장 뿌술낀데 빽이 대단한갑지."

사람들의 참견에도 아랑곳하지 않고 아버지는 땅을 고르느라 열심이었다. 정 목사는 후원해 줄 교회를 물색하느라 시내 여러 교회를 방문했지만 철거지역이라는 이유로 거절당하고 말았다.

땅이 어느 정도 평평해진 날, 텐트를 사기로 결정했다. 우선 텐트를 치고 예배드리다가 자재를 구입해 교회를 짓는다는 계획이었다. 그 날 밤에는 누구보다도 아버지가 많은 의견을 냈다. 아버지는 자재구입 방법과 집 짓는 일에 대해 잘 알고 있었다. 정 목사는 아버지를 "하나님의 일꾼, 우리 교회 보배"라고 했다. 은혜도 듣고 있어서 나는 마음이 뿌듯했다.

다음날 교인들은 아버지의 지시에 따라 천막을 세웠다. 중앙에 큰 기둥을 세우고 천막을 둘러치는 일은 결코 쉽지 않았다. 특히 무거운 천막을 건너편으로 넘기기 위해 어른들은 땀을 뻘뻘 흘리며 안간힘을 썼다.

"강민아, 걸거치지 말고 집에 가거라."

아버지가 만류했지만 나는 손전등을 들고 끝까지 지켜보았다. 천막이 다 세워지자 모두들 땅에 무릎 꿇고 앉아 예배를 드렸다. 어른들이 훌쩍거리자 내 눈에서도 덩달아 눈물이 나왔다.

멀리서 뱃고동이 울렸다. 배에서 켜둔 빨갛고 파란 등불만이 예나 다름없이 아름답게 빛났다. 전과 달라진 것은 무엇일까? 십 년의 세월동안 우리 가족에겐 꿈이 없었다. 내가 가슴 두근거리며 무언가를 기다린 일이 있었던가.

우린 그동안 이웃 도시의 변두리교회 창고를 개조한 방에서 살았다. 아버지가 빚잔치를 하고 고향을 뜬 다음 찾아간 곳도 역시 교회였다. 아버지는 삼층이나 되는 교회의 청소는 물론 온갖 자질구레한 일을 도맡아 했다. 어머니는 관절염으로 인해 늘 찌뿌드드한 다리로 아버지 일을 도왔다. 교회 행사가 있을 때면 뒤치다꺼리 때문에 밤을 거의 새다시피 했다. 푸근한교회에서 대가없이 건축을 할 때 힘이 넘쳤던 아버지는 월급을 받고 교회 일을 하면서도 늘 처져 있었다.

나는 예배는 꼬박꼬박 참석했다. 성적으로 부모님을 기쁘게 하는 동생만큼은 아니었지만 표면적으로나마 부모를 실망시키지 않기 위해 안간힘을 썼다. 그러는 동안 나는 그 어떤 것에도 의욕 없는 인간으로 바뀌었다.

보상이 이루어졌다고는 하지만 집들이 고스란히 남아있는 상황에서 푸근한교회는 왜 먼저 빠져나갔을까. 더 이상 가망 없는 동네에 죽치고 있기보다 한시바삐 시내로 나가 몫 좋은 자리를 잡는 게 수지맞는 일이라고 판단한 걸까. 동네가 없어질 때까지 주민들을 품겠다던 푸근한교회를 버리고 갈 때 정 목사는 무슨 생각을 했을까?

아버지가 대책도 없이 돌아온 이유는 교회를 방치할 수 없다는 각오 때문일 것이다. 자신의 손으로 짓다시피 한 교회가 버려져 있는 걸 받아들이기 힘들었을 테니까.

우리는 교회를 짓는 동안 내내 열에 들떠 있었다. 떠나던 날, 초라한 이삿짐과 함께 트럭에 실려가면서도 멀어져 가는 교회를 목이 아프도록 바라보지 않았던가. 우린 교회가 거기 그대로 있는 것에 안도감을 느끼면서 동천을 떠났다.

바람에 교회창문이 덜컹 소리를 냈다. 그러자 그 날 아침 아버지의 다급한 외침이 들리는 듯 했다.

"목사님 큰일 났심더."

아침에야 숙제를 하느라 눈을 비비며 끄적대고 있던 내가 맨 먼저 마루로 뛰어 나갔다. 곧이어 건넌방에서 정 목사가 잠옷 바람으로 달려 나왔다.

"무슨 일입니까."

"어떤 놈이 천막을 걷어 가버렸심더."

"뭐라구요?"

나는 숙제를 팽개쳐 두고 두 사람을 따라 단숨에 언덕으로 뛰어 올라갔다. 지난밤 몇 시간 동안이나 끙끙거리며 둘러친 천막은 사라지고 나무기둥만 덩그마니 남아 있었다. 정 목사와 아버지는 얼굴이 하얗게 질려 온 동네를 헤매고 다녔지만 천막을 찾지 못했다. 별 수 없이 천막을 다시 사왔지만 그 바람에 강대상을 사려던 계획은 취소되고 말았다. 아버지는 그 날부터 아예 천막에서 잠을 잤다. 그러나 아버지가 공장에 간 사이 단속반원들이 또 천막을 걷어가 버렸다. 아버지는 발을 동동 구르며 굵은 눈물을 떨어뜨렸고 정 목사도 아버지의 등을 두드리며 눈시울을 적셨다.

"두 분, 너무 걱정 마세요. 제가 내일 시청에 들어가 보겠습니다. 이 동네에 교회가 필요하다는 것을 설명하겠습니다."

양 선생만은 여전히 씩씩했다. 은혜도 한쪽 귀퉁이에 서서 울고 있었다. 나는 은혜의 등을 두들겨 주고 싶었지만 끝내 그렇게 하지 못했다. 양 선생이 결근까지 하면서 시청에 가봤지만 천막을 찾을 수 없었다. 다음날 양 선생은 자기 돈을 털어 천막을 사왔다.

"돈 봉투를 준비했다가 그 사람들 오면 찔러주는 수밖에 없어요. 처음에는 빡빡하게 나와도 다들 그렇게 해서 짓는 거 아닙니까?"

다음날 또 들이닥친 단속반원들에게 양 선생이 돈을 주고 사정을 하여 겨우 천막을 지킬 수 있었다.

우리 마루와는 비교도 할 수 없을 만큼 큰 천막교회가 완성되었다. 어른들은 가마니를 펴놓고 속히 벽돌교회를 지을 수 있게 해달라고 기도했다.

"부흥회를 해야겠어요. 개척교회 부흥회 전문 목사님이 계신데 그 분이 부흥회하고 나면 금방 교회를 짓더군요. 모두들 힘을 얻어야 해요."

정 목사가 아버지와 양 선생에게 힘주어 말했다.

"저도 그 생각을 하고 있었습니다. 제가 포스터를 써서 동네에다 붙이겠습니다. 날짜가 잡히는 대로 일러 주십시오."

양 선생은 늘 힘이 넘쳤다.

나는 풀통을 들고 양 선생을 따라 다니며 전봇대와 담벼락에다 십자가가 그려진 부흥회 포스터를 붙였다. 광고지가 효과 있었는지 첫날부터 천막 안이 사람들로 그득 찼다. 아버지는 가마니가 부족하자 집에 가서 담요를 가져와 깔았다. 나와 은혜도 어른들 틈새를 비집고 들어가 맨 앞에 앉았다. 사람들은 박수를 치며 찬송가를 불렀다. 하얀 양복을 입은 부흥강사는 천막이 날아가도록 부르라고 했다. 그러더니 여러분의 집은 단단한 벽돌로 지었는데 어찌하여 하나님의 집은 헝겊데기로 지었느냐고 호통을 쳤다. 점잖지 못한 목사님도 있다는 사실에 놀랐지만 뜨거운 분위기에 나도 덩달아 들떴다.

"여러분, 이번 집회 기간에 큰 결심을 하는 은혜가 있길 바랍니다."

부흥강사는 목에 핏대를 세우고 고래고래 은혜를 외쳤다. 은혜는 자기 이름이 나올 때마다 깜짝 놀라며 눈을 동그랗게 떴다. 무슨 결심을 하라는 거지? 나는 영문을 몰라 고개를 갸우뚱기렸다.

부흥회 기간동안 가장 큰 결심을 한 사람은 바로 아버지였다. 어머니는 어디서 그런 돈이 생겼느냐며 밤새 아버지를 닦달했다. 결국 아버지는 미장일을 하면서 조금씩 모아둔 것과 만물상 박씨에게서 빌린 것임을 실토했다.

"하나님이 언제 빌리가 헌금하라카드노. 성경 어느 구석에 그런 말이 써있노 말이다. 내가 냉동공장 댕기면서 보태가 겨우 빚 안지고 사는데 누울 자리를 보고 다리를 뻗어야지를. 하이고, 문디 콧구멍에 마늘을 빼묵고, 벼룩이 간을 내묵어라."

어머니가 부흥사보다 더 핏대를 세우며 고래고래 소리를 지르는 동안 아버지는 아무 대꾸도 못했다.

천막은 여름 내내 해변에라도 온 것처럼 둘둘 말려 올라갔다가 가을이 되자 아예 걷혔다. 부흥회 기간에 많은 사람이 큰 결심을 한 게 분명했다. 예배 마치고 벽돌을 나르는 행렬은 볼만했다. 유치부에 다니는 영민이 조차도 작은 벽돌을 한 장씩 갖다 날랐을 정도였으니.

아버지는 질통을 지고 땀을 닦으며 연신 언덕을 오르내렸다. 인부들이 있는 데도 아버지는 설탕공장에서 돌아오기만 하면 교회 건축에 매달렸다. 벽을 쌓고 마루가 완성되었을 때 사람들은 자기 일처럼 기뻐했다. 천장을 크림색으로 칠한 날 우린 마치 둥둥 떠다니는 듯한 기분이었다.

교회 헌당식 날 아버지는 양복 주머니에 꽃을 꽂고 정 목사 옆에 서서 사람들과 일일이 악수를 나누었다. 나는 그런 아버지가 너무도 자랑스러웠다. 허름한 작업복에 연장통을 짊어지고 언덕을 내려가던 모습은 간곳이 없었다. 구경을 하느라 몰려온 친구들 앞에서 나는 어른처럼 큼큼 기침을 했다. 어른들만 참석할 수 있는 헌당식장에 들어가는 나를 녀석들은 부러운 눈으로 바라보았다.

이년이 채 지나지 않아 그 기분이 참담하게 바뀔 줄 그땐 미처 몰랐다. 우리는 농짝만 달랑 싣고 마을을 떠났던 것이다. 보퉁이를 꾸리면서 아버지는 어머니가 내지르는 비명을 고스란히 들어야 했다.

"분수를 알아야제. 미장이에다 일용공 주제에 어데를 넘보노. 그래 가자. 죽이 되든동 밥이 되든동 떠나자 말이다. 산 입에 거미줄 안친다 카고, 무엇을 입을까 무엇을 먹을까 걱정하지 말래 캤으니께. 양 선생이 곧 상용인부 시키줄지도 모리는데 그기 아까바 똑 죽겠다."

사달은 경재 아버지로부터 시작되었다. 경재 아버지의 출현은 아버지에게 대단한 위협이었다. 교회만 덩그마니 지어놓고 더 이상 손을 못 대고 있을 때 경재네가 이사를 온 것이다. 화력발전소의 과장으로 부임한 경재 아버지는 교회 옆 시영주택에 짐을 풀었다. 철거지역으로 지정되기 전에 지은 몇 채 안 되는 번듯한 주택이었다. 아버지가 미장일을 하다 남은 시멘트로 틈틈이 교회 마당을 메우고 있을 때였다. 아버지의 궁색한 땜질은 경재 아버지에 의해 보기 좋게 덮여 버렸다. 경재 아버지가 사람을 시켜 얼룩덜룩한 교회 마당을 고운 시멘트로 완전히 발라버린 것이다. 공장에서 돌아온 아버지는 한동안 말을 잊고 가만히 서 있었다. 그 일을 시작으로 교회 내부는 경재 아버지에 의해 하나하나 채워졌다. 작은 강대상과 오르간 대신 큰 강대상과 피아노가 실려왔다.

초등학교 선생님인 경재 어머니는 방석을 한 짐 헤와 교회 마루에 풀어놓았다. 시영주택으로 이사간 목사님이 우리 집을 찾아오는 일이 뜸해진 것도 그즈음이었다.

"교회도 다 돈이 있어야 대우 받는다꼬. 뻔질나게 드나들던 목사님이 발을 딱 끊는 거 봐라. 양 선생도 요새 경재네 집에 가서 밥묵는다 카대."

어머니는 원망 섞인 목소리로 말했다.

"시끄럽다. 목사님이 예전같이 한가한 줄 아나. 양 선생은 주일날 교회 가서 보면 되지 뭐가 걱정이고."

그렇게 말하는 아버지의 목소리도 힘이 빠져 있었다. 실은 나도 그즈음 고민이 많았다. 언제부턴가 내게 새침하게 굴던 은혜가 경재와 자주 어울렸던 것이다. 둘이 구멍가게 앞에 이마를 맞대고 앉아 대막대기로 노름하게 녹은 설탕을 소다로 부풀리는 걸 본 적도 있었다.

경재 녀석과 경재 아버지에게 적개심을 갖고 있었음에도 나는 경재 아버지의 재미있고 화려한 프로그램에 매료되었다. 고작해야 노래와 손동작을 가르쳐주던 양 선생과는 많은 차이가 있었다. 설교하다 더듬기 일쑤인 아버지와 경재 아버지를 비교하는 일은 내게 고역이었다. 경재 아버지의 인형극은 최고 인기였다. 몇 사람의 목소리를 번갈아 내는 탓에 우리는 경재 아버지말고 다른 사람이 또 있는 것 아닌가 몇 번씩이나 눈을 크게 뜨곤 했다. 경재 아버지가 환등기로 예루살렘 사진을 보여주면 설교할 때면 지루하던 설교시간이 순식간에 지나가 버렸다.

그 중에서도 내가 제일 기다린 건 한 달에 한번씩 열리는 노래자랑 대회였다. 경재 아버지가 긴 수식어를 달아 누구누구를 소개하겠습니다하고 목소리를 높이면 우리는 조그마한 디딤대 위에 올라가 경재 어머니의 피아노 반주에 맞춰 노래 불렀다. 노래자랑 대회에서 연속으로 세 번 일등 한 나는 이층 필통을 상품으로 받았다.

"사내자식이 노래는 무신 노래고."

아버지는 그렇게 말하면서도 누르면 자동으로 열리는 필통을 살펴보았다. 나는 노래 대회에 대비해 연습을 하느라 영민이와 뻔질나게 뒷산을 오르내렸다. 노래 자랑 일등이야말로 은혜에게 보여줄 수 있는 유일한 무기였다.

두 아이는 지금쯤 무얼 하고 있을까? 아마도 그들은 대학을 졸업했거나 대학생일 것이다. 그들이 더 이상 나의 관심거리가 아니듯, 더 이상 나는 그들의 경쟁상대가 아니다. 설사 내가 뱀의 허물처럼 버려진 교회로 다시 찾아든 걸 그들이 알게된다 하더라도 상관없는 일이다. 단단히 연습하고 올라갔던 디딤대는 이제 사라졌다. 나도 모르게 흥얼거리던 찬송가를 의식적으로 부르지 않은지 오래 되었다. 나의 유일한 관심은 영민이를 편하게 공부하도록 해주는 일이다. 녀석이 졸업하고 번듯한 직장에 들어가거나 공무원시험이라도 합격하면 더이상 바랄게 없다. 더 실망할 기운이 남아있지 않은 부모님을 기쁘게 하려면 영민이를 돕는 게 가장 빠른 길이다.

"비정규직인가 하는 거, 일용공이나 다름없는 거제. 딸은 에미 닮고 아들은 아부지 팔자 닮는다 카드마는. 나는 니가 정규직만 되믄 좋겠구마는."

언젠가 어머니가 한숨을 쉬면서 내뱉었던 소원에 대해서도 고민하고 있긴 하다. 내가 다니는 하청업체는 정규직이나 비정규직이나 피차일반이건만 어머니는 굳이 붙박이에 집착했다.

나는 대체 언제부터 꿈을 꾸지 않게 된 걸까. 만약 타임머신이 나에게 기회를 준다면 어느 시점으로 돌아가는 게 좋을까. 부질없지만 아주 가끔 그런 생각을 했다.

아버지가 동천 회귀를 결정한 것은 아마도 교회마당을 땜질하던 그때로 돌아가고 싶어서일 것이다. 아버지가 그때만큼 얼굴에 화색이 돈 적은 없었으니까. 아버지의 꿈이 경재 아버지로 인해 덮여버리고 난 후 아버지는 한동안 의기소침해 있었다. 교회 집기의 대부분을 경재 아버지가 마련하는 동안 아버지는 속수무책 바라보기만 했다. 사람들은 일요일 아침이면 경재 아버지에게 인사하기 바빴다.

마루청에 의자를 놓기로 했을 때 경재 아버지는 의자의 반에 해당하는 금액을 헌금했다.

"우리는 마 식구대로 한 개씩만 하입시더. 그것도 버겁지마는 체면은 채리야 안되겠나."

어머니가 크게 인심쓴다는 투로 말할 때 아버지는 묵묵부답이었다.

"그집이사 내외가 다 번듯한 직장이 있는 데다 시골에 농사가 많다카이 맘놓고 푹푹 해쌓겠지만, 뱁새가 황새 따라 갈라카다가는 가래이 째진다. 예수님도 과부의 동전 두 개를 귀하게 쳐줬다 안하나. 내가 과부는 아이지만서도 과부처지나 매한가지지 뭐."

졸지에 식물인간이 된 아버지는 진짜 식물인간이라도 된 듯 묵묵부답이었다.

아버지는 결국 어머니의 제안대로 네 개에 해당하는 의자 헌금 밖에 하지 못했다. 예수님은 동전 두 개를 좋아했을지 모르지만 사람들은 달랐다. 의자의 반을 마련한 경재 아버지를 "하나님의 일꾼, 우리 교회 보배"라고 했고, 의자 3개 값을 헌금한 경재는 의기양양했다.

의자가 마련되자 종탑 짓는 일이 거론됐다. 아버지는 아예 공장에 나가지 않고 인부 한사람과 함께 그 공사를 도맡았다. 아버지의 의기소침했던 모습은 온데 간데 없었다. 교회 지을 때의 열정이 되살아난 듯 얼굴이 붉게 상기되었다. 어머니는 "아이구야 고질병 또 도졌데이. 회사를 저래 오래 안 나가면 양 선생이 상용인부 시키 줄라 캐도 안되겠다. 우짜

노”라고 걱정했다. 저녁이면 회사에서 돌아온 경재 아버지와 정 목사가 한 쪽에 서서 공사의 진척도를 살피곤 했다.

아버지가 종탑을 다 짓자 커다란 쇠종이 트럭에 실려 왔다. 트럭 앞자리에서 경재 아버지가 내렸다. 일꾼들은 경재 아버지의 지시에 따라 땀을 뻘뻘 흘리며 종탑에 종을 달았다.

일요일 아침, 교회사람들이 모인 가운데 아버지는 정 목사와 경재 아버지와 함께 줄을 잡고 뎅그렁뎅그렁 종을 쳤다. 사람들은 박수를 치며 경재 아버지에게 말했다.

“종소리가 마 죽이네요. 저 바다 건너 동네에서도 들리겠심더.”

종탑을 쌓아올린 아버지에게는 아무도 말을 건네지 않았다.

교인 수가 나날이 늘어 뒷자리까지 꽉꽉 들어찼다. 정 목사는 교회 별관의 필요성을 역설했다. 아이들 때문에 분위기가 산만하므로 경건한 예배를 위한 유아실이 있어야 한다는 설명이었다. 그러려면 교회 외벽과 담벼락을 이어 만드는 수밖에 없었다. 주민들은 부실한 담벼락이 무너질지도 모른다며 공사를 가로막았다. 아버지는 축대를 확실히 쌓고 공사를 시작하겠다는 말로 동네 사람들을 설득했다.

아버지는 또 회사에 가지 않고 밤낮 없이 별관 만드는 일에 매달렸다. 어머니는 이제 지쳤는지 잔소리 대신 관절염이 심해져 쉬고 있던 냉동공장에 다시 나가기 시작했다. 종일 얼린 고기를 손질하느라 온몸이 꽁꽁 얼 지경이라고 푸념했지만 아버지는 들은 척도 하지 않았다.

조금이라도 면적을 넓히려다 기역자로 꼬부라져 버린 별관은 모양새가 영 말이 아니었다. 타일을 다 붙이자 청년회원과 학생회원들이 낡은 속옷에 왁스를 묻혀 바닥을 문질렀다. 나도 귀퉁이에서 열심히 닦았다. 밤을 꼬박 샜지만 타일의 이음새 부분에서 끊임없이 콜타르가 비집고 올라오자 누군가가 소리쳤다.

"일을 뭐 이따우로 했노."

아버지는 아무 대꾸도 하지 않았다. 이틀에 걸쳐 수십 번 바닥을 닦자 더 이상 콜타르가 새어나오지 않았다.

아버지는 별관의 조그만 문에 오색테이프를 걸어서 자르던 날 덜컥 자재 값을 책임지겠다고 했다.

"그기 무신 말이고. 한두 푼도 아이고 그걸 와 다 떠맡겠다고 나서노."

"천천히 갚기로 했다. 박씨하고 하루 이틀 거래한 것도 아이고."

"아니 당신이 뭐 경재 아버지라도 되나? 견줄 데를 견자라. 아이고야 일없어가 한 달이믄 열흘은 빈들빈들 노는 화상이 무신 수로 책임진다 말이고."

"시끄럽다. 누가 견준다고 난리고. 걱정마라, 니 벌어 오는 거는 안 쓰꾸마."

큰소리를 치는 아버지의 얼굴색은 산뜻한 별관과 달리 누리끼리했다. 자신의 힘으로 별관을 지었다는 희열에 차 있던 아버지는 그 열기가 가시기도 전에 동네를 떠나게 되었다.

장로선출 때문이었다. 목사님은 교인이 늘었으므로 장로를 뽑아야한다고 했다. 세례교인의 삼분의 이가 찬성을 해야만 장로가 될 수 있다는 설명이었다. 아버지와 경재 아버지의 이름이 칠판에 적히고 어느덧 서리 집사 임명을 받은 양 선생이 사람들에게 투표용지를 나누어주었다. 정 목사는 투표에 앞서 누가 이 교회의 진정한 청지기가 될 것인지 곰곰이 생각해보라고 했다. 다리미 자국이 번쩍대는 싸구려 양복을 걸친 아버지 옆에 캐시미어 혼방 양복을 차려입은 경재 아버지가 득의만만한 웃음을 짓고 서있었다. 결과는 아버지의 참패로 끝났다. 사람들은 경재 아버지를 둘러싸고 악수를 나누었다. 아버지는 사람들의 눈을 피해 자신이 만든 별관을 통해 교회를 빠져 나왔다.

아버지가 손수 지은 집을 판 것은 장로 장립식을 며칠 앞둔 날이었다. 방이 세 칸이나 되는데도 철거지역에 지은 집이라 값을 얼마 쳐주지 않았다. 여기저기 얻어다 쓴 돈과 외상값을 갚고 나자 박씨 아저씨에게 줄 돈이 모자랐다. 박씨는 화를 내며 재봉틀과 다리미, 텔레비전을 들고 가버렸다. 방안에는 할머니가 물려주었다는 낡은 농짝과 다 찌그러져 가는 궤짝 몇 개만이 남았다.

은혜와 헤어지는 데도 조금도 슬프지 않았다. 경재 아버지가 장로가 된 것은 나로서도 참을 수 없는 일이었다. 우리 아버지가 장로가 되어야 했다. 어린 나는 그게 맞는 순서라고 생각했지만 어른들의 셈법은 달랐다. 경재 아버지가 장로가 되었고 아버지는 떠나야 했다. 누구도 우리더러 가라고 등 떠밀지 않았지만.

이사 가던 날 정 목사와 피택 장로가 된 경재 아버지, 그리고 양 집사가 손을 흔들어 주었다. 양 집사가 "곧 상용인부가 될 수 있는데 왜 이사 가느냐"고 했을 때 어머니의 얼굴은 아쉬움으로 범벅이 됐지만 차는 이미 시동을 건 상태였다. 경재와 은혜도 배웅을 나왔다. 얼굴이 가무잡잡해진 은혜가 눈물을 훔치지 않았다면 나는 푸근한교회를 마음에서 영원히 지워버렸을지도 모른다.

　새벽이 밝아오고 있었다. 아버지와 어머니는 철야기도를 하겠다더니 이불을 둘둘 감고 잠들어 있었다. 아침에 일어나면 아버지는 맨 먼저 무엇을 할까? 교회를 꼼꼼히 둘러본 다음 보수가 불가능하다는 판단에 기운이 쪽 빠져버릴 지도 모른다. 어머니는 찬거리를 사러 나가다 아는 얼굴을 만날까봐 도로 들어올 수도 있다.

　첫 버스로 떠나고 싶다. 모레 출근하겠다고 했지만 더 머물 기분이 아니었다. 아침 햇살아래 누추한 몸매를 드러낼 교회 외피를 바라보고 싶지 않았다. 아니 자신이 없었다. 그땐 정말 왈칵 울음을 터뜨릴 지도 모른다.

　한기가 오싹 끼쳐왔다. 밤새 담장 위에 걸터앉아 있는 동안 이슬이 내려앉았는지 옷이 축축이 젖어 있었다.

　문득 누군가가 교회로 올라오는 것이 보였다. 그다지 춥지 않은데도 머플러를 친친 감은 사람은 교회 층계에 잠시 서서 꼬부라진 허리를 주먹으로 두들겼다. 삐걱거리는 소리와 함께 옆문이 열리고 이내 교회당에 불이 들어왔다. 뜻밖이었다. 교회를 찾는 사람이 있다는 사실이. 창문을 통해 들여다보는데 가슴에서 뭔가 꿈틀했다. 머플러 풀어 젖히는 사람은 짐을 옮길 때 교회가 없어지냐고 걱정스럽게 묻던 할머니였다.

　할머니는 이내 엎드려서 기도를 시작했다. 아버지는 인기척에 부스럭거리며 일어나더니 눈이 부시는지 인상을 찌푸리고 사방을 둘러봤다. 할머니를 발견한 아버지의 눈에 순간 물기가 비치는 것처럼 느껴졌다. 그때 또 한사람이 성경책을 옆구리에 끼고 들어왔다. 급기야 가슴이 쿵쿵 뛰기 시작했다.

새벽에 기도하러 온 사람은 모두 일곱 명이었다. 들어오는 사람들을 보며 입을 다물지 못하던 아버지도 기도를 시작했다. 아버지의 어깨가 들썩이기 시작했다. 아버지는 지금쯤 하나님께 감사를 외치고 있을 것이다. 교회 건물이 여전히 사용되고 있다는 사실에 감격하여.

기도를 끝낸 할머니가 느릿느릿 찬송가를 부르기 시작했다. 그러자 모두들 따라 불렀다. 기도를 마친 아버지도 할머니 옆에 앉아 찬송가를 들렸다. 어머니는 그제야 부스스 일어나더니 황급히 머리를 매만졌다. 우리 집 마루에 몇 명이 모여 앉아 예배를 드리던 광경이 아스라이 떠올랐다. 아버지는 설교라도 하는지 성경책을 들여다보며 제법 오랫동안 말을 했다. 할머니는 연신 고개를 끄덕였다. 어머니의 얼굴은 무덤덤 했지만 평온했다.

이윽고 예배가 끝났는지, 모두들 엎드려서 기도하기 시작했다. 한 사람 두 사람 기도를 끝내고 돌아가자 아버지는 교회 안을 이리저리 둘러봤다. 뭔가 결심을 했는지 경재 아버지가 장로장립식 때 달아놓은 알미늄 출입문을 활짝 열더니 언덕 아래로 달려 내려갔다. 보나마나 박씨 아저씨 만물상으로 갈 것이다. 아직 문을 열지 않았을 터이건만, 아버지는 유리문을 쾅쾅 두드리며 자재를 내놓으라고 큰소리칠 게 분명하다.

별관 담벼락과 붙은 아래 집 부엌에서 소란스러운 소리가 났다. 아침 준비를 하는 모양이다. 나는 언덕을 내려다보며 길게 기지개를 켰다.

아침이 한층 다가와 있었다. 아래쪽 도로에서 갑자기 뿌연 먼지가 피어올랐다. 인도를 만들지 않은 가장자리는 여전히 흙투성이인 게 틀림없다. 지붕들은 아직도 돌을 이고 있으며 부두에는 화물이 산처럼 쌓여 있었다. 산이 많이 뭉개진 만큼 바다는 더욱 작아졌다. 예나 제나 다름없는 어수선한 풍경에 가슴이 푸근해졌다.

어머니는 별관 문을 열고 나오면서 활짝 웃었다.

"산 입에 거미줄 안친다. 무엇을 먹을까 무엇을 입을까 걱정하지 말라 안캤나. 강민아, 좋은 일이 있을 끼다. 니도 정규직 되고 영민이도 제대하면 학교 잘 댕기라고 내가 교회에서 기도 마이 하꾸마. 이름이 푸근한 교회라서 글는지 마루바닥에서 잤는데도 안 춥네. 쪼매만 기다리라. 내 퍼뜩 아침밥 채리꾸마."

어머니는 아버지가 상용인부 되는 날을 상상하며 양 선생의 밥을 지을 때처럼 들떠있었다. 관절염이 심해졌다더니 조금도 뒤뚱거리지 않고 찬거리를 사러 갔다.

경재와 은혜는 지금 어디에 있을까. 문득 건재한 푸근한교회에 모여 함께 추억을 더듬어보고 싶다는 생각이 들었다. 아버지가 지은 이 교회에서의 추억이 그들에게 아름답게 남아 있기를 그 순간 간절히 빌었다.

〈끝〉

탤런트 마동철에 대한 명상

〈단편소설〉

이 영 희

대전 출생
충남대학교 생물학과 졸업

1997년 『카프카, 황금 소로를 따라서』로 동서 문학 신인상
『아빠까바르 마마』, 『안다만의 노을』,
『거짓말 그리고 거짓말에 대하여』, 『랑구운의 아침』 발표
장편 『빙하곡』 발표
2003년 창작집 『파두』 발간

탤런트 마동철에 대한 명상

괌으로 가는 비행기 안에서 마동철은 가슴이 설레어 진정할 수가 없었다. 하지만 누구에게도 그 마음을 들키지 않아야 된다는 생각 때문에 입을 꽉 깨물고 자못 비장한 표정을 지어 보였다. 자칫 잘 못 하다간 주변 사람들에게 오해를 받을 수도 있으리라는 생각도 들었다.

'정말 구제불능……'

각종 구조장비가 담긴 가방을 옆구리에 끼고 현관문을 나서는 자신에게, 남 생각이라고는 태어나서 한 번도 해보지 않은 표정을 지으며 말을 못 잇던 아내가 마음에 조금 걸리기는 했지만 마동철은 여태 그래왔듯 별로 신경 쓰지 않았다. 자신을 필요로 하는 현장에서 부르는 소리가 아내의 소리보다 더 크게 들려오기 때문이었다.

그러니 평소의 그답게 다른 때보다 유달리 싸늘해 보이던 아내 걱정
도 잠시, 다시 콧구멍이 벌름거리기 시작했다. 누가 뭐라 하는 사람도 없
건만 마동철은 그냥 자기 혼자 가슴 벅차 비죽비죽 새어나오는 웃음과
그것을 사람들에게 들키면 어쩌나 하는 걱정 사이를 오가며 뒤숭숭하게
앉아 있었다.

"저 혹시 언젠가 텔레비전에 나오셨던 분 아니십니까?"

아까부터 힐끗힐끗 마동철을 쳐다보던 옆 좌석 남자가 물었다.

옳거니, 마동철은 이제야 드디어 자신을 알아보는 사람이 나타났구나
싶어 얼굴 가득 인자한 웃음을 띠며 어울리지 않는 낮은 목소리로 대답
했다.

"아하... 저 그게 그...... 네... 그렇죠."

자신 있게 그렇다고 하면 될 것을 아 그게 저 그 가 무엇이란 말인가.
마동철은 그런 자신을 순간 수십 번도 더 나무랐다. 단역이라고 할 수도
없는, 아주 보잘 것 없는 역을 맡았다 하더라도 지금 현재 탤런트이긴 하
지 않는가 말이다. 그것도 버젓이 탤런트협회에 가입까지 되어있는.

"그런데 어디에 나오셨더라?"

고개를 갸웃거리며 계속 기억을 더듬는 옆 사람을 보며 마동철은 가
슴이 턱 막혀왔다. 얼마 전 인기 오락 프로그램인 연예인들의 진기명기
코너 시간에 나가 한 쪽 코 막고 촛불 20개 끄기까지 했는데도 자신을 이
렇게 몰라보다니 옆 사람이 야속하기만 했다.

워낙 역할이 미미해 그동안 자신이 나온 드라마 기억하는 것은 무리
라고 하더라도 제법 시청률 높은 오락프로그램에 출연한 지 얼마 되지도

않는 데 몰라보다니 참 옆 사람이 어지간히 사는 재미를 모르는 사람이라고 생각했다. 하기야 세상엔 뭐가 잘났다고, 그 재미난 텔레비전 프로그램을 일체 안 보는 무미건조한 사람들도 있다. 그런 사람들은 무슨 낙으로 이 세상을 살아간단 말인가.

그 프로그램에 나가려고 추운 겨울날 담당 피디 집 앞을 서성이며 한 달을 보낸 기억이 떠올랐다. 저녁 내내 아파트 단지 앞 조그만 미니 슈퍼마켓 안에 들어가 있는 것이 눈치가 보여 운동하는 척 아파트 앞을 뛰어다니기도 하고 경비실에 들어가 괜히 쓸데없는 잡담을 늘어놓으며 시간을 보낸 뒤에야 겨우 담당 피디를 만나 출연을 허락 받아 낸 것이다. 그것도 집안으로 무작정 따라 들어가 집에 갈 생각을 안 하는 바람에 가까스로 받아낸 승낙이었다.

사실 그 방법이 최고다. 남들처럼 돈을 싸들고 다니거나 기획사가 있어 출연 기회를 다 만들어 주는 게 아닌 다음에야 일일이 찾아다니며 부탁해야 하는데 마동철이 가지고 있는 건 무작정 허리 굽혀 인사하는 태도와 각종 무시와 박대에도 굴하지 않는 후안무치의 뻔뻔함이다. 바로 코앞에서 인사해도 눈앞에 사람이 없는 듯 눈길 한 번 안 주는 스태프진들도 많다. 인사 받기도 귀찮다는 의미다. 그러나 마동철은 꿋꿋하다. 그런 눈길은 안중에도 없다. 그러던 지 말던지 '나는 인사한다' 이다. 가만히 보면 이 세상에는 돈 한 푼 안 드는 인사 한 번 하지 않으면서 자기를 알아주지 않는다고 되지 못 하게 불평하는 사람들이 많다.

인사를 그렇게 열심히 하는데 그 정도 선심도 못 써준단 말인가. 마동철은 허락을 받아낸 뒤 뒤돌아 서 이렇게 중얼거린다. 자신의 질긴 집념을 당할 사람이 없다고 생각하는 순간이 그에게는 가장 행복한 순간이다. 그 순간만큼은 자신에게 무한한 존경심이 솟아오른다. 이렇게 불굴의 의지를 가지고 세상사는 사람이 과연 몇이나 되겠는가? 조그만 일에도 실망하고 곧바로 포기해 버리는 사람들을 보면 마동철은 알 수 없는 우월감에 정말이지 세상 살 맛이 난다. 역시 이런 생각은 힘들 때 가장 좋은 특효약이다.

지금은 시들해졌지만 한동안 사람들 입에 진지하게 오르내리던 '의지의 한국인' 이라는 표현이 자신에게 꼭 들어맞는 것이라 생각한다. 그까짓 쓸데없는 남극이나 북극 탐험 같은 것이 세상 사는데 뭐 그리 중요하단 말인가. 괜히 사람이 갈 수 없는 곳에 발가락 손가락 심지어 코 귀까지 동상 걸려가며 헉헉대고 가는 것이 과연 그리 대단한 일이냐 말이다. 그 뿐 아니다. 에베레스트니 뭐니 케이투니 뭐니 아이구 이름도 복잡하다. 올라가다 죽는 일도 많다는 그런 산들을 굳이 기어올라갔다고 왜 의지의 한국인이라는 말을 해주는 지 도무지 알 수가 없다. 사람의 생명을 구하는 것도 아니고 그곳에 엄청난 금광이 있어 그것을 발견하러 가는 것도 아니고 단지 높은 산에 올라갔다는 것뿐인데 사람들은 괜한 것에 호들갑이다. 남들이 잘 올라가지 못 하는 곳에 올라가는 것이 무에 어떤 의미가 있다는 것인 지 원. 그곳에 사는 사람은 몇 번이고 올라갔을 산 따위를 다른 데 사는 사람이 올라갔기로서니 뭐 그리 대단한 일인가. 그런 걸 티브이로 중계까지 하는 걸 보면 더 더욱 이해할 수 없다. 그에 비하면 자신이야말로 그네들이 그렇게 입이 마르도록 칭송하는 진정한 의지의 한국인이다. 자기 앞에 놓여진 척박한 삶을 개척해 나가는 불굴의, 의지의…….그런 생각을 하니 마동철은 새삼스레 자신이 대견하기 짝이 없다는 생각이 든다.

"조사 자료 다 정리해서 보고하겠습니다."

풍채 좋은 한 남자가 통로를 지나가자 내내 서류를 뒤적이고 있던 옆 좌석 남자가 안전 벨트를 잽싸게 빼고 벌떡 일어서 말했다. 그 사람은 대꾸 없이 고개만 까딱 한 채 화장실 쪽을 향해 걸어갔다.

"저 분은 누군 가요?"

마동철이 이렇게 묻자 그 남자는 아까 어디서 봤던 사람인가 하고 친근한 척 마동철의 정체를 궁금해하던 때과 달리 쌀쌀맞게 '이상한 사람이네. 그건 생전 처음 보는 당신이 알아서 뭐 하려고?' 하는 듯한 표정으로 마동철을 쳐다보았다.

"아, 그게 난 뭐든 궁금한 건 못 참는 성격이라……"

남의 일이라는 사실을 잠깐 잊은 채 참견했나싶어 순간 머쓱해진 마동철은 가뜩이나 넓은 코 평수를 넓히고 입을 약간 헤 벌리며 은근슬쩍 이렇게 능친다. 늘 그랬다. 마동철을 아는 사람들은 대부분 아무 것도 모르는 아이처럼 구는 이런 마동철의 행동을 보고는 그저 어이없어 웃어버린다. 땅딸막하지만 주먹 깨나 쓰게 생긴 다부진 몸매와 왕방울 만하게 앞으로 툭 튀어나온 부리부리한 눈매 때문에 그 동안 손해 본 적이 한 두 번이 아니었다. 더구나 앞이마에 커다랗게 박혀있는 검은 사마귀와 막걸리라도 마신 듯한 탁하고 걸걸한 목소리는 드라마 캐스팅을 더 어렵게 했다. 그래도 그런 모든 불리한 조건들을 덮어주는 것은 바로 첫인상이 남들에게 어떻게 비추어졌든 간에 아무 것도 모르는 듯한 표정을 지으며 어린아이처럼 구는 것이었다.

옆의 남자는 마동철이 다시 말을 걸며 참견할까봐 딱딱한 표정으로 가방에서 뭔가 다른 종이자료를 꺼내 정리하기 시작했다. 그 남자는 고개를 한껏 돌려 자신의 서류를 들여다보는 마동철의 존재를 아예 무시한 채 한 장 한 장 서류를 넘기기 시작했다. 알 수 없는 도표와 영어가 뒤섞인 서류를 보자 더 이상의 흥미가 느껴지지 않았다. 비행기 그림도 있고 각종 숫자와 물결 무늬 같은 도표가 눈에 띄었지만 마동철은 더 이상 그 남자에게 뭔가를 묻지 않기로 했다. 아마 이번 비행기 사고 때문에 현장 조사 가는 회사측 사람인 모양이었다. 얼굴을 잘 알아두었다가 사고 현장 들어갈 때 도움이라도 받아볼 요량으로 조용히 입을 다물었다. 대신 주변의 다른 승객들을 살펴보았다. 그렇게 큰 사고가 났음에도 불구하고 예정된 계획내로 휴가를 괌에서 보내려는 것 같은 사람들도 있었고 드문드문 넋을 잃은 듯한 모습의 사람들도 보였다.

앞좌석의 여자는 이번 사고의 유족인지 아까부터 울고 있었다. 며칠 뒤면 유가족들을 특별히 싣고 갈 비행기를 따로 마련한다는 얘기가 있었지만 앞의 여자처럼 그 날짜도 못 기다리고 한시라도 빨리 사고 현장에 가려는 사람이 있기 마련이다. 마동철은 그런 모습을 보자 더 더욱 표정 단속을 해야겠다고 생각했다.

예전 삼풍백화점 붕괴 사건 때도 그랬다. 물론 사람을 구해야 한다는 생각에는 어떤 사심도 있을 수 없었다. 다만 열심히 사람들을 구출하는 자신을 많은 사람들이 알아주었으면 하는 아주 소박한 마음과 티브이 카메라가 있는 곳이 어딘지 찾아 이왕이면 그 주변에서 구출작업을 도와야겠다는 생각이 약간 있었을 뿐이다.

그 노력 덕분에 마동철은 생전 처음 9시 뉴스 화면에 풀샷으로 나오게 되었다. 정말 그때의 환희를 지금도 잊을 수 없다. 정작 뉴스의 주인공인 자신은 구조현장에 가 사느라 텔레비전도 보지 못했는데 9시 뉴스에 나왔더라는 사람들의 인사를 이쪽 저쪽에서 받고 나니 자신이 나온 장면을 한 번 꼭 봐야겠다는 강렬한 욕구가 생겼다. 그 당시에는 돈만 주면 자신이 나온 프로그램이 담긴 비디오테이프를 살 수 있는 곳이 있었다. 요즘처럼 인터넷으로 찾아본다거나 재방송이 흔한 시절이 아니었기 때문에 일반인들이 티브이에 나오거나 인터뷰를 잠깐 한 것도 테이프에 고이 간직해 여러 사람들에게 자랑하던 시절이었다.

"이렇게 민간인으로서 구조작업을 계속 하시다니 정말 대단하군요."

마이크를 든 그 기자가 존경해 마지않는 얼굴로 마동철에게 말하자 마동철은 자신의 영웅적인 행동에 다시 한 번 경도 되어 가슴이 벅차 올랐다.

"이런 일에는 너와 내가 따로 없습니다."

새마을 운동이 한참이던 시절에 들은 말 같기도 하고 해병대 특수 훈련받을 때에 들은 말 같기도 한 이 근사한 말을 마동철은 눈물까지 그렁거리며 비장하게 말했다.

간신히 그 테이프를 구해 돌려보니 단 몇 초간의 화면이지만 구조된 시체를 바라보며 눈물을 그렁거리는 자신의 모습은 정말 무어라 말할 수 없는 감동, 그 자체였다. 다른 사람의 불행을 내 불행처럼 여기는 심정이 단 몇 초간 비추어진 화면 가득 절절히 나타나 있었다. 여느 드라마 못지 않았다.

그래서인지 구조작업이 다 끝나고 난 뒤 몇몇 드라마에 단역이지만 제법 배역 비중이 큰 역을 맡기도 했다. 시트콤 비슷한 주말 드라마에 동네 아저씨로도 나오고 주인공 집 바로 앞에 있는 수퍼마켓 주인으로도 나왔다. 대사도 몇 줄 있고 그 드라마가 끝나기 전까지 내내 출연하는 제법 비중이 큰 역이었다. 아내에게 그 때 만큼 대접받아 본 적은 없지 싶다. 하루하루가 행복한 날들이었다. 그러나 아무리 해도 마동철의 연기는 목소리가 지나치게 커서인지 아니면 이마에 난 사마귀 때문인지 험상궂게 생긴 얼굴이지만 이상하게 어떤 역을 맡아도 코믹했다.

그 당시 마동철을 썼던 피디들은 처음 보자마자 한결같이 마동철 보고 인명구조 하느라 얼마나 수고가 많았냐는 인사를 했다. 아마 9시 뉴스에 나온 감동적인 모습을 본 모양이었다. 그때만큼은 아내도 평생을 실속 없이 남의 일에 끼어 드는 마동철을 쓸모 있는 사람처럼 바라봐 주었던 것 같다. 텔런트가 된 이래 그렇게 화면에 많이 나왔던 적은 처음이었기 때문인지도 몰랐다.

구조하던 중이거나 그 후에도 아침 토크프로그램에 몇 번 불려가 구조 당시의 상황 이야기를 여러 번 했다. 그때마다 마동철의 영웅담은 단계가 높아져 갔다. 어느 것이 진실이고 어느 것이 허풍인지 나중에는 자신도 분간 못 할 정도였다. 그러나 그러면 또 어떻겠는가? 방송국에 있는 사람들 중 아무도 그 당시 상황을 옆에서 지켜본 것도 아닌데……중요한 것은 마동철이 자신을 돌보지 않고 타인을 구하려 했다는 점이다. 방송국 피디들도 별 재미없는 진실보다는 각색이 되었어도 보다 극적이고 슬

폼이 담긴 이야기를 원했다. 그들에겐 감동 휴먼스토리가 중요하기 때문이었다. 그래서 마음놓고 있음직한 각종 스토리를 만들어 살을 붙여 이야기 한 적도 있었다. 마동철 생애 방송국에서 그처럼 대우받아 본 적은 없었을 것이다. 그 사고가 있을 당시에는 한동안 티브이의 모든 관심이 그 사고에만 집중되어 있어 마동철도 주변 사람들에게 큰소리치며 살 만했다. 한 2년 동안은 말하자면 삼풍 특수를 누렸던 셈이다.

그 뒤로 전국에서 큰 사건이 났다고 하면 무조건 제일 먼저 달려가 현장에 도착해야 직성이 풀렸다. 큰 사고가 벌어진 곳에 119 대원보다 마동철이 먼저 출동해 있을 때도 있었다. 그러다 보니 신문사나 방송국의 웬만한 사회부 기자들은 모두 마동철의 얼굴을 알고 있을 정도였다. 하지만 애석하게 마동철의 얼굴은 한 번도 텔레비전에 나오지 않았다. 그들은 사고 현장에 마치 경찰이나 119 구조요원이라도 되는 것처럼 늘 나와 이리저리 날래게 움직이는 마동철을 심드렁하니 지켜보았다. '저 인간 또 나타났구먼' 하는 표정으로 말이다.

그런 것을 아는 지 모르는 지 마동철은 그 누구의 시선도 아랑곳하지 않고 간신히 붙잡은 사진기자에게 허리를 90도 꺾어 인사하며 사진 한 장 찍어달라고 애절하게 부탁해놓고는 ― 이제 사진 담당기자들은 마동철이 나타나면 그러러니 하고 포즈 잡는 마동철을 아주 근사하게 사진에 담아준다 ― 한껏 포즈를 취하는데 그게 아주 볼 만 하다. 그의 표정과 몸 동작은 60년대식 표현에서 하나도 벗어나지 못했다. 과장되게 오열하는 듯한 표정을 지으며 주변의 구조물을 붙들고 눈물을 글썽이는 식의 아무튼 대충 그런 정도의 연출을 한 후에 신문이나 텔레비전 뉴

스에 자신의 얼굴이 나오기를 고대하지만, 삼풍 사고 이후로 그런 기회
는 영 오지 않았다. 예전의 영광은 이제 끝나버린 추억이 되어버리고 만
것이다.

　그러나 이번만큼은 예전의 명성을 되찾을 수 있는 절호의 기회였다.
이 좋은 기회를 놓쳐서는 안 되기 때문에 만반의 준비를 하고 이렇게 괌
으로 향하는 것이다. 배역도 맡지 못해 가뜩이나 없는 살림에 간신히 비
행기 값을 마련하고, 그곳에서 혹시 유용하게 쓰일 지 모른다며 어느 고
참 기자가 가르쳐준 해병대 구조요원 자격증이며 그 동안 땄던 각종 구
조요원 자격증을 다 가지고 출발했다. 빨리 비행기 값 내놓으라는 마동
철의 억지에 어이없어 하던 아내의 일그러진 얼굴 따위는 머리 속에서
지워버린 지 오래였다.

　마동철은 또 다시 각종 방송 프로그램과 잡지 등에 얼굴이 실릴 생각
을 하니 가슴이 벅차 오르지 않을 수 없었다. 이번에야말로 돈벌이가 시
원치 않은 자신을 한심하게 여기던 아내에게 예전 삼풍사건 때처럼 가장
으로서의 존재를 확실히 심어줄 수 있는 기회라 생각하니 더더욱 힘이
났다. 마동철은 오늘 아침 자신에게 던져진, 저 혼자만 잘난 것 같은 아
내의 눈길을 어느새 까맣게 잊어버리고 있었다.

　이건 지난번 사고보다 더 극적 요소가 있다. 외국을 오가는 비행기 사
고인데다 장소도 국내가 아닌 괌이지 않은가 말이다. 또 다시 각 방송국
피디들 뿐 아니라 세계 여러 나라의 방송매체에 국제적으로 자신을 알릴
수 있는 기회라 생각하니 여러 가지 생각으로 머리 속이 복잡했다. 영어
도 못하는데 만약 외국 기자가 인터뷰를 요청하면 어떻게 하지? 무엇보

다 우선 그 부분이 제일 큰 문제인 것 같았다. 그러다가 '에이 주변에 있는 기자들 중 아무나 보고 통역 좀 해달라고 하지 뭐' 하며 금방 손쉽게 그 걱정을 떨어버린다.

비행기는 어느 새 점점 괌에 가까이 다가가고 있었다. 비행기 창문 밑을 보니 열대 나무와 넓은 해변이 보이기 시작했다.

"벌써 내릴 때가 됐나 보죠?"

통로 쪽에 앉은 그 남자를 향해 마동철은 친근하게 물었다.

"아, 네..."

서류에 코를 박고 열심히 페이지를 넘기던 그 남자가 인사 치레로 고개를 쭉 빼어 창 밖을 내다보는 시늉을 하더니 그렇게 말했다.

"항공회사 직원이십니까?"

마동철은 이때다 싶어 그 남자에게 전격적으로 말을 건넸다.

"아, 네......"

이 사람은 아, 네 밖에 말을 못하나 아까는 어디서 많이 본 사람 같다고 말을 곧잘 하더니만 이제는 반벙어리 흉내를 낸다. 못 마땅하지만 마동철은 다 쓸모가 있는 사람이니 얼굴 도장을 확실히 찍어놓아야겠다고 생각한다. 마동철의 이런 능력은 아무도 따라올 수가 없다.

"사고 현장으로 들어 가시나보죠?"

"네, 아니 그게 글쎄 저도 어떻게 될 지 잘 모르겠군요."

대답하기 곤란한 질문을 초면에 직접적으로 해대는 마동철을 감당하기 어렵다는 듯한 표정으로 그 남자는 대답을 얼버무린다. 하긴 사고회사측 입장에서는 말 한마디 잘 못 했다가는 신문에 대문짝만 하게 실려

원성을 살지도 모르는데 아무에게나 회사 이야기를 할 수 있겠는가.

그 남자는 재빨리 테이블 위에 놓였던 각종 서류들을 집어 발 앞에 놓았던 서류 가방에 집어넣고 머리를 의자에 기대고 눈을 감았다. 더 이상 말을 하고 싶지 않다는 뜻인 줄 알면서도 마동철은 눈감은 그 남자의 눈이 혹시나 떠질까 하여 한 번씩 그 남자의 얼굴을 힐끔힐끔 쳐다보았다. 뭐 딱히 무언가를 묻고 싶은 건 사실 아니다. 다만 자신의 얼굴을 그 남자에게 익히게 하고 싶을 뿐이다. 사고현장에서 유용하게 쓰일 것에 대비하여.

마동철은 또 다시 코를 벌름거리며 비적비적 나오려는 웃음을 애써 참는다. 비행기 자리를 잡아도 참 용하게 잡았다 싶어서이다. 이건 이번 일을 하늘이 분명 돕는 것이라 생각했다. 앞으로 모든 일이 일사천리로 잘 나갈 것이다. 삼풍 구조 사건 이후 몇 년 동안 별다른 일없이 방송국 주변을 맴돌았던 일이 아득한 옛일처럼 느껴졌다. 이 남자를 통해 사고현장에 어떻게 해서든 파고 들어가 보자 하는 생각을 하니 벌써부터 일이 다 풀린 것 같다. 각 텔레비전 방송국 뉴스마다 가득 담길 자신의 늠름한 얼굴이 벌써부터 눈에 선해 어쩔 줄 모르겠다는 표정이 역력하다. 비행기는 빠른 속도로 아래로 내려가고 있었다. 마동철의 마음도 열대 야자수가 있는 곳으로 따라 내려가기 시작했다. 마동철의 머리 속은 어느새 텔레비전 화면 가득 풀샷으로 잡혀있는 자신의 비장한 모습으로 가득 차 있었다. 그곳에서 결국 우리의 마동철은 소원하던 대로 텔레비전 뉴스 화면에 풀샷으로 나와 소기의 목적을 달성할 수 있었다. 남의 불행을 진심으로 가슴 아파 하는 표정도 일품이었고 근사한 구조 재난복을

입고 구조하는 모습도 일품이었다. 마동철은 전국민에게 자신의 영웅적
인 모습을 마음껏 보여준 것이 뿌듯하기만 했다.

*** * * * * * * * * * * * * * * * * * ***

　"뭐라구? 버스가?"
　벨이 울려 전화기를 귀에 대는 그 짧은 순간에도 휴대폰을 연신 왼쪽
오른쪽으로 바꿔대며 마동철은 목청을 돋구었다.
　"거기가 어디야 대체."
　탁하면서도 쩌렁쩌렁 울리는 마동철의 목소리에 손톱을 다듬던 헤어
스타일리스트와 조연급 연기자 몇몇이 깜짝 놀라 뒤를 돌아보았다.
　"언제 난 건데 그래? 응 알았어 내 곧 갈게."
　여태 이 사람 저 사람에게 인사를 건네며 실없는 소리나 하고 있던 마
동철의 눈에 빛이 나기 시작했다. 드디어 자신의 존재를 알릴 기회가 온
것이다. 그는 오늘도 하루종일 별달리 하는 일없이 방송국 대기실에 앉
아 있던 터였다. 역사극 단역이라도 하나 맡아볼까 하고 벌써 몇 주째 방
송국에 죽치고 앉아 있지만 어느 누구 그에게 배역을 맡기질 않았다. 괘
씸하기 짝이 없었다. 자기가 그 동안 스태프진들에게 어려운 일이 있을
때마다 이렇게 저렇게 얼마나 도움을 많이 주었는가 말이다.
　"뭐예요? 어디 또 사고 났대요?"
　마동철을 분장실 이동 간이용 의자쯤 여기던 분장사 아가씨 하나가

씹던 껌을 종이에 싸며 심드렁하게 물어주었다. 마치 오래간만에 예의를 다해 대접이라도 한 양.......

"응, 그렇다네? 아직 테레비 뉴스에는 안 나왔지?"

텔레비전도 아닌 테레비라는 단어를 강조라도 하듯 아니면 뉴스에 이미 난 거면 절대 안 된다는 듯한 비장한 표정으로 말했다.

"무슨 사건인데요?"

자주 있는 일이지만 분장실 사람들은 예의 삼아 물어봐 주는 일에 익숙한 듯 이 쪽 저 쪽에서 사건 전말을 물어 보아주었다. 그러자 마동철의 표정이 점점 무고한 시민을 구하는 영화 속 슈퍼맨이나 스파이더맨처럼 점점 더 비장해져갔다. 따라서 이마 한 가운데 자리한 10원 짜리 동전 만한 까만 점도 아래위로 빠르게 움직거렸다. 짧지만 단단한 팔 근육도 덩달아 마구 움찔거렸다.

아무도 대꾸해 주는 사람 없어 축 처져있던 얼마 전과는 딴판이었다. 그러나 그곳 사람들은 그런 일에 익숙한 듯 모두들 다시 자기 할 일을 하느라 잠시 마동철에게 주었던 시선을 다시 거두어 먼저 하던 일들을 하기 시작했다.

"요즘엔 왜 이렇게 사고가 자주 나는 지 몰라."

거울을 들여다보며 머리 드라이를 하던 나이 많은 연기자가 혼잣말처럼 중얼거렸다.

"글쎄 말입니다. 세상이 뒤숭숭하면 꼭 큰 사고들이 생긴 다니까요."

우리가 사는 세상이 어디 안 뒤숭숭한 적이 얼마나 있었던가. 하지만 마동철은 몇십 년만에 한 번 정도 볼 수 있을까말까 한 사건이라도 되는 듯 고양되어 맞장구 쳤다. 사실 그 사람은 혼자말로 중얼거린 건데 마동철은 그 새를 못 참고 금방 묻지도 않은 자기 의견을 내놓는다.

분장실 안은 다시 평온을 되찾았다. 잠시 동안의 술렁거림이 사라지고 각자 대본을 읽거나 머리를 매만지거나 하품하거나 손톱 등을 손질하고 있었다.

마동철은 사람들이 자신에게 잠깐동안만 관심을 갖거나 말거나 아랑곳없이 부지런히 자기 물건을 챙겼다. 역사극 스태프 진들이 모여있는 세트장에 들렀다 사고 현장으로 갈 준비를 했다. 준비라고 해봐야 늘 옆에 메고 다니는 오래된 검정 색 가죽가방 하나 챙기는 거였지만 말이다. 그 가방은 이 세상에서 자신의 존재를 만인에게 알려줄 수 있는 가장 소중한 물건이었다.

세트장은 준비를 하느라 정신없이 돌아가고 있었다. 그런 곳에서 누군가의 인사를 받는 것이 얼마나 성가신 일인지 방송국 사람들은 모두 알고 있다. 그래도 마동철은 사람들이 그러던 지 말던 지 거들떠보지도 않는 연출 조연출들에게 인사를 꾸벅꾸벅 90도로 한 다음 황급히 방송국 밖으로 나온다. 그런 일은 마동철의 일상이었다.

그러나 오래 전 삼풍사건 때나 몇 해전에 있었던 비행기 사건 때처럼 텔레비전 9시 뉴스에 단독 인터뷰한 화면만 나오면 아마 사람들이 다시 자신을 바라보는 눈이 달라질 것이라는 생각을 하니 흐뭇하기 짝이 없었다. 마동철은 괌에서의 비행기 추락 사건 때 활약했던 자신의 모습을 떠올리기만 하면 코가 벌름거려 어찌할 바를 모른다.

운 좋게 옆에 사고 항공회사 사고담당직원이 타서 그 남자를 붙들고

사정한 것이 주효했다. 자신은 텔런트인데 사람들을 돕는 일에 늘 앞장
서는 사람이다. 이런 사람을 도와주면 당신은 분명 사회를 위해 큰 봉사
를 하는 것이다. 앞 뒤 내용도 제대로 이어지지 않는 이런 엉터리 같은
말에 감동을 받았는지 아니면 너무 어처구니가 없어 그렇게 하고 싶으면
한 번 해 봐라 하는 귀찮은 심정이었는지는 모르지만 아무튼 마동철은
그 때 사고현장에서 그 남자 덕을 단단히 봤다. 그 사람 뒤만 졸졸 쫓아
다니며 방송국에서 하던 대로 인사를 우선 90도로 한 다음 두 손을 맞잡
고 처분만 바란다는 표정을 지으며 열심히 미소를 지었다. 마동철 특유
의 힘을 발휘했던 것이다. 그랬더니 미국 조사팀인 엔티에스빈가 뭔가
하는 전문 조사요원들도 마동철을 어느새 다 인정해주기 시작했던 것이
다. 그것은 열심히 구출작업을 하다보니 생긴 이득이기도 했다.

　아직도 그때의 전율이 느껴질 정도다. 텔레비전 화면 가득 풀샷으로
잡힌 자신의 모습은 정말 잘생긴 중년 주연급 배우였다. 게다가 타인을
위해 자신의 온 몸을 던져 힘든 줄도 모르고 일하고 있지 않은가 말이다.
그때도 역시 마동철은 60년대 배우처럼 하늘을 쳐다보며, 통곡하며, 왕
방울 만한 눈을 굴리며, 눈물을 뚝뚝 흘렸다.

　그러고 보니 사실 유명 연기자는 아니지만 이제 마동철은 그래도 사
람들에게 꽤 얼굴이 알려진 인물이 되었다. 여전히 수중에 돈은 없지
만……주변 사람들은 얼굴 중앙에 박혀있는 커다란 점 때문이라고 말하
지만 마동철 자신은 알고 있다. 언제 어느 곳이든 큰 사고 있는 곳에는
반드시 슈퍼맨처럼 나타나 고난에 빠진 우리의 이웃들을 구출해내는 자
신을 기억하는 것이라는 것을.

　원래 성격이 남의 궂은 일을 보면 그냥 지나치지 못 하는 성격이기도 하지만 열심히 사람들과 함께 구조하는 모습 중에 자신의 얼굴이 얼핏 지나친 것을 봤을 때의 희열이란 이루 말할 수가 없다. 마동철은 그간 크고 작은 각종 사건 현장에 나타나 구조작업을 도왔다. 때로는 그 일을 하는 사람에게 비켜있으라고 냉대를 받기도 하고 도움을 주어 고맙다는 인사를 받기도 했다.

　그런 덕분에 그는 전국 곳곳에 아는 사람도 많다. 서울 방송국에서는 배역 하나 얻어 보려고 매일 방송국에 나와 죽치고 앉아있는 처량한 신세지만 방송국 사정을 모르는 지방 사람들에게는 자신들과는 뭔가 다른 연예인이었다. 단역이지만 약방의 감초처럼 가끔씩 얼굴이 나오는 어엿한 탤런트요 게다가 궂은 일을 보면 도와주지 않고는 못 배기는 정의의 사나이었다.

　그의 얼굴은 드라마 속에서보다 텔레비전 뉴스 속에서 더 빛났다. 대형사고 현장에서 군인과 경찰들과 함께 열심히 발굴작업을 하는 마동철의 모습은 그야말로 정의의 사도였다.

　방송국 주차장에 들어선 마동철은 그의 차 문을 열었다. 낡은 시트의 매캐한 냄새가 코를 찔렀다. 그는 빠른 솜씨로 늘 메고 다니는 검정 색 가죽가방에서 동대문시장에서 산 재난 구조복을 꺼냈다. 어깨와 등판에 반듯하게 각을 잡아 줄을 세운 폼이 제법 그럴싸했다. 마동철은 흐뭇하게 그 옷을 바라보다 바지에 재빨리 다리를 집어넣었다. 사고는 예고 없이 나므로 언제 입을 지 몰라 그는 언제나 그 옷을 다림질 해 가방에 넣어 다닌다.

사고가 났다는 곳은 경상도지방이었으므로 오늘 오후까지 도착하려면 부지런히 속도를 내야할 것 같았다. 재빨리 옷을 갈아입은 마동철은 핸들에 키를 꽂아 시동을 걸었다. 한참동안 부르릉부르릉 시원찮은 소리를 내던 엔진이 그래도 그를 살려주느라 매끄럽게 돌아가 주었다. 마음은 어느새 사고현장에 가있었다.

그때였다. 마동철의 휴대폰이 시끄럽게 울리고 있었다는 사실을 깨달은 것은. 마동철은 기세 등등하게 휴대폰을 집어들었다.

"어이쿠 뭐? 뭐라구?"

아까 대기실에서 전화 받았던 때보다 목소리 톤이 더 높아지는 것이 영 심상치 않다. 아무래도 큰 일이 나긴 난 모양이다. 그러나 예상과 달리 곧 그의 목소리는 시든 배추 잎처럼 처량하게 점점 시들어져갔다.

"오지 않아도 돼? 아니 아까는 꽤 큰 사고가 난 것 같다고 하더니만...... 으으 응 알았어. 잘 됐네 뭐 사람들이 안 다쳤다니 아-주 잘 된 일이지 뭐."

마동철의 기어 들어가는 목소리와 함께 힘주어 잔뜩 치켜 올라갔던 눈 꼬리도 슬그머니 내려갔다. 빌딩 청소를 하느라 새벽같이 나가야하는 아내 대신 마동철이 차려주는 아침밥을 먹고 학교에 가는 아들놈 뒷모습이 떠올랐다. 중학교에 올라가니 초등학교와 달리 학원이나 학교에 돈이 꽤 쏠쏠히 들어가는 모양이었다. 그래서인지 요즘은 배역이라도 빨리 하나 얻어야 할텐데 하는 생각뿐이다. 아들은 한 번도 마동철에게 돈을 달라고 한 적이 없다. 표정조차 사라진 아내 역시 이제 마동철에게 배역을 빨리 받아 오라던가 생활비를 줘야 할 것 아니냐 라던가 하는 말을 안 한 지 이미 오래다. 아내는 어제 저녁에도 마동철에게 눈길조차 주지 않은 채 저 혼자만 이 집에 사는 것 같은 표정을 지으며 텔레비전을 보고있었다.

칼날처럼 줄을 세워 잘 다린 구조 재난복 바지 주름을 쓰다듬으며 마동철은 하염없이 차안에 앉아 주차장 건너편에 서있는 단풍나무 잎 떨어지는 것을 바라보았다. 하나 둘씩 떨어지는 것을 보니 우수수 다 떨어지려면 아직은 먼 것 같았다. 마동철은 다시 한 번 검정 구조 재난복 바지 주름을 다시 한 번 쓰다듬었다. 너와 내가 아니면 누가 이 일을 할 것이냐고 호기롭게 인터뷰하던 자신의 모습을 되새기면서……

순간 적막을 깨고 휴대폰 벨이 다시 시끄럽게 울렸다. 마동철은 하나 둘 떨어지는 단풍나무 잎에서 눈을 떼어 힘없이 휴대폰을 집어들었다.

"오호, 그래?"

마동철의 눈에 갑자기 생기가 돌기 시작했다. 왼 손에서 오른 손으로 휴대폰을 바꿔들며 마동철의 목소리가 점점 톤이 높아지고 있었다.

"알았어. 내가 곧 갈 테니 주변 상황이나 잘 파악해 놓으라구. 알았지? 연락해 줘 고마워. 에이, 내 내려가서 한 잔 살게 걱정 말라구. 지금 금방 내려갈게."

누가 등을 떠밀기라도 하듯 마동철은 분주히 각 잡힌 재난 구조복을 다시 가다듬고 운전대에 손을 얹었다. 방금 전 축 쳐져있던 모습은 온데간데 없이 사라졌다. 주차장을 지나 차가 덜컹대며 단풍나무 밑을 지날 때, 새빨간 단풍잎 하나가 마동철의 낡은 차 보닛 위에 날아와 얹혔다.

한시라도 빨리 현장에 도착해 슈퍼맨처럼 의로운 모습을 만천하에 알리고 싶은 마음이 굴뚝같기만 한 마동철이었다. 운전대를 잡고 속도를 내다가 슬그머니 오른손을 뻗어 옆 좌석에 놓인 재난구조 가방을 한 번 들어보았다. 여전히 믿음직하게 묵직했다. 각종 도구가 들어있는 가방을 확인하고 나면 왠지 마음이 안정되었다. 비록 대부분 허탕이지만 그래도 마동철은 기대에 부풀어 떠난다. 오늘도 카메라와 마이크를 든 기자들이 모여서 북적대고 있을 사고 현장을 향해 마동철은 코를 벌름거리며 전속력으로 달리기 시작했다.

양장제본서 전기

정 소 현

1975년 서울 출생
1999년 홍익대 예술학과 졸업
2001년 서울예대 문예창작과 졸업

2008년 문화일보 신춘문예 소설부문 당선

양장제본서 전기

    시립도서관 정기간행물실의 삼면은 제본된 책들이 꽂힌 서가로 둘러싸여 있었다. 겹겹이 세워진 서가는 열람실 안쪽까지 깊숙이 뻗은 여러 개의 좁은 통로를 만들어 냈다. 난생 처음 도서관에 간 나는 어디에도 발을 들이지 못했다. 발을 잘못 들였다가는 길을 잃거나 마주치지 말아야 할 것과 맞닥뜨리게 될 것만 같은 기분이 들었다. 지난 신문들은 감색 하드보드 표지로 제본되어 열람실 가장 깊숙한 벽면의 서가에 꽂혀 있었다. 내가 태어난 해에 발행된 신문을 찾아 서가의 안쪽으로 들어갔다. 안쪽으로 들어갈수록 감색 표지는 점점 잿빛을 띠었고 신문의 명칭과 연도를 표시한 금박이 누덕누덕 떨어져 있었다. 나는 남아있는 금박과 요철로 연도를 확인하며 통로를 따라 걸었다. 서가는 1988년 1월자에서 끝났다. 뒤편의 서가에는 다른 신문사에서 1987년에 발행한 신문들이 꽂혀 있었다. 이십 년도 안 된 신문들이 삭아가며 내뿜는 쿰쿰한 냄새에 취해 서가를 몇 바퀴 돌아보아도 1988년 이전의 신문을 찾을 수는 없었다.

출입문 옆쪽의 데스크 주변은 드나드는 사람들로 번잡했다. 사람들은 안쪽으로 들어가 자리를 잡거나, 젊은 남자 사서에게 노란 서류 봉투를 받아 들고 밖으로 나갔다. 남자 사서는 무언가를 묻는 사람들에게 대답을 하느라 분주해 보였다. 그의 옆에는 희끗희끗한 단발머리의 여자 사서 한 명이 앉아 있었다. 코끝에 안경을 걸치고 책상에 이마가 닿을 듯 고개를 푹 숙인 채 붉은 표지의 책을 읽고 있었는데, 언뜻 보면 조는 것 같기도 해 말을 걸 수가 없었다. 사람이 잠시 뜸해진 사이 남자에게 1983년에 발행된 신문의 위치를 물었다. 남자는 20년이 지난 신문들은 모두 지하 서고에 소장되어 있다며 마이크로필름을 보아야 한다고 했다. 마이크로필름이 무엇인지 모르면서도 나는 고개를 끄덕였다.

"며칠자 어떤 신문이 필요하세요? 여기 이름과 주민번호를 적어주세요."

"83년 신문 전부 다 필요한데요. 찾아야 할 자료가 있어서요."

너무 많은 신문을 요구하는 것을 이상하게 생각할 것 같아 소일거리로 찾아보려는 게 아니라는 것을 강조했다. 그는 열람실 한 쪽에서 마이크로필름과 뷰어를 가져다주었다.

"서류 배부 기간이라 오후에는 사람들이 많이 오갈 테니 안 쪽으로 들어가 앉아주세요."

열람실 안쪽은 입구와는 달리 한적했다. 길고 좁은 격자창문이 나 있는 동쪽 벽면에는 나지막한 잡지대가 비치되어 있었고, 그 앞에 여러 개 놓인 6인용 책상에 사람들이 드문드문 앉아 신문이나 잡지를 읽고 있었다. 나는 평일 낮에 해가 잘 드는 도서관 창가에 앉아 잡지를 읽는 일이나 아주 높은 하이힐을 신고 사람이 없는 박물관 복도에서 또각또각 발소리를 내며 걷는 일을 동경해왔다. 그 오랜 동경 탓이었는지 도서관에서 한가하게 일상을 보내고 있는 사람들에게 질투가 났다. 그 사람들 사이에 끼어 앉는 건 아무래도 어울리지 않는 듯해 데스크 가까운 창가에 자리를 잡았다. 나는 도서관이라는 낯선 장소에서 마이크로필름이라는 엉뚱한 물건을 들고 난감해하며 1983년 1월 1일자 신문부터 읽어나가기 시작했다. 이것이 내가 직장을 그만 두고 처음 한 일이었다.

　신문은 세로쓰기가 되어 있어 사회면만 읽는데도 좀처럼 진도가 나가지 않았다. 글씨를 오랫동안 들여다본 적이 없는 데다 도서관의 모든 게 낯설어 쉽게 집중을 할 수 없었다. 데스크 뒤편에는 유리문이 달린 책장이 길게 놓여 있고 그 안에는 붉은 표지의 책들이 빼곡히 꽂혀 있었다. 남자 사서는 사람들에게 서류를 나눠주는 짬짬이 하얀 면장갑을 낀 손으로 맨 위 칸부터 책을 뽑아 운반용 카트에 차곡차곡 꽂았다. 붉은 벨벳 표지로 제본된 책의 옆면에는 사람 이름과 생몰년으로 보이는 숫자가 금박으로 새겨져 있었다. 남자 사서의 움직임은 재빨랐지만 방문객을 상대하다보니 책장 한 개를 비우는데 오랜 시간이 걸렸다. 그런 분주함 속에서도 여자 사서는 책에서 눈을 떼지 않았다. 나는 폐관시간까지 두 달 분의 신문도 다 읽지 못했다. 신생아 유기 사건을 다룬 기사는 나타나지 않았다. 필름을 돌려주는데 남자가 나눠주는 노란 서류봉투에 고딕체로 적힌 검은 글씨가 눈에 들어왔다. 〈**합법적으로 사라지고 싶은 사람들을 위한 무료 서비스**〉 왠지 모르게 구차한 기분이 드는 장황한 제목이었다. 나는 남자에게 물었다.

"무슨 서류인데 이렇게 받아 가는 사람이 많아요?"

"세상에서 합법적으로 사라지고 싶은 사람들을 위한 무료 서비스 신청서예요. 이년에 한 번씩 신청을 받는 건데, 여기서만 접수하는 거라 사람이 좀 많아요. 설명해드릴까요?"

남자는 행동만큼이나 재빠르고 대답하며 데스크 뒷벽에 놓인 커다란 책장을 가리켰다.

"아니, 괜찮아요. 그냥 뭔가 해서요."

남자는 리플릿을 한 장 건네주었다. 무료라는 말에 잠시 솔깃했지만, 사라진다거나 합법적이라는 단어 중 어느 것에도 흥미가 생기지 않았다. 대체 왜 세상에서 사라지려 하는 건지 이해할 수가 없었다. 나는 가급적이면 살아서 내가 어디서 태어나 어떻게 여기까지 오게 됐는지 알고 싶었다. 나는 리플릿을 가방 속에 아무렇게나 구겨 넣었다.

엄마는 거실에 누워 있었다. 나는 엄마를 한눈에 알아보지 못하고 밟고 지나칠 뻔했다. 그즈음 나는 가끔 그런 실수를 했다. 엄마는 술에 취해 있었고 바닥에는 포도주 병이 뒹굴고 있었다. 3개월 할부로 구입했던 핑크빛 실크 블라우스 앞자락에는 포도주 얼룩이 붉게 배어 있었다.

"언니, 내가 저녁 차려줄게. 돈 벌어 오느라 고생했어."

엄마는 나를 죽은 이모로 착각했다. 잠 깬 엄마는 부산을 떨며 밥상을 차려왔다. 난 김이 모락모락 피어오르는 찌개 한 숟가락을 입에 떠 넣자마자 뱉어냈다. 찌개는 시큼하게 상해 있었다. 그런 나를 보고도 엄마는 싱글싱글 웃으며 병에 든 술을 입으로 가져갔다. 엄마의 웃는 얼굴이라면 신물이 났다. 엄마의 손에서 술을 빼앗아 개수대에 부었다. 그리고 냉장고에 남아 있는 술을 모두 찾아 꺼내 쏟아 붓자 엄마가 내게 달려들어 뒤통수를 때리며 말했다.

"이게 다 네년 때문이야. 네년이 다 망쳤어."

나는 엄마에게서 등을 돌린 채 싱크대를 붙잡고 가만히 서 있었다. 엄마는 숙인 내 머리와 등을 내리치고도 분이 풀리지 않았는지 여러 번 다리를 발로 찼다. 엄마는 금세 힘이 빠져 내 어깨에 매달렸고 나는 엄마를 방으로 끌고 들어가 앉혔다. 엄마는 소리를 질러댔다.

"언니 왜 이래. 그 사람이 오면 가만 둘 것 같아? 내가 이번엔 눈감아줄 테니까 문 열어."

엄마의 헝클어진 머리채를 잡아채고 싶다는 생각이 꾸역꾸역 밀려왔다. 나는 엄마의 방문을 꼭 닫고 손끝을 향해 밀려가는 생각을 간신히 삼켰다. 엄마는 문을 열고 나오려고 안간힘을 쓰며 욕지거리를 했지만 나는 문에 등을 힘껏 기대고 서서 열어주지 않았다.

"어서 자. 자꾸 떠들지 말고."

엄마는 문에 몇 번 몸을 부딪다가 금세 포기하는 것 같았다. 잠시 후 문을 열자 엄마는 바닥에 가만히 누워 천장을 말똥말똥 쳐다보고 있었다. 엄마는 나와 눈이 마주치자 조금 전의 일은 잊은 듯 헤헤 웃었다. 하지만 나를 알아보고 그러는 게 아니라는 것을 알고 있다. 나도 눈이 피로

한 탓에 누워 있는 엄마와 장판을 분간하기 어려웠다.

엄마가 처음부터 나를 못 알아 봤던 건 아니다. 처음에는 아주 가끔 나를 다른 사람으로 착각하거나 자기가 무엇을 했는지 잊는 정도라 그다지 심각하게 생각하지는 않았다. 의사는 장기간의 음주로 인해 나타나는 기억력 장애라며 앞으로 점점 더 심해질 테니 초기에 입원 치료를 하라고 권유했다. 우리가 가진 돈은 월세 보증금뿐이었고 내가 받는 월급으로는 생활을 간신히 유지할 정도였기에 입원은 엄두도 못 냈다. 엄마는 자기 의지로 술을 끊을 수 있다고 큰소리를 쳤고, 나는 그 말을 믿지는 않았지만 당장 돈이 안 들어간다는데 혹해 믿는 체했다. 그러나 엄마에 게선 노력하는 기색이 전혀 보이지 않았다. 얼마쯤 예상한 일이었기에 화가 나지도 않았다. 얼마 지나지 않아 엄마는 점점 더 많은 것을 기억하지 못하게 됐고, 나를 알아보지 못하는 시간도 길어졌다. 어느 날 아침밥을 차려주고 출근하는 내게 엄마는 말했다. '아가씨는 왜 나한테 이렇게 잘해줘? 그 후 엄마는 두 번 다시 나를 알아보지 못했고 내게 언니, 아줌마, 아가씨 등등 여러 호칭을 붙여 주었다. 그리고 집 밖으로 거의 나가지 않았다. 그런 상황이 나쁘지만은 않았다. 나돌아 다니지 않는 엄마 덕택에 생활비가 삼분의 일만큼 줄었다. 엄마가 12개월 할부로 구입한 모피 코트 말고는 카드 대금이 더 이상 청구되지 않았기에 나는 처음으로 저축을 시작했다. 엄마가 외상으로 받아 온 술값 정도는 그동안 엄마가 쓴 것에 비하면 푼돈에 지나지 않았다. 월세와 약간의 생활비를 뺀 나머지 돈을 일년 정도 저축해 목돈을 조금 모은 뒤 직장을 그만 두었다.

일을 했던 건 노동의 기쁨이나 자아성취 같은 거창한 이유 때문이 아니라 내가 벌지 않으면 굶을 수밖에 없다는 단순한 이유 때문이었다. 이혼 후 엄마는 집안에 틀어박혀 술만 마셨다. 그러다가 한 번 나가면 오랫동안 돌아오지 않았다. 여기저기서 빌린 돈으로 생활을 해야 했음에도 엄마의 씀씀이는 점점 커졌다. 결국 내가 중학생이 되던 해 아빠가 양육비로 남긴 20평짜리 주공아파트를 팔아 빚을 청산했다. 나를 버리지 않는 것이 의아할 정도로 엄마는 내게 관심이 없었다. 중학교 시절 나는 자주 굶었고, 방학 동안에는 패스트푸드점에서 아르바이트를 했다. 학비를 마련할 길이 없는 나를 딱하게 여긴 선생님의 추천으로 장학금을 주는 여자 실업 고등학교 야간반에 진학했다. 낮에는 남자 고등학교 매점에서 아르바이트를 했고 방학 동안에는 갈비집에서 음식을 날랐다. 나를 남자 아이들은 빵순이라고 불렀고 주방 아줌마들은 막내라고 불렀다. 고등학교를 졸업하기 전에 변두리 공단지역에 있는 중소 의류 회사에 취직을 했다. 그곳에서 전산 작업을 하고 복사를 하고 커피를 타는 김양으로 육 년을 보냈다. 사흘에 한 번 꼴로 야근을 하고 일주일에 한번 철야를 하며 창고의 재고를 체크했다. 월급만으로 부족할 때가 많았기에 주말에는 예식장 도우미 아르바이트를 했다.

'네가 돈을 벌어다 줘서 너무 기뻐. 힘들어도 어떡하겠니. 이만큼 키워준 보답은 해야 사람이지.' 내가 돈을 벌자 엄마는 관심을 보였다. 월급날이면 밥도 지어주고 퉁퉁 부은 다리를 주물러 주었다. 월급은 모두 엄마의 카드 대금과 생활비 명목으로 쓰는 용돈으로 들어갔다. 내 수중에 남는 돈은 거의 없었고 생활도 전혀 나아지지 않았지만, 그래도, 월급날이 가장 즐거웠다. 아빠가 사우디아라비아에서 편지를 보내오던 시절

만큼이나 행복했다. 엄마가 기억을 잃자 경제적 고통이 사라진 동시에 한 달에 한 번 찾아오던 알량한 행복도 함께 사라졌다. 내가 누구인지 알아보지도 못하는 엄마를 위해 더는 돈을 벌고 싶지 않았다. 육년 동안 결근이나 조퇴 없이 열심히 일했던 내가 예고도 없이 사직서를 내자, 상사도 직원들도 그만두는 이유를 슬쩍 물어볼 뿐 붙잡으려 하지는 않았다. 사람들은 복권이 당첨되기라도 했느냐, 시집을 가게 된 거냐 하면서 새로운 인생이 나를 기다리고 있을 거라고 추측하며 내 앞날의 행운을 빌어주었다. 나는 새로운 인생을 시작하는 것은 고사하고, 그 낡아빠진 인생을 어찌하면 좋을지도 알지 못했다.

출근할 때보다 한 시간 늦게 일어나 천천히 도서관을 향해 걸었다. 아무리 늑장을 부리며 걸어가도 열람시간까지는 삼십분 이상 기다려야 했다. 도서관 정원 벤치에 앉아 샌드위치와 캔 커피로 아침을 때우며 묵직해 보이는 가방을 짊어지고 지나가는 늙수그레한 학생들을 바라보았다. 그들의 다 떠지지 않은 눈은 통근 버스 안에서 선 채로 잠들던 사람들의 눈보다 생기 있어 보였다. 사서들은 8시 40분쯤 출근을 했고 9시가 못 돼 열람실 문을 열어놓았다. 나는 1983년의 마이크로필름과 뷰어를 빌려 도서관 안쪽 창가에 자리를 잡았다.

이른 시간, 무서울 정도로 조용한 그곳에 혼자 앉아 있자니 세상에 혼자 남겨진 듯한 기분이 들었다. 그런 기분을 몰아내기 위해 마이크로필름을 읽는 일에 몰두했다. 시간이 지날수록 세로쓰기에도 익숙해지고 헤드라인과 기사 첫머리만 읽으면 된다는 것을 깨달았기에 닷새 만에 일년

분의 신문을 모두 읽을 수 있었다. 내가 본 신문 어디에도 신생아 유기 사건은 기록되어 있지 않았다. 그런 기사가 없다는 사실에 안도감을 느끼기는커녕 오히려 불안한 마음만 커졌다. 1983년에 다른 신문사에서 발행한 신문까지 읽기 시작했다. 거기서도 발견하지 못한다면 1982년에 발행된 신문들까지 찾아 읽을 생각이었다. 일이 복잡하게 된 건 엄마 때문이었다. 내 주민번호는 83으로 시작하지만 엄마는 자기 편의에 따라 내가 태어난 해를 82년이라고 했다가 83년이라고도 했다. 앞뒤가 맞지 않는 엄마의 말을 지적하면 엄마는 화를 냈다. '아, 몰라몰라. 그런 게 뭐가 중요해.' 엄마가 거짓말을 하는 건지 기억을 못하는 건지 나로서는 정말 알 수가 없었다.

　도서관이 익숙해질 무렵 두 사서들은 매일 가장 먼저 찾아와 마이크로필름을 빌리는 내게 알은체를 했다. 정기 간행물실에 나처럼 오랫동안 한 곳에 앉아 있는 사람은 드물었다. 다수가 서류를 받으러 방문하는 사람이었고, 열람자들은 신문이나 잡지를 읽다가 금세 자리를 떴다. 남자 사서는 서류를 받으러 온 사람들의 질문에 답하며 책을 정리하느라 계속 바빴지만, 대조적으로 여자 사서는 한가해 보였다. 붉은 표지의 책만 계속 읽다가 가끔 컴퓨터에 무언가를 입력하는 일이 다였다. 폐관 시간이 다가오고 사람들이 모두 나가자 남자 사서는 화장실에 다녀오는 내게 커피를 한 잔 건넸다. 여자 사서는 내게 날마다 신문을 그렇게 열심히 들여다보는 이유가 무언지 물었다. 대답을 듣기 위한 질문이 아닌 듯해 그저 기사를 찾고 있다고 대답했다. 그녀는 자신이 나를 도울 수 있을 거라고 했다.

"제 일이 여기에 제본된 것들의 내용을 기억하는 거예요. 예전엔 신문이나 잡지의 내용까지도 담당했는데 그건 이제 컴퓨터가 하고, 지금은 저 양장제본서의 내용들만 기억해요. 뭐, 비인간적인 처사에 대한 인간적인 뭐라나…. 여하튼, 98년 이전의 신문 기사는 모두 기억하고 있으니까 도울 수 있을 거예요."

"그 많은 사건들을 어떻게 기억하세요? 자기 식구도 기억 못하는 사람이 있는데. 그런 게 가능한가요?"

"그럼요. 그게 내 일인 걸. 사실 일어나는 사건의 종류는 몇 가지 안돼요. 시간, 장소, 사람만 바뀔 뿐이지 다 똑같은 일들의 반복이니까 별 거 아니지요. 사실 나도 가끔 내 이름이나 전화번호를 깜빡깜빡하는 사람인데요 뭐. 자식 이름도 까먹곤 한다니까."

우리의 깔깔거리는 웃음소리가 아무도 없는 열람실의 서가 속으로 퍼져 들어갔다. 나는 마치 도서관의 일원이 된 듯한 기분에 마음이 울컥했다.

"혹시 82년이나 83년에 있었던 신생아 유기 사건을 알고 계세요?"

그녀는 아주 잠깐 심호흡을 하더니 단호한 말투로 대답했다.

"그런 사건은 없었어요. 신생아 유기 사건이 처음 등장한 게 88년이에요. 90년대엔 공중변소나 물품 보관함, 쓰레기 하치장 같은 곳에 버려지는 애들이 많았어요. 하지만 80년대 초반이라면 분명히 없어요. 찾아봐도 안 나올 거예요."

찾는 까닭을 캐묻지 않는 그녀에게 고마운 마음이 들긴 했지만, 그녀의 기억력을 믿을 수 없었다. 그 후 며칠간 82년에 발행된 신문의 마이크로필름을 빌려 기사를 찾아보았지만, 그녀의 말처럼 신생아 유기사건에 대한 기사를 찾을 수 없었다.

1983년 혹은 82년, 그때 아직 나는 태어나지 않았다. 여인숙이 즐비한 뒷골목, 쓰레기 봉지의 터져 나간 부분으로 비둘기들이 꾸역꾸역 몰려들었다. 내 친어머니, 그 때에는 누군가의 딸이기만 했던 소녀는 골목에서 풍기는 시큼한 냄새에 헛구역질을 하면서 제 또래의 여고생에게서 빼앗은 흰 농구화에 쓰레기에서 흘러내린 물이 튈까 깨금발로 골목을 빠져나갔다. '소화가 안 돼 정말 미치겠어.' 삼십분 간격으로 칭얼대는 소녀 때문에 잠을 설친 내 아버지일지 모르는 남자 중의 하나는 약국이나 가보라며 버럭 소리를 질렀고, 동이 트자마자 소녀는 여인숙 근처 약국을 찾았다. 소녀는 내가 잉태된 줄도 모르고 훼스탈 두 알을 활명수와 함께 털어 넣었다. 그리고도 속이 편치 않자 끼니때마다 꼬박꼬박 약을 챙겨 먹었다. 그러나 나는 결코 소화되지 않았고, 기어이 태어났다. 그리고 곧 화장실 쓰레기통에 버려졌다. 몸에 더러운 휴지가 덕지덕지 붙은 채 발견되었을 때, 나는 용케도 살아 있었다. 의사가 궁둥이를 아무리 때려도 눈을 꼭 감은 채로 울지 않았다. 눈물을 아낀 나의 탄생은 다음 일자 조간신문의 사회면에 기록되었다.

이것이 엄마가 말해준 내 출생의 전모였다. 아빠가 집을 나간 뒤, 밤이면 엄마는 팔베개를 해주고 동화를 읽듯 옛날이야기를 해 주었다. 엄마는 한 불량한 소녀의 이야기를 시작했고 그 소녀의 이야기에 점점 살을 붙였다. 나는 그 이야기가 무서워 듣고 싶지 않았지만 엄마는 이야기를 멈추지 않았다. 아빠가 잠시 돌아와 짐을 싸들고 우리 곁을 영영 떠나던 날 엄마의 이야기는 완성되었다. 엄마는 무릎을 베고 누운 내 머리를 쓰다듬으며 말했다.

'그건 네 엄마 이야기야. 나는 네 친엄마가 아니야. 이렇게 될 줄 알았다면 널 데리고 오지 않는 건데.'

엄마의 손이 머리 위로 무겁게 내려앉았다. 나는 엄마의 이야기를 절반도 이해하지 못했고 믿지도 않았으면서 '거짓말이지? 거짓말이지?' 하며 되물었다. 내 물음이 울음으로 바뀌고, 그 울음이 멈출 때까지도 엄마는 아무 대답 없이 내 머리만 쓰다듬었다. 흐느낌이 완전히 멈추고 나자 그녀는 내게 대답했다.

'거짓말이라면 얼마나 좋겠니.'

그리고 나를 향해 이를 하얗게 드러내고 웃었다. 그날 이후 나는 울지 않게 되었다. 다만 어쩐지 화장실이 편안하게 느껴졌던 이유를 알 것 같았다. 결국 엄마와 아빠는 이혼을 했고, 엄마는 더 이상 내게 팔베개도 이야기도 해주지 않았다. 엄마의 이야기를 믿을 수가 없었지만 그게 사실인지 굳이 확인하고 싶지는 않았다. 중학교에 진학할 때 제출했던 주민등록초본에는 내가 아빠의 친자로 기록되어 있었다. 나는 그것만 믿기로 했다. 아빠가 나를 데리고 가주기를 바랐지만 아빠는 두 번 다시 되돌아오지 않았다.

집에는 온통 불이 켜져 있고 텔레비전도 켜져 있는데 엄마가 보이지 않았다. 피로한 눈을 비비고 자세히 보니 엄마는 안방의 벽에 기대어 앉아 있었다. 아이비 덩굴이 수놓인 엄마의 티셔츠는 벽지의 문양 사이에

파묻혀 있었고 엄마의 얼굴은 오래된 벽지처럼 누렇게 찌들어 있었다. 밤이 되자 엄마는 내 방으로 건너와 내 옆에 누웠다. 내가 누구인지도 모르고 내 옆을 파고들었다.

"엄마, 영지는 83년에 태어난 게 맞아?"

엄마는 눈을 위로 치뜨며 곰곰이 생각하더니 대답했다.

"음… 영지…, 가만있자… 그게 누군데? 근데 말이야, 대경씨는 언제 와?"

엄마가 붉은 양장 제본서가 되어 도서관 책장에 꽂히는 것을 떠올렸다. '합법적' 이라는 말이 왜 쓰였는지 알 것 같았다. 나는 엄마에게 이불을 덮어주며 말했다.

"오늘은 당신 남편 생일이라 부인하고 아들하고 저녁을 먹었어. 아들이 벌써 고등학생인데, 지 아빠 판박이더라니까."

엄마는 일어나 앉더니 내 뺨을 철썩 내리쳤다.

"다 언니 때문에 이렇게 된 거야. 그 사람 돌아오기 전에 우리 집에서 나가."

나는 못들은 척 하고 말했다.

"사우디에서 죽은 사람이 어떻게 돌아와? 기억 못하나 본데, 철골에 깔려 죽었어. 절대 안 돌아와. 바보같이 그걸 몰랐구나."

나는 거리낌 없이 그렇게 말할 수 있는 내 자신이 꽤나 마음에 들었다. 앞뒤도 맞지 않는 거짓말에 엄마는 마치 아빠가 죽은 것처럼 슬퍼했다. 아빠에 대한 엄마의 이상스러운 집착을 이해할 수 없었다. '네 아빠 잘못이 아니야.' 엄마는 입버릇처럼 말했지만, 나는 수긍할 수 없었다.

우리를 버린 건 아빠였으니까.

　내가 아빠를 마지막으로 만난 건 중학교의 첫 여름방학이 시작되기 직전이었다. 엄마가 집을 오래 비워 빈집에서 홀로 생활하는 날이 많았다. '엄마, 학교에 보충수업비도 내야하고 쌀도 떨어졌어. 이거 들으면 꼭 전화해 줘.' 호출기에 아무리 녹음을 해도 엄마는 답하지 않았고 며칠 동안 돌아오지 않았다. 나는 점심으로 이백 원짜리 옥수수 빵을 사 먹고 저녁엔 백 원짜리 우리집라면을 끓여 먹었다. 주머니엔 회수권밖에 남지 않았다. 도움을 줄 친척도 없었고, 자주 이사를 다녀 아는 이웃도 없었기에 아빠를 찾아갈 수밖에 없었다. 새카맸던 아빠의 얼굴은 뽀얗게 변했지만 나는 쉽게 알아보았다. 아빠는 손을 흔드는 나를 처음 보는 사람인 양 유심히 살폈다. '이런, 너무 자라서 못 알아봤네.' 아빠는 초코우유에 빨대를 꽂아 주고 벤치에 앉았다. '나한테는 널 부양할 법적인 책임이 전혀 없어. 양육비도 다 줬거든. 더 도움을 못 줘서 미안하구나. 너한테 지금 돈을 좀 주는 건 어렵지 않은데, 그건 좋지 않은 습관을 들이는 거야.' 내겐 좋은 습관보다 푼돈이 중요하다는 걸 아빠가 알 리가 없었다. 난처한 표정의 아빠에게 더 이상 아무 말 하지 않고, 집으로 오는 버스를 서둘러 탔다. 고맙게도 아빠는 버스가 떠날 때까지 제자리에 서서 손을 흔들어 주었지만, 나는 그런 것에 감동 받는 어린이가 아니었다. 쓸데없이 써버린 회수권 두 장과 함께 아빠를 버렸다. 회수권 쪽이 조금 더 아까웠다.

　술에 취해 비틀거리며 들어서는 엄마에게 나는 다짜고짜 말했다. '아빠는 개아들놈이야.' 엄마는 들고 들어온 쇼핑백을 내팽개치고 청소기

연장 봉을 뽑아 내 엉덩이를 때렸다. '버르장머리 없는 년, 근본도 모르는 년.' 엄마는 개처럼 으르렁댔다. '아빠는 개아들놈이야, 내 입이 더러워질까봐 개새끼라곤 말 안 해.' 나는 더 크게 말했다. 때리다 지친 엄마는 왜 그러느냐고 물었지만 나는 아빠를 만난 것을 말하지 않았다. '아빠는 잘못이 없어. 다 우리 탓이야.' 나는 나까지 끌어들이는 엄마에게 몹시 화가 났다. 엄마는 백화점 쇼핑백에서 내 옷 몇 벌과 그땐 필요도 없었던 체크무늬 브래지어를 꺼냈다. '교복을 입어서 옷은 필요 없는데.' 나는 엄마에게 보충수업비를 달라고 했다. '어머, 미안해. 돈은 없어.' 엄마가 정말 미안해하는 것 같지는 않았다.

나는 마이크로필름 두 장과 얇은 영화 주간지 한 권을 꺼내 들고 정기 간행물실 안쪽 창가에 앉아 하루를 보냈다. 마이크로필름만 보면 마음이 갑갑해졌지만 그것 말고는 딱히 할 일이 없었다. 서가의 통로 깊숙한 곳까지 미끄러져 들어가는 햇빛의 움직임에 눈을 고정한 채 가만히 앉아 있었다. 통로로 몰려가는 공기의 흐름과 종이 삭아 가는 소리가 기분 좋게 귀를 간질였다. 도서관은 내가 머물렀던 어느 곳보다도 편안해, 세상에 혼자 남겨질 거라면 그 자리에 남겨져 영원히 아무에게도 발견되고 싶지 않았다. 집에 오는 길에 남자 사서에게서 서비스 신청서를 한 부 받아 넣으며 물었다.

"이건 죽는 것과는 다른 거겠지요?"

"그럼요. 고달픈 삶을 사는 사람이라면 죽음을 생각해 볼 수 있지요. 하지만 죽는다는 건 여간 어려운 일이 아니잖아요. 그러니까 자살도우미니 증발브로커니 하는 범법자들이 있는 게 아니겠어요. 이 서비스는 개인의 기억을 추출해내 양장 제본서로 남겨 주는 방식을 채택했습니다. 추출된 기억은 표지 속의 칩에 이식되고, 동시에 책으로 기록되어 허가한 대상에 한해 열람이 가능하게 되죠. 몸은 사라지지만 정신은 제본된 기억 속에 머물게 되는 거지요. 예전에는 기술부족으로 기억을 모두 남겼는데 2001년부터는 머물고자하는 기억을 선택할 수 있습니다. 도서관에서는 그 기억의 내용까지 데이터베이스화해서 영원히 보존해주고요. 정부에서는 이것만 합법화했습니다. 기업에서 하는 유사한 처방들은 사실 다 불법이에요."

그는 자동응답기처럼 능숙하게 대답했다. 그리고는 즉흥적인 생각이라면 그만두는 게 좋을 거라고 했다. 신청을 해서 특별한 경우가 아니면 대체로 통과하지만, 그래도 20대 이하가 통과될 확률은 그다지 높지 않으니 큰 기대는 하지 말라고 했다.

엄마는 아무것도 먹지 않았고, 나는 도서관과 집만을 오갔기에 생활비가 거의 들지 않았다. 퇴직금이 다 떨어지면 아르바이트라도 하려고 했지만 그 상태라면 한동안은 문제없을 듯 했다. 식사를 좀 하라는 내 말에 엄마는 그냥 놔두라며 날뛰었다. 엄마는 많이 쇠약해져서 나를 때려도 전혀 아프지 않았다.

"잘 됐네. 남편은 당신이 굶어 죽길 바라던데."

나는 그런 말을 일상적으로 내뱉었고 어떤 죄책감도 느끼지 않았다.

"거짓말이지? 그렇지?"

엄마는 눈을 번득이며 내게 달려들었다.

"거짓말이라면 얼마나 좋겠어."

나는 엄마를 향해 활짝 웃었다. 엄마는 내게 매달리며 훌쩍거렸다.

"자꾸 울지 말고, 나를 좀 기억해 봐. 그러면 그만둘게."

나는 엄마를 매몰차게 밀어냈다. 끝내 엄마는 나를 단 한순간도 기억하지 못했다. 나는 가져 온 서류의 신청인 란에 엄마의 이름을 써넣었다. 서류에는 신청인의 일대기, 신청 이유, 남기고 싶은 기억을 써넣는 공란이 있었다. 그것을 채워 넣는 것이 엄마가 나를 기억하게 하는 일보다 쉬울 것 같았다.

엄마가 나를 알아보지 못하는 것처럼 나도 엄마를 점점 알아보지 못하게 됐다. 나는 벽과 엄마를, 장판과 엄마를 구분하지 못했다. 가끔 누워있는 엄마의 다리를 밟거나 머리카락을 밟았다. 밟고서도 밟은 줄을 모르고 지나쳤다. 엄마는 집안 어디에도 없는 것 같았지만 어느 곳에서나 나타났다. 엄마는 잠 든 내 머리를 슬며시 쓰다듬으며 내 미래에 대한 이야기를 하기 시작했다.

"너는 외롭고 쓸쓸하게 늙어갈 거야. 나도 곧 너를 떠날 거고, 아무도 너를 쳐다봐 주지 않을 거야."

귀를 막아도 엄마는 알아듣지 못할 말로 속삭였다. 나는 견디다 못해 엄마를 집에서 끌어내려고 했지만 그럴 때마다 엄마는 손에서 빠져나가 집의 어딘가로 스며들었다. 눈에 띄면 잡아보려고 안간힘을 써 봐도 엄마를 잡을 수 없었다. 엄마는 쉽게 내 눈에 띄지 않았다. 서류 신청 마감이 가까워오고 있었지만 나는 서류의 빈칸을 하나도 채워 넣을 수가 없었다. 생각해보니 엄마에 대해 아는 것이 거의 없었다. 내 손에 몇 차례 잡혀 실랑이를 벌였던 엄마는 더 이상 내 앞에 모습을 드러내지 않았다. 보이지도 않는 엄마를 제본하는 것은 불가능해 보였고, 무의미한 일이기도 했다. 결국 나는 또 버려졌고, 출생 또한 미궁 속에 빠진 채 그대로 멈춰있었다. 그것은 그다지 새로울 것도 없는 일이었으므로 슬프지는 않았고, 견딜 수 없이 지겨웠을 뿐이다.

나는 간단하게 짐을 챙겼다. 다시는 집으로 돌아가지 않을 생각이었다. 엄마를 위해서라면 월세도, 생활비도 한 푼 내고 싶지 않았다. 어차피 내가 엄마의 호적에 들어가 있는 것도 아니고 내 명의로 빌린 집도 아니니 주인이 찾더라도 모르는 일이라고 시치미를 떼면 그만이다. 장롱에서 우표 수집책과 앨범을 꺼내 가방에 넣었다. 그때까지 잠자코 있던 엄마는 부엌 벽에서 튀어 나와 내 가방을 붙잡고 늘어졌다. 자꾸만 가방으로 달려드는 엄마를 밀쳐내고 집에서 빠져나왔다. 우표 수집책과 앨범은 나에게도 행복한 날들이 있었다는 증거물이었으므로 양보하고 싶지 않았다.

내가 태어났을 때 아빠는 사우디아라비아에서 일을 하고 있었다. 내가 아빠와 전화통화를 할 수 있게 된 무렵부터 아빠는 일주일에 한 두 번씩 편지를 보냈다. 엄마가 읽어주던 편지는 늘 사랑한다는 문장으로 끝났다. 아빠는 글을 못 읽는 나를 위해 사진을 동봉했다. 하늘이나 사막, 시장 풍경이나 아빠의 숙소가 찍힌 사진을 앨범에 소중하게 붙였다. 엄마는 아빠가 사진작가가 될 거라고 말했다. 엄마가 편지봉투에 밥솥의

김을 쐬어 우표를 감쪽같이 떼어내면, 나는 우표를 우표 수집책에 끼워 넣었다. 항만이나 오아시스 혹은 유적을 배경으로 콧수염을 기르고 하얀 구트라를 뒤집어 쓴 왕의 얼굴이 그려진 우표는 점점 늘어갔다. 나는 왕의 콧수염이 보기 싫어 아빠가 빨리 돌아오기를 바랐다. 잠시 들른 아빠는 우리에게 니콘 카메라를 사주었다. 나는 캐러멜처럼 검게 반짝이는 아빠의 얼굴이 낯설고 무서워 사진을 찍지 않으려고 도망 다녔다. 아빠가 돌아가면 다시 아빠를 그리워했다. 엄마는 밤이면 편지를 읽어주거나 아빠가 주인공인 아라비안나이트를 들려주었다. 맑은 날에는 마당이나 놀이터, 방안에서 사진을 찍어 아빠에게 보냈고, 남은 사진을 앨범에 끼워 넣고 날짜를 써 넣었다. 초등학생이 되던 해 아빠는 영구 귀국했다. 아빠가 찍은 사진을 더 모을 수 없는 것과 잠자리에서 엄마의 이야기를 들을 수 없다는 게 아쉬웠지만 나는 아빠를 기쁘게 받아들였다. 그러나 아빠는 얼마 지나지 않아 집을 나가 돌아오지 않았고, 그날 밤부터 엄마는 내 귀에 무서운 소녀의 이야기를 속삭이기 시작했다.

집을 나와 서울 중심에 있는 본적지를 찾아가 호적등본을 뗐다. 나는 여전히 아빠의 딸로 기록되어 있었고 호적에 나 말고는 아무도 들어있지 않았다. 아빠의 집을 찾는 데는 두 시간이 채 걸리지 않았다. 그는 시의 외곽에 있는 동네에서 작은 사진관을 운영하고 있었다. 나는 미적거리며 사진관과 버스 정류장 사이를 여러 번 오갔다. 사진관 문을 열고 들어가자 앞머리가 갓 벗겨지기 시작한 깡마른 남자가 라디오를 듣고 있었다. 그는 내가 필름을 찾으러 간 손님인 줄 알았는지 이름을 물었다. 내 이름을 말하자 그는 놀란 표정과는 어울리지 않게 차분하고 매끄러운 목소리로 말했다.

"오, 영지구나. 영 다른 사람 같아 못 알아봤네. 여긴 어떻게 알고 찾아왔어?"

혹시라도 보고 싶어 찾아갔다거나, 내가 어린 시절 그랬던 것처럼 돈이 필요해 찾아 간 것으로 오해할까 싶어 계획에도 없는 말을 꺼냈다.

"놀라실지도 모르지만, 엄마가 집이 돼버렸어요."

"요즘 같은 세상엔 책상이 되기도 하고, 신발장이 되기도 하고, 이름조차 안 남고 완전히 사라지는 사람들도 허다한데 그런 것에 비하면 네 엄마는 괜찮은 편 아니냐?"

그는 내게 의자와 찬 음료를 내주며 무심하게 대답했다. 그런 태도에 나는 기분이 상했다.

"그렇게까지 미워할 필요가 있어요? 헤어진 지도 오래됐는데."

"너는 딴 생각 하지 말고, 잘 봐. 집 어딘가에 그냥 숨어서 집이 된 척하고 있는 건지도 모른단 말이지. 그 정도 거짓말쯤은 거뜬히 할 수 있는 사람이야."

"저도 엄마의 거짓말이 지겨운 사람이에요. 하지만, 설마, 그런 걸 속일 수 있다고 생각해요?"

"설마 하다가 속는 거다. 나는 뭐 바보라서 속았겠니? 애를 가졌다고 결혼까지 한 여자야."

엄마와 아빠가 함께 입양을 했을 거라고 혼자 추측했던 것과는 달리 엄마가 아이를 가졌다는 사실은 조금 희망적이었다. 나는 마치 다 알고 있는 것처럼, 그때 그 아이가 나라는 백퍼센트의 믿음을 가지고 있는 것처럼 말했다.

"저도 알아요. 그런데 무얼 속으셨다는 건지…."

그는 나를 빤히 쳐다보며 머뭇거리다가 말했다.

"애를 배지도 않은 여자가 어떻게 애를 낳아. 배부르기도 전에 사우디로 떠밀 때부터 의심을 했어야 했는데, 어쨌건 나는 돈 부치느라 사막에서 청춘을 다 보내고 인생 종쳤잖냐. 너도 들어서 알고 있을 거 아니냐?"

아무것도 들은 적이 없었지만 나는 고개를 끄덕였다. 한동안 침묵이 흘렀다. 아빠는 빈 필름통을 만지작거리며 내 얼굴을 간간이 쳐다보았다.

"중요한 건 아닌데, 궁금한 게 하나 있어요. 저는, 어떻게 된 거예요?"

"글쎄 모르겠다. 오래돼서 기억이 안 나. 엄마나 이모한테 물어보는 게 빠를 거다. 어쨌든 너는 내 핏줄이 아니야."

이모는 이미 죽었고 엄마는 집이 되었으니 더는 물어볼 곳도 없었다. 난 그의 분노를 이해할 수 있을 것 같기도 했다. 그러나 그의 말을 있는 그대로 믿을 수 없었다. 책임을 다하지 못한 죄책감을 덜어내기 위해 그가 꾸며 낸 이야기일 수도 있었다. 나로서는 아빠가 정직한 사람인지 어떤지 사람인지 알 수 없었다. 어쨌든 아빠와 같은 핏줄이 아니라는 말을 들으니 이리저리 엉켜버린 끈을 툭 잘라 내버린 것처럼 홀가분한 기분이 들었다.

"제 의지와는 관계없었던 일이지만, 인생을 망쳐드려, 죄송해요."

그의 옹졸함이 마음에 걸려 진심으로 미안하지는 않았지만 사과하는 편이 마음이 편할 것 같았다. 그러자 그는 당황한 듯 크게 손사래를 쳤다.

"네 잘못이 아니니까 그런 소리는 하지 마라. 지금 이렇게 사진관이라
도 하고 있으니까 괜찮아. 그래도 사우디에 있을 때 너 때문에 견딜 수
있었는데……. 미안하다."

그는 애꿎은 필름통만 찌그러뜨리며 바닥을 한참 내려다보더니 증명
사진을 찍어주겠다고 했다. 나는 그냥 가겠다고 했지만 그는 조명을 켜
고 기어이 나를 스튜디오 의자에 앉혔다. 나는 정면을 보며 억지웃음을
살짝 지었고 그는 내 표정이 좋다며 셔터를 여러 번 눌렀다. 터지는 플래
시에 눈이 시큰거렸다. 그는 며칠 후에 사진을 가지러 꼭 들르라며 자리
에서 일어서는 내 어깨를 힘주어 잡았다.

나는 세상에서 합법적으로 사라지기로 했다. 여기 있으나 없으나 매
한가지라면 사라지는 편이 훨씬 경제적이다. 신청 서류를 작성하는 데
생각보다 오랜 시간이 걸렸다. 나의 일대기를 쓰는 부분을 먼저 메워 나
갔다. 쓰다 보니 내 삶이 그다지 불행하지도 않았고 너무 평이해서 탈락
될 지도 모른다는 생각이 들어 쓰레기통에서의 출생을 끼워 넣었다. 그
일은 왠지 내가 기억하는 일들보다 더 생생하게 떠올랐다. 제본되어야만
하는 당위성에 대해 몇 가지가 생각났지만 공란에는 경제적 이유라고 간
단하게 적었다. 마지막 공란의 남기고 싶은 기억을 선택하는 게 가장 어
려웠다. 가능하면 행복한 기억 속에 머물고 싶었다. 그런 순간을 떠올려
봤지만, 그것은 나쁜 기억을 불러일으키는 도화선에 지나지 않았다. 나
는 기억의 대부분을 삭제하고 도서관 창가에 앉아 보낸 시간만을 남기기

로 했다. 서류를 작성하는 일주일 동안 마치 오래전부터 제본되기를 꿈꿔온 사람처럼 마음이 들떠 있었다. 나는 마지막 날 마감 시간에 맞춰 접수를 마쳤다.

남자 사서는 삼천 명이 넘는 사람이 신청서를 받아갔지만 신청자는 이천 명쯤 되는 것 같다고 했다. 이틀 후 신문에 이 서비스에 대한 특집 기사가 실렸다. 이 서비스에 대한 찬반론이나 사회학적 분석 같은 긴 글이 실렸다. 나는 신청자 통계만을 눈여겨보았다. 실직자나 노숙자가 IMF때보다도 많았고 늘 그래왔듯 실연을 당하거나 배우자를 잃은 사람, 사는 게 이유 없이 싫다는 청소년들도 다수였다. 다른 해와 다른 건 70대 이상의 노인이나 30대 초반의 취업 실패자들이 눈에 띄게 많아졌다는 점이었다. 의외로 시한부 환자들이나 장애인이 신청을 한 경우는 아주 드물었다. 나는 다른 사람들에 비해 자격이 턱없이 부족한 게 아닐까 하는 생각이 들었다. 한 번 탈락하면 다시 기회는 주어지지 않는다고 했기에 초조했다. 떨어진다면 무엇을 하며 살아야 할지 막막했다.

나는 매일 도서관 정기 간행물실 구석, 정원이 보이는 창가에 앉아 신문을 뒤적이며 발표를 기다렸다. 1차 서류 전형 합격자는 사흘 만에 발표가 났다. 서류상의 부적격자만을 추려 내는 일이라 오래 걸리지 않았다. 그 중 삼분의 이가 1차 서류 전형에 통과했다. 나도 합격자 명단에 끼어있었다. 서류 심사에 통과한 사람들 중 이십대는 백 명도 되지 않는다고 했다. 젊은 사람들은 대체로 서류 심사에서 탈락했다. 그들이 살아있을 경우의 기회비용이 사라질 경우에 발생하는 손실보다 더 크다는 이유였다. 1차 합격자들의 신원조회를 하는데 닷새가 더 걸렸고, 그 과정에서 전체의 삼분의 일 정도가 탈락되었다. 부도를 내고 도피하려는 사람이나 막대한 빚을 진 사람처럼 남에게 피해를 주는 유형과 작성한 서류의 내용과 실질적 내용이 전혀 달라 범죄 이용 가능성의 의혹이 있는 유형이었다. 최종적으로 800여 명이 남았고 나는 그중 221번째였다. 하루에 30명씩 제본이 진행된다는 공고가 붙었다. 나는 여드레째 날의 명단에 들어가 있었다.

최종 발표가 있었던 날 나는 잠시 집에 들렀다. 엄마가 보고 싶다거나 집에 미련이 있어서 갔던 것은 아니다. 현관은 굳게 잠긴 채 열리지 않았다. 골목을 향해 나 있는 창문을 겨우 열어 들고 나왔던 앨범과 우표 수집책을 집안으로 던져 넣은 뒤 옆집 대문 앞에 한동안 앉아 있었다. 얼마 후 창문이 슬그머니 닫히더니 집이 조금씩 흐느끼듯 진동하는 것 같았다. 집안에서는 아무 기척이 없었지만 나는 엄마가 이미 집이 되었으리라 짐작했다.

제본될 순서를 기다리는 동안 도서관과 찜질방을 오갔다. 작별인사를 할 사람을 생각해 봐도 아무도 떠오르지 않았다. 나를 '우리 막내'라고 부르며 밥을 챙겨 주었던 갈비집 주방 아주머니나 회사에서 철야를 할 때면 자판기 커피를 뽑아주며 힘내라던 공장 창고 직원을 잠시 떠올렸지만 그들과는 이미 작별한 사이였으므로 새삼 인사를 할 필요는 없었다. 생각 끝에 나는 두 사서에게 작별인사를 하기로 했다. 그들은 내가 데스크 뒤편 책장에 사 년 동안 머물게 되므로 사실 자신들과 헤어지는 건 아니니 작별 인사는 하지 않아도 된다고 했다. 여자 사서는 나를 영원히 기억해주겠다고 했다. 그리고 만에 하나 그녀가 세상을 떠나도 내가 선택한 기억 속에 머물게 된 나는 데이터베이스화되어 영원히 잊혀지지 않을 거라고 했다. 누군가에게 영원히 기억된다는 것에 대해 깊이 생각해보지 않았지만 꽤나 안심이 되었다.

여드레째 되는 날 오전 여덟시에 맞춰 시립병원으로 갔다. 모인 사람들 중 다수가 삼사십 대로 보이는 남녀들이었는데 대체로 밝은 표정이었다. 명단에 있던 사람 중 두 명은 시간이 지나도 오지 않았다. 간호사는 오지 않는 사람들도 있다며 오 분 이상 그들을 기다려주지 않았다. 간호사는 두 장의 서류와 하얀 면으로 된 긴 원피스를 나누어주었다. 나는 신체 포기 각서와 장기 기증서에 사인을 했다. 사인을 하면서 눈물을 흘리는 사람도 있었다. 간호사는 주의사항을 이야기했다.

"자, 금속성 물체는 모두 제거하시고요, 옷을 갈아입어 주세요. 기억의 분량에 따라 소요되는 시간이 각각 다르지만 삼십 분 이내면 모두 끝납니다. 그만 두고 싶은 분은 말씀해주세요. 시술 전까지 언제든지 그만두실 수 있어요. 이제 성함을 부르면 두 분씩 차례로 들어가 주세요."

나는 음식과 음료가 준비되어 있는 대기실에서 차례를 기다렸다. 사람들은 나처럼 먹는 일에 별 취미가 없는 사람들인지 아무도 음식에 손을 대지 않았다. 사람들은 별 대화 없이 창 밖의 푸릇한 정원을 내려다보고만 있었다. 눈물을 흘리며 사인을 하던 사람 중의 한 명이 대기실을 나가 돌아오지 않았고, 시술 직전에 그만두겠다고 한 사람이 두 명 있어 한 시간 이상 단축되었다. 나는 기다린 지 세 시간 십오 분 만에 무균실로 들어갔다. 흰 가운을 입은 시술자들은 나를 침대에 눕히고, 다시 생각할 수 있는 오 분의 시간을 주었다. 나는 후회하지 않는다며 재촉했지만 그들은 말없이 서류를 뒤적이며 시간이 되기를 기다렸다. 벨이 울릴 때까지의 오 분은 내가 살아온 시간보다도 더 길게 느껴졌다.

　내가 선택한 기억의 한 부분은 몸에서 분리되어 깨끗한 붉은 벨벳 표지로 양장 제본되었다. 〈영지(1983-2008)〉 내 요구에 따라 성을 제외한 이름과 생몰년이 금박 고딕체로 새겨졌다. 다른 책들보다 얇은 나는 정기간행물실 데스크 뒤편 책장의 제일 아래 칸 오른쪽에서 여섯번째에 꽂혔다. 남자 사서는 하얀 면장갑을 낀 손으로 내가 아주 소중한 물건이라도 되는 양, 아주 조심스럽게 책꽂이에 꽂았다. 그의 손놀림은 아주 부드러웠다. 마음이 놓였다. 나는 콧노래를 흥얼거리며 오래된 서가와 서가들이 만드는 통로로 둘러싸인 도서관의 구석, 해가 잘 드는 창가에 앉았다. 화장실에 들어앉은 것처럼 편안해져 더 이상 알고 싶은 진실 같은 건 없었다.

〈끝〉

보이스아이 [Mate]

시각장애인/저시력인/어르신들을 위한 인쇄물 음성변환출력기

■ 보이스아이 Mate는 2차원 바코드 보이스아이 심볼이 인쇄된 출판물의 정보를 인식하여 휴대용 플레이어를 통해 음성으로 출력해 주는 혁신적인 기기입니다.

주요기능

자연음에 가까운 실시간 음성변환   오디오북 (약 400권 분량데이터 저장기능)   녹음 기능   FM 라디오

음성안내 시계   RSS 서비스   MP3 플레이어   색상인식 기능

적용사례

■ 대한민국 전자정부 인터넷 민원서류 발급 솔루션 서비스 중 발급 민원문서 자동 확인 기능 및 음성출력이 가능한 소형 2차원 바코드 추가

■ 시각장애인이나 글을 읽지 못하는 어르신 등이 판결문 우측 상단에 보이스 바코드를 부착해 보이스아이 기기를 이용, 판결문 내용을 음성으로도 확인

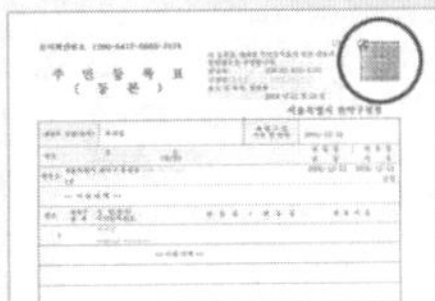

에이디정보통신(주)
AD Information & Communication Co., Ltd

에이디정보통신(주), 서울시 구로구 구로동 197-5 삼성IT밸리 214호
전화: 02)2028-2300 팩스: 02)2028-2309, E-mail: admin@adinc.co.kr